HAARSTRÄUBENDE KATZENKRIMIS

Vierzehn mörderische Geschichten von

Lilian Jackson Braun
Ellis Peters
Dorothy L. Sayers
und anderen

Herausgegeben von Cynthia Manson

Deutsche Erstausgabe

WILHELM HEYNE VERLAG
MÜNCHEN

HEYNE ALLGEMEINE REIHE
Nr. 01/9458

Titel der Originalausgabe
MORE MYSTERY CATS

Redaktion: Werner Bauer
Copyright © 1993 by Bantam Doubleday Dell Direct, Inc.,
Copyright © 1995 der deutschen Ausgabe
by Wilhelm Heyne Verlag GmbH & Co. KG, München
Printed in Germany 1995
Umschlagillustration: Stephen J. Gorman/Xing-Art, München
Quellennachweis: s. Anhang
Umschlaggestaltung: Atelier Ingrid Schütz, München
Satz: Schaber, Satz- und Datentechnik, Wels
Druck und Bindung: Presse-Druck, Augsburg

ISBN 3-453-08284-2

Inhaltsverzeichnis

Einleitung

Dies hier ist das zweite Buch der beliebten Serie *Katzenkrimis*. Treue Leser dieser Kriminalgeschichten werden immer wieder aufs neue von diesen klugen und amüsanten vierbeinigen Gefährten unterhalten; die Verfasser und Verfasserinnen dieser Kriminalliteratur ebenfalls. Aus den Seiten des *Ellery Queen's Mystery Magazine* und *Alfred Hitchcock's Mystery Magazine* präsentieren wir Ihnen eine weitere, wundervolle Zusammenstellung von Autoren und Autorinnen, Katzen und Katern in Haupt- und Nebenrollen.

Für Einsteiger haben wir ›Der Fehltritt von Madame Phloi‹ von Lilian Jackson Braun, einer Autorin, die sich auf der ganzen Welt großer Beliebtheit erfreut; keine Sammlung von Katzenkrimis wäre vollständig ohne eine Geschichte von der Königin der Katzen. Daneben finden wir Geschichten von Ellis Peters, Dorothy L. Sayers und P. G. Wodehouse. Die Sammlung beinhaltet eine breite Palette von Katzenkrimis; sie spannt einen Bogen von beschwingten Geschichten wie ›Eine Katzenentführung‹ von A. H. Z. Carr bis zur dunkleren Seite des Menschen, die in der Erzählung ›Tiere‹ von Clark Howard zum Vorschein kommt; sie reicht von erschreckenden Geschichten wie ›Kleine Wunder‹ von Kristine Kathryn Rusch bis zu einem klassisch aufgebauten Krimi, ›Morde im Privatzoo‹ von Edward D. Hoch.

Diese für Katzenliebhaber und Krimifans gedachte Sammlung sollte beiden ein zufriedenes Schnurren entlocken.

Cynthia Manson

Der Handlanger

Sandra Woodruff

Verstorben: Croft, Jane Gilberta. Bei sich zu Hause, nach tapfer ertragenem Leiden. Hinterbliebene sind ihr Großneffe Alexander de Vries und ihre kleine Bande: Schlauberger, Courtall, Crossbite, Ranger, Fainall, Vainlove und Furpants. Sie wird uns fehlen. Bei Blumenspenden wird nur um Orchideen gebeten.

Wisteria Cottage
28. März
Mein lieber Junge,
Du hältst mich bestimmt für eine morbide alte Frau, die sich dauernd mit dem Tod beschäftigt. Laß das bleiben. Dieser Gedanke ist Deiner nicht würdig. Wie immer bin ich froh und munter. Ich schreibe Dir, weil Dr. McKillop mich darüber informiert hat, daß mein Herz nach 83 Jahren nun doch Alterserscheinungen zeigt. »Nehmen Sie kein Blatt vor den Mund, Doktor«, verlangte ich. »Ich kann es verkraften.« Der Mann ist kein Freund abgedroschener Phrasen und antwortete ernst, daß es mit mir zu Ende gehe. Aus seinen Schwafeleien schließe ich, daß mir noch einige Monate des Siechtums und des Dahinschwindens vergönnt sind. Vielleicht beiße ich aber auch urplötzlich ›ins Gras‹, wie man so sagt. Folglich regele ich gerade meine Angelegenheiten. Meine Todesanzeige liegt bei. Setze Sie doch genau so in Zeitungen mit Niveau, in den *Globe and Mail* und in die *Times*. Mein Alter habe ich weggelassen, weil ich den Appetit der Neugierigen nicht zu stillen wünsche. Außerdem habe ich unerwarteterweise ein Gefühl, das ich nur als abergläubische Furcht beschreiben kann und das mich davon abhält, den Zeitpunkt meines eigenen Todes vorwegzunehmen.

Ich habe auch mein Testament gemacht. Da Du mein einziger lebender Angehöriger bist, ist es nicht kompliziert. Wie

Du weißt, habe ich einen starken Sinn für die Verpflichtungen gegenüber der Familie und einen Widerwillen gegen unnötiges Aufteilen von Eigentum. Dich und meinen Anwalt Mr. Swaine habe ich zu meinen Erbschaftsverwaltern ernannt. Seine Kanzlei hat sich bereits mit dem Treuhandvermögen befaßt, das Du von mir erhalten hast; sie hat auch die Erbschaft Deiner Eltern an Dich abgewickelt. Auf Mr. Swaines exzellenten Vorschlag hin habe ich mein Testament noch mit einem Zusatz versehen, der allen Briefen, die zur Zeit meines Todes in meinem Besitz gefunden werden und spezifische Hinterlassenschaften beschreiben, volle Rechtskraft verleiht. Diese kann ich nach eigenem Belieben ändern, ohne dabei irgend jemanden zu Rate zu ziehen. Wenn die Zeit gekommen ist, wirst Du sie in der obersten linken Schublade meines Schreibtisches finden.

Glaube mir, es ist wichtig, sich um diese Sachen zu kümmern, wie unangenehm sie euch jungen Leuten auch erscheinen mögen. Jedenfalls kann ich Dir versichern, daß sie mich nicht über Gebühr in Unruhe versetzen.

Deine Dich liebende Tante
Gilberta Croft

Tante Gilbertas Brief brachte mich ganz durcheinander. Damit wir uns nicht falsch verstehen. Ich bin es gewohnt, Briefe von ihr zu bekommen. Obwohl sie nur fünfzehn Meilen von mir entfernt wohnt, weigert sie sich, das Telefon zu benutzen. Sie behauptet, es mache Kommunikation zu einer viel zu flüchtigen Angelegenheit. Ich dachte, nichts von dem, was sie tut, könnte mich noch überraschen, aber als ich Montag morgen ihren Nachruf in meiner Post fand, war das etwas anderes.

Tante Gilberta nahm mich zu sich, als meine Eltern vor vierzehn Jahren bei einem Autounfall ums Leben gekommen waren. Damals hatte ich gerade meinen zwölften Geburtstag hinter mir. Gilberta war gerade Witwe geworden, und es gab wirklich keinen anderen, der mich haben wollte. »Ich schulde es deiner armen toten Mutter«, hatte sie damals gesagt. Meine Eltern haben immer betont, man solle die Menschen nehmen wie sie sind, und über ihrem Küchenherd hing ein Plakat, auf dem stand: *Wage es, anders zu sein.* Gemessen an meinen Maßstäben war daher an Tante Gilberta nichts Ungewöhnliches. Alle meine Freunde meinten jedoch, sie sei zum Schießen.

Nehmen wir nur einmal die Katzen. Jeder herumstreunende Kater, der vorüberspazierte, wurde gefüttert, kastriert und dann als einer ihrer ›Jungs‹ einfach so bei ihr aufgenommen. Ich bin nicht einmal sicher, ob sie überhaupt alle obdachlos waren. Gemeinsam suchten wir für einen nach dem anderen einen Namen. Ich erinnere mich daran, daß Tante G. das sehr ernst nahm.

»Ich erforsche gerade die Theorie der Namensgebung bei Katzen«, verkündete sie. »Es hat den Anschein, als ob viele Leute ihre Katzen aus einem deplazierten Wunsch nach gesellschaftlichem Status heraus nach Adligen benennen. Ich mache das anders. Meine Katzennamen müssen sich gut rufen lassen. Der Klang des Rufes ist überaus wichtig, vergiß das nie, mein lieber Junge.« Damit hatte sie nicht ganz unrecht. Ein durch die Nacht hallendes »Hierher, Furpants!« ist etwas Denkwürdiges. Ich mußte das wissen – schließlich war ich es ja, der sie immer rufen mußte.

An den Abenden las sie laut ›die großen Komödien‹ vor, um mich zu einem zivilisierten Menschen zu machen – obwohl sie immer bedauerte, daß sie mich zu spät bekommen habe, um dieser Aufgabe richtig nachkommen zu können. Wir arbeiteten uns durch Congreve, Sheridan, Feydeau und ihre Lieblingsautoren Mr. Wilde und Mr. Coward. In einer Feydeau-Nacht knallte sie das Buch mitten im ersten Akt zu und sagte aus heiterem Himmel: »Dein Onkel Henry ist immer unaufrichtig zu mir gewesen. Ich kann es ihm niemals verzeihen, daß er mir den bitteren Ernst von Untreue zeigte. Das hat mir die Freude an Schlafzimmerschwänken gründlich verdorben.«

Sie spricht wirklich so. Immer nennt sie mich ›mein lieber Junge‹. Sofort erhob ich lautstarken Protest. »Aber mein lieber Junge«, antwortete sie. »Dein Name gefällt mir einfach nicht. Meine Nichte nannte dich gegen meinen Wunsch Alexander und wollte damit meine Schwester erfreuen. Für mich bist du daher ›mein lieber Junge‹ oder möglicherweise ›Lieber‹. Du *bist* ja auch ein lieber Junge!« Sie lächelte und tätschelte meine Hand.

Tante Gilberta wollte, daß ich Rechtsanwalt wurde, nahm es aber ziemlich gefaßt auf, als ich meine Ausbildung an der juristischen Fakultät abbrach und ins Renovierungsgeschäft einstieg. Ich kaufe Häuser, mache sie fertig und verkaufe sie mit Gewinn. Eigentlich war es Tante G. gewesen, die mir das Geld zum Kauf der ersten Häuser gegeben hatte, die ich wiederaufbaute. »Geld für den Anfang«, plauderte sie, »aber von jetzt an mußt du allein zurechtkommen.« Von ihrer Warte aus war das alte Mädchen gut zu mir gewesen. Nach ihrer Briefbombe beschloß ich, einen Besuch bei ihr für eine gute Idee zu halten.

Tante Gilberta lebt zurückgezogen und von Chintz umgeben am Rand von Oakes' Corners, einem Dorf etwa achtzig Meilen östlich von Toronto. Ihr Haus ist ein ganz normales kleines Landhaus aus Ziegeln im viktorianischen Stil Ontarios, aber das erkennt man nicht ohne weiteres, denn das kleine weiße Tor, die Hecken, die Straße mit der Kirche am Fuß des Hügels, alles sieht aus wie im alten England. Tante G. hat sich vor dem kleinsten Anflug kanadischer Lebensart bewahrt, seit ihre Familie vor sechzig Jahren aus England herüberkam. Immer noch führt sie den Lebensstil eines Mädchens auf dem Lande zur Zeit König Eduards. Ich glaube sogar, sie holt auf diese Weise ihre Mädchenzeit nach.

Ich muß sagen, der Besuch war wie alle anderen Besuche auch. Tante Gilberta war ganz die alte. Wie immer klopfte ich an die Tür und ging hinein. Ihre Stimme kam aus dem Wohnzimmer, Furpants (fett und gestreift) saß auf ihrem Schoß, Crossbite (mager und schwarz) auf der Lehne ihres Ohrensessels.

»Hallo, mein lieber Junge«, begrüßte sie mich. »Riecht das Haus eigentlich nach Katzen?« Das ist die übliche Begrüßung von Tante Gilberta.

»Nein, Tante G., es riecht nach Lavendel und Hyazinthen«, antwortete ich wahrheitsgemäß, als sie mir ihre Wange zum Kuß hinhielt. Diese Szene haben wir schon viele Male durchgespielt.

»Gut«, antwortete sie genau aufs Stichwort. »In meiner Kindheit roch es in den besten Häusern natürlich nach Hunden und Feuchtigkeit. Dadurch unterschieden sich die Vornehmen vom gemeinen Volk. Katzen waren vergleichsweise vulgär.«

Ich beeilte mich, das Thema zu wechseln. »Wo ist Mrs. Nelles heute?« Mrs. Nelles ist für die Dreckarbeiten zuständig. Sie kocht, putzt und bewältigt das alltägliche Einerlei. Sie wahrt auch gebührende Distanz.

»Sie hat frei, mein lieber Junge.« Tante Gilberta klang verstimmt. »Sie fordert jetzt zwei freie Nachmittage in der Woche anstatt eines ganzen Tages. Das paßt mir überhaupt nicht, aber sie behauptet, ich sollte nicht mehr zu lange alleingelassen werden. Für den Fall der Fälle«, fügte sie düster hinzu und äffte dabei auf glaubwürdige Weise Mrs. Nelles Schwermut nach. Dann wurde sie wieder heiterer. »Wir können nach dem Tee darüber sprechen.«

Mit ›Gespräch‹ meinte sie natürlich eine Erörterung ihres Siechtums, die wir auch eingehend vornahmen. Tante G. ging offensichtlich auf Nummer Sicher. Sie war fest entschlossen, ihrem Arzt zu beweisen, daß er sich irrte, während sie gleichzeitig seine Anweisungen befolgte, vorsichtig mit ihrem Herzen umzugehen. Lange Wege treppauf wurden rationiert, Gänge zum Postamt waren erlaubt. Als weitere Rechtfertigung dieser täglichen Gänge wartete sie mit einem ihrer Grundsätze auf: »Einen Schwächeren sollte man nie in Versuchung führen.« Ich war in der Lage, mir Versuchungen vorzustellen, aber nicht in Tante G.s Post.

Mit Nachdruck bestand sie darauf, ihre Angelegenheiten selbst in die Hand zu nehmen, wie sie es nannte.

»Wenn der Zeitpunkt gekommen ist, wirst du froh über meine sorgfältigen Planungen sein«, war alles, was sie gewöhnlich dazu äußerte. Nie zuvor hatte sie auch nur das geringste Interesse an finanziellen Dingen gezeigt. Ich habe bestimmt häufig genug versucht, mit ihr über mein Geschäft zu reden. Wann immer ich jedoch auf Geld zu sprechen kam, fiel sie mir mit einem typischen Tante Gilbertaismus ins Wort: »Ich kann mit Dankbarkeit sagen, daß ich mich finanziell zu gut stehe, um Geldgeschäfte zu begreifen. Ich stimme mit denen überein, die sagen, es sei Sache des Mannes, sich um Geld zu kümmern. Bei einer Frau wirkt das nur aufdringlich, wie Hosen mit Schottenmuster.« Auf so etwas läßt sich nichts mehr sagen.

Als ich ging, versuchte ich, sie ein wenig aufzumuntern, teilweise, weil sie mir Sorgen bereitete, zum anderen Teil, weil es mir dämmerte, daß ich für Tante G., sollte sie wirklich krank werden, rund um die Uhr verantwortlich war. Ich wußte nicht, ob ich damit umgehen könnte.

»Weißt du, Tante«, sagte ich, »du solltest versuchen, mehr Menschen zu begegnen. Sonst fängst du nur das Grübeln an. Such dir doch einen netten jungen Mann, der deine Gedanken von deinen Sorgen ablenkt.« Wenn sie jemand gewesen wäre, dem man mit dem Ellbogen einen Stoß in die Rippen hätte geben können, hätte ich das getan.

Mir blieb die Spucke weg, als ich eine Woche darauf einen weiteren Brief erhielt.

Wisteria Cottage
3. April
Mein lieber Junge,
Du wirst Dich freuen zu erfahren, daß ich mir Deinen Rat zu Herzen genommen und einen neuen Freund gefunden habe, einen jungen Mann namens Alvin Ferrars. Er gehört zu den Dundas Ferrars, und ich kannte seinen Großvater. Während ich meine Angelegenheiten in Ordnung brachte, fiel mir ein, daß ich der Kunstgalerie einen oder zwei dieser Sickerts anbieten könnte, die Dein Onkel Henry so eifrig gesammelt hat. Sie sind schrecklich, aber gegenwärtig wieder in Mode, glaube ich. Ich möchte sie ihnen spenden, aber erst nach meinem Tod übergeben lassen. Mr. Ferrars kümmert sich um die Neuanschaffungen für die Galerie. Er sei völlig außer sich gewesen vor Begeisterung über mein großzügiges

14

Angebot, sagte er. In vielerlei Hinsicht erinnert mich Mr. Ferrars an Deinen Onkel in jungen Jahren. Er ist vernarrt in schöne Dinge, obwohl er sie nicht ansehen kann, ohne sie aufheben, ja, ich könnte fast sagen, ohne sie horten zu wollen. Als er meinen kleinen turkmenischen Teppich an der Haustür vorfand, wo man immer mit dreckigen Füßen drüberläuft, wurde er ganz unglücklich. Angesichts Courtalls blauer Schüssel geriet er richtig aus dem Häuschen. Sie scheint aus allerbestem und seltenem Qualitätsglas zu bestehen und ein richtiges Sammlerobjekt zu sein. Mir kommt das eher merkwürdig vor. Diese Art von Glas würde ich nicht als qualitativ besonders wertvoll ansehen, ganz gleich, ob es sich dabei um ein Sammlerobjekt handelt oder nicht. Wie Du weißt, habe ich mich immer an meinen Dingen gefreut, sie aber nicht gerade mit Samthandschuhen angefaßt. Courtall findet überaus großen Gefallen an seiner Schüssel. Ich bin mir sicher, daß er seinen Tee aus nichts anderem trinken würde. Es war ein Vergnügen, mit einem so kultivierten und aufmerksamen jungen Mann wie Mr. Ferrars zu sprechen. Auch Vainlove hat sich von ihm recht angezogen gefühlt und Du weißt ja, wie eigen er ist. Die Zeit verging wie im Flug. Glücklicherweise wird er noch einmal wiederkommen müssen, um die ganzen Vorbereitungen zum Abschluß zu bringen – Gutachten, Geschenkformulare und so weiter. Ich hoffe, Du wirst bald einmal auf einen Besuch vorbeikommen, mein lieber Junge. Ich sehe Dich viel zu selten.

Deine Dich liebende Tante
Gilberta Croft

Vielleicht sieht sie mich ja tatsächlich viel zu selten, aber als ich im Verlauf der Woche für einige Minuten bei ihr vorbeischaute, um ihr zu sagen, daß ich eine Weile unterwegs sein würde, hatte sie kaum einen Gedanken für mich übrig. Mr. Ferrars sagt dies und Mr. Ferrars tut das und Mr. Ferrars kommt bei den Katzen überaus gut an, nicht nur speziell bei Vainlove. Auch mit Ranger versteht er sich gut, der sich nie auf einen Schoß setzt, wohl aber bei Mr. Ferrars. Und Mr. Ferrars stört sich nicht einmal daran, daß Ranger seine ganze Hose mit weißen Haaren bedeckt. Als ich ging, hatte ich Mr. Ferrars gründlich satt.

Der nächste Monat war unglaublich hektisch. Geschäftlich war ich mehr oder weniger ununterbrochen auf Achse. Eigentlich liefen die Geschäfte momentan gar nicht so gut. In meiner Branche ist der Cash-Flow von höchster Bedeutung. Man muß zu einem guten Zeitpunkt einkaufen und rechtzeitig verkaufen, sonst gerät man in Schwierigkeiten. Ein Verkauf, auf den ich gesetzt hatte, fiel flach, deshalb mußte ich auf der Stelle Geld auftreiben. Ein Darlehen von Tante Gilberta würde mich über Wasser halten, aber ich machte mir keine rechten Hoffnungen. Die wenigen Male, die ich mir vorher hatte Geld von ihr leihen wollen, hatte sie mir recht festen Widerstand entgegengesetzt – im Klartext: Sie hatte sich glatt geweigert.

»Du kannst nicht von mir erwarten, daß ich für etwas bezahle, das ich nicht gutheißen kann«, oder eine andere Variante dieser Äußerung ist ihre übliche Antwort. Ich denke, sie läßt es mich spüren, daß ich die Ausbildung an der juristischen Fakultät abgebrochen habe. Es ist regelrecht zum Verrücktwerden. Jedenfalls war ich müde und nervlich angespannt, als ich nach Hause kam, stellte meinen Koffer ab und bückte mich, um einen ganzen Monat Post vom Flurteppich aufzuheben (Industrieware, grauer Tweed, dazu gedacht, dreckigen Schuhen standzuhalten). Ganz oben auf dem Haufen lag ein Brief von Tante Gilberta, den sie wie üblich auf ihrem dicken, cremefarbenen Papier geschrieben hatte.

Wisteria Cottage
4. Mai
Lieber Alexander,
ich hoffe, daß Du Dein Geschäft zu Deiner Zufriedenheit abgeschlossen hast. Nach meiner Erfahrung entschieden sich die meisten Männer – und ich muß zu meinem Bedauern sagen, sogar Dein Onkel Henry – ihre Arbeit über ihre Familie und ihre Freunde zu stellen. Es ist fast ein Zeichen von Männlichkeit. Mein guter Alvin ist da allerdings erfrischend anders. Er mißt dem häuslichen Leben, der Freundschaft und

einer angenehmen Umgebung den richtigen Stellenwert bei. Der liebe Junge hatte die Freundlichkeit, zu sagen, er fühle sich bei mir wie zu Hause. Inzwischen baue ich in Deiner Abwesenheit stark auf ihn; insbesondere, da ich ein oder zwei besorgniserregende gesundheitliche Krisen hatte.

Mrs. Nelles besteht weiterhin auf ihren zwei freien Nachmittagen jede Woche. Sie ist bezüglich dieses Themas recht verstockt, und ich muß gestehen, daß mich der Gedanke, sie könnte mich ganz im Stich lassen, wenn ich ihr den Ausgang verbieten würde, ein wenig nervös macht. Soweit es Alvin möglich ist, legt er seine freien Nachmittage auf ihre und verbringt sie mit mir. In der Galerie hat er sonderbare Arbeitszeiten und daher tagsüber oft frei. Er ist mir eine wundervolle Hilfe! Ich habe ihm ein paar kleine Geschenke gemacht, um ihm meine Dankbarkeit zu zeigen – nur einen silbernen Salzstreuer, von dem Dein Onkel behauptete, er stamme noch aus der georgianischen Zeit, und ein Porzellanschüsselchen, ich glaube, Meißner. Wie hat er sich darüber gefreut! Und wie bescheiden er war! »Kommen Sie bloß nicht auf den Gedanken, mir irgend etwas zu geben«, protestierte er. »Wenn Sie möchten, können Sie mir ja ein paar Erinnerungsstücke überlassen, aber nicht mehr.« – »Mein lieber Junge, machen Sie sich keine Sorgen«, habe ich zu ihm gesagt, »Sie werden in meinem Testament Berücksichtigung finden.« Natürlich habe ich jetzt, wo ich ihn kennengelernt habe, in meinem Testament tatsächlich einige Veränderungen vornehmen lassen. Der Brief mit den Anweisungen befindet sich mit den anderen im Schreibtisch. Wenn Du die Zeit erübrigen kannst, komm doch auf einen Besuch bei mir vorbei!

Deine Tante
Gilberta Croft

Nach allem anderen machte mich dieser Brief nun wirklich wütend. Dieser Seitenhieb bezüglich ›die Arbeit über die Familie zu stellen‹ war mies. Offensichtlich dachte dieser junge Alvin Ferrars von den Dundas Ferrars – verdammt sei Tante Gilbertas Fimmel in Puncto guter Familien – an nichts anderes als an sich selbst. ›Kommen Sie bloß nicht auf die Idee, mir irgend etwas zu geben, meine Liebe!‹ Er konnte es gar nicht abwarten, Tante G.s Geld in die Finger zu bekommen – mein Geld, eigentlich. Ich wußte, daß ich bezüglich Ferrars etwas unternehmen mußte, konnte mir aber überhaupt nicht vorstellen, was.

Doch das war auch nicht nötig. Der junge Alvin, der liebe Junge, überspannte den Bogen. Nach meiner Reise verbrachte ich eine Reihe rastloser Tage damit, den Rückstand an Schreibarbeiten abzutragen und versuchte, den Leiter der Bank dazu zu überreden, mir ein Überbrückungsdarlehen zu gewähren. Er wollte nichts davon hören. Er weigerte sich nicht nur, sondern tat das auch noch auf Managerart. »Sie haben sich mit Ihrem Geschäft doch bereits finanziell übernommen, und Ihre Perspektiven sind, offen gesagt, sehr unsicher«, sagte er. »Es wäre nicht sehr klug von uns, Ihnen zum jetzigen Zeitpunkt weitere Gelder zu leihen. Zögern Sie aber nicht, wieder an uns heranzutreten, wenn Sie ein paar wirklich solide Perspektiven vorweisen können.«

Eins ergab das andere, und ich hatte keine Gelegenheit gehabt, Tante Gilberta einen Besuch abzustatten. Mir war auch nicht sonderlich danach gewesen. Ich wußte, ich würde bald hingehen müssen und sie zumindest fragen, ob sie mir Geld lieh. Darauf freute ich mich überhaupt nicht. Doch als ich mich endlich innerlich darauf eingestimmt hatte, es zu tun, bekam ich einen weiteren Brief von ihr, der in sehr zittriger Handschrift abgefaßt war. Ich konnte ihn kaum entziffern.

Wisteria Cottage
9. Mai
Mein lieber Junge,
bitte komm mich ganz bald besuchen. Als es mir sehr schlecht ging, wollte dieser Narr von Dr. McKillop Dich schon anrufen, aber ich lehnte ab. Der Gedanke an so etwas wie eine Sterbebettszene war mir zuwider. Ich habe jedoch wichtige Angelegenheiten mit Dir zu besprechen. Ich befürchte, daß ich mich in Alvin Ferrars mächtig geirrt habe. Er ist nicht der unschuldige Liebhaber schöner Dinge, für den ich ihn gehalten habe. Er ist bedauernswert habgierig, und

ich fürchte, daß die Erwähnung einer kleinen Hinterlassenschaft Grund für seine Habgier war – Du weißt ja, daß ich ihn in meinem Testament bedacht habe. Als er mich kürzlich besuchte, hat er mich wirklich ganz grimmig angeschaut, seine Augen funkelten geradezu. Ich befürchte, daß er mir nach dem Leben trachtet. Zum Teil gebe ich mir selbst die Schuld dafür. Ich habe meine eigene Regel gebrochen und ihn in Versuchung geführt. Deshalb habe ich ihn gebeten, nicht mehr wiederzukommen. Laß mich nicht im Stich!

Deine Dich liebende Tante
Gilberta Croft

Offenbar wurde die Lage allmählich ernst. Entweder war dieser Kriecher von Ferrars wirklich gefährlich, oder Tante G. war jetzt völlig durchgedreht. Es war Donnerstag, einer von Mrs. Nelles' freien Nachmittagen, und daher ging ich direkt nach dem Mittagessen hinüber, um mit Tante G. die Sache unter vier Augen endgültig zu bereinigen. Ich kochte vor Wut. Der Frühling stand gerade in voller Blüte, es war die Jahreszeit, die ich normalerweise am liebsten mag. Um mich abzuregen, fuhr ich daher auf der Nebenstrecke durch die freie Landschaft zu ihr und den Weg vom Hügel hinunter.

Etwa auf halber Strecke traf es mich mit der Wucht einer Tonne Ziegelsteine, daß die einfachste Lösung meiner ganzen Probleme (und schließlich auch ihrer) darin bestand, Tante Gilberta selber umzubringen. Zunächst bereitete mir dieser Gedanke ein derart unbehagliches Gefühl im Magen, daß ich den Wagen anhalten mußte. Ich konnte es nicht glauben, daß ich so etwas auch nur in Erwägung zog. Ich meine, sie hatte mich immerhin einigermaßen großgezogen, obwohl sie nicht gezögert hatte, mich ganz nach Belieben wegen Ferrars fallenzulassen. Schließlich hatte ich mich wieder soweit im Griff, daß ich weiterfahren konnte, hatte jedoch bei meiner Ankunft immer noch ein unwirkliches Gefühl.

Ich betrat das Haus durch die Seitentür. Tante Gilberta mußte das Auto gehört haben, denn sie stand auf dem oberen Treppenabsatz und hielt den schäbigen Morgenmantel fest um ihren Körper geschlungen. Sie wirkte schwach.

Von Anfang an kamen wir nicht zusammen. Zunächst einmal ließ sie uns im oberen Flur stehen. Sie sah aus, als würde sie jeden Moment umkippen, wollte sich aber weder hinlegen noch hinsetzen. Es gab weder Begrüßungen noch den Austausch von Nettigkeiten. Das einzige, worüber sie sprechen wollte, war Alvins Undankbarkeit. Das war mir nur recht – ich hatte für ihn ebenfalls kein gutes Wort übrig.

Kaum hatte ich mich für ihr Thema erwärmt, da kam sie auf meine eigene Undankbarkeit zu sprechen: a) weil ich sie nicht vor dem Bösen in Alvins Herz gewarnt hatte, b) weil ich ihr selber nicht genug Aufmerksamkeit geschenkt hatte, und c) weil ich zu ihrem Verdruß beigetragen hatte, denn ich war weggegangen und hatte sie in Alvins Klauen zurückgelassen. Es war überhaupt nicht mit ihr zu reden; ich hätte einfach gehen und später zurückkommen sollen. Ich wußte, es war jetzt nicht der richtige Zeitpunkt, um sie zu bitten, mir Geld zu leihen, aber ich war verzweifelt. Ich hatte nur noch bis Freitagabend Zeit, das Geld aufzutreiben, und sie war meine einzige Chance. Außerdem hatte ich die anderen Male auf den besten Moment gewartet, und es hatte nichts geändert. Ich wollte es einfach hinter mich bringen.

Sie nahm es überhaupt nicht gut auf. Eine ihrer frostigen, kleinen Äußerungen hätte ich fast noch willkommen geheißen. Doch sie verwandelte sich in ein laut keifendes Fischweib. Ich wußte gar nicht, daß das in ihr steckte. Im Kern ging es darum, daß sie mir weder jetzt noch zu irgendeinem anderen Zeitpunkt je Geld leihen würde. Onkel Henry, Alvin und ich, wir seien alle gleich. Alle hätten wir sie hintergangen und ausgenutzt.

Obwohl ich selbst ganz schön aufgebracht war, versuchte ich zunächst, sie zu besänftigen. Sie war regelrecht hysterisch. Ich versuchte es sogar auf die witzige Art und meinte, eine feine Dame hätte sich doch immer unter Kontrolle. Doch das war ein Fehler. Sie schimpfte, ich sei oberflächlich und besäße nicht das geringste Feingefühl. Schließlich verlor auch ich die Geduld und schrie los.

»Du kannst es wohl nicht ertragen, wenn jemand die Oberhand gewinnt, nicht wahr, Tante Gilberta? Du hast dich immer als Autorität aufgespielt, hast immer damit gegeizt, anderen Menschen einen Gefallen zu tun. Du weißt ja gar nicht, wie das ist, von den Launen einer anderen Person abhängig zu sein! Was meinst du wohl, was das für ein Gefühl ist, um Geld zu bitten, das ich dringend brauche, und daraufhin wie ein Unmensch behandelt zu werden? Denkst du etwa, mir macht das Spaß? Schau mich an! Du hast mir nur das gegeben, was ich deiner Meinung nach haben sollte, aber nie das, was ich wollte. Für dich bin ich keine Person, sondern nur eine Marionette! An meiner Person hast du nie Interesse gehabt! Eigentlich bist du an gar keinem interessiert – du willst die Leute doch nur kontrollieren! Jawohl, du bist selbstsüchtig und tyrannisch und falsch! Ohne den falschen Anschein, den du dauernd erweckst, bist du ein Nichts!« Jetzt begann ich allmählich, mich besser zu fühlen. Die ganzen Jahre hindurch hatte ich ganz schön viel bei mir behalten.

Gerade wurde ich wieder ruhiger, da lächelte sie. Tatsächlich, sie lächelte. Sie lachte mich aus. Ein Woge nackter Wut überkam mich; ich packte und schüttelte sie. Ich hätte damit immer weiter fortfahren und einfach zusehen können, wie alles Unechte aus ihr herausströmte, aber sie riß sich von mir los. Rückwärts fiel sie die Treppe hinunter und lag dann zusammengekrümmt am Fuß der Stufen. Eine Hand war ausgestreckt, um sich zu retten, die andere hielt immer noch ihren alten Morgenmantel fest umklammert, als ob ich versuchen könnte, ihn ihr wegzunehmen.

Sie ist nie eine gute Zuhörerin gewesen, dachte ich als erstes, als ich sie dort liegen sah. Als zweites dachte ich, jetzt ist sie tot, und ich habe sie umgebracht. Um sicherzugehen, überprüfte ich ihren Herzschlag, aber natürlich war da nichts mehr. Meine Knie begannen so stark zu zittern, daß ich mich auf eine Stufe setzen mußte. Das Geschrei mußte Ranger, die große weiße Katze, aufgeschreckt haben, denn sie kam aus dem Wohnzimmer, ignorierte Tante Gilberta und setzte sich auf meinen Schoß.

Plötzlich wurde ich ganz ruhig und klar im Kopf, saß mit einer Katze auf meinem Schoß da, und Tante Gilberta in ihrem Morgenmantel war ein kleiner Haufen unter uns. Ich schaute auf meine Uhr. Seit einer Viertelstunde hielt ich mich jetzt im Haus auf.

Es fehlte nicht viel, und ich hätte den Arzt angerufen, um ihm zu sagen, daß ich Tante Gilberta tot aufgefunden hatte, kam jedoch zu dem Schluß, daß ich damit nur Ärger heraufbeschwor. Er würde direkt wissen, daß sie gerade gestorben war, und es gab keine Möglichkeit, ihm die wahren Geschehnisse zu erklären – er würde es nicht begreifen. Daher entschied ich mich, zu warten, bis am Abend Mrs. Nelles Tante Gilberta finden würde. Selbst wenn mich jemand ins Haus hatte kommen sehen, würde sie dann schon so lange tot sein, daß ein paar Minuten mehr oder weniger nichts ausmachten. Offensichtlich mußte ich nur ganz schnell verschwinden. Doch zuerst mußte ich den Brief an Alvin Ferrars beseitigen.

Wie Tante Gilberta angegeben hatte, befanden sich die Briefe in der obersten linken Schublade ihres Schreibtisches. Der Brief an Alvin lag rechts hinten. Er war nur kurz: »Als Dank für Ihre Aufmerksamkeiten einer alten Frau gegenüber hinterlasse ich Ihnen, Alvin, Courtalls blaue Schüssel, die Sie so sehr bewundert haben. Ich bitte Sie lediglich darum, daß Sie sie durch eine normale blaue Glasschüssel ersetzen. Courtall mag blaue Sachen.«

Ich hätte laut loslachen können – eine Schüssel, ein Stück ausrangierter Trödel! Armer Kerl, alle Mühen waren umsonst gewesen! Einen Augenblick lang gönnte ich ihm sogar das georgianische Silber. In einer plötzlichen Anwandlung von Freundlichkeit legte ich den Brief wieder zurück.

Eine Minute später verließ ich schweigend das Haus. Keiner bekam mich zu Gesicht. Als Mrs. Nelles anrief, um mir die Neuigkeit mitzuteilen, schaffte ich es überzeugend, Überraschung und Trauer zu zeigen. Mit der mir üblichen Effizienz traf ich alle Vorbereitungen für die Beerdigung und setzte die Todesanzeige den Anweisungen gemäß in die besten Zeitungen. Montag sollte Tante Gilberta beigesetzt werden.

Die Wartezeit war fürchterlich. Ich fühlte mich genau wie damals, als meine Eltern gestorben waren. Millionenmal habe ich Tante G. sagen hören: »Mein lieber Junge, du bist mein einziger lebender Angehöriger!« Auch sie war meine einzige lebende Familienangehörige. Doch so richtig hatte ich nie darüber nachgedacht, was das bedeutete. Jetzt weiß ich es. Es bedeutet, daß ich vollkommen auf mich gestellt bin. Sicher, ich habe meine Freunde, aber keine Freundschaft reicht so weit zurück, keiner kümmert sich wirklich um mich. Ich redete mir ein, daß alles doch nur gut gemeint gewesen war. So wie Tante G. ausgesehen hatte, hätte sie es unmöglich noch lange gemacht. Auch wenn sie wirklich noch eine längere Zeit dahingesiecht wäre (Todesanzeige hin oder her), hätte sie das gehaßt.

Ich kann nicht verleugnen, daß ich erleichtert darüber war, daß ich jetzt für die Zukunft bessere Perspektiven hatte. Freitag morgen ging ich das Risiko ein, den Leiter der Bank anzurufen und das Überbrückungsdarlehen in die Wege zu leiten. Ich weiß, ich war ein wenig vorschnell, aber es ging nicht anders. Offensichtlich hatte die Nachricht schon die Runde gemacht, denn es ließ seinen ganzen schmeichlerischen Charme auf mich einwirken. Über Nacht war ich zu einem hochgeachteten Kunden geworden. Er besaß sogar die Frechheit, mir sein Beileid über den Verlust meiner Tante auszusprechen und mich im gleichen Atemzug zu meinen jetzt sicheren Aussichten zu beglückwünschen.

Nach dem Begräbnis, auf dem sich Alvin Ferrars nicht blicken ließ, kehrte ich mit Mr. Swaine in dessen Büro zurück, um mit ihm das Testament zu erörtern. Mr. Swaine war groß, dünn und ernst. Ob er immer traurig war, oder ob es sein an Begräbnisse angepaßtes Verhalten war, das ich mitbekam, konnte ich nicht entscheiden. Er vergeudete keine Zeit mit Plaudereien.

»Ihre Tante gab mir zu verstehen, daß Sie mit dem wesentlichen Inhalt ihres Testamentes vertraut sind«, begann er. »Wie Ihnen bekannt ist, sind wir ihre Erbschaftsverwalter. Die entsprechenden Vorkehrungen werden wir zu gegebener Zeit besprechen, doch für heute hat mir Mrs. Croft einen Brief für Sie mit der Anweisung hinterlassen, ich solle Sie alleine lassen, wenn Sie ihn lesen.« Mit diesen Worten reichte er mir einen unhandlichen, cremefarbenen Briefumschlag und räumte würdevoll das Feld.

Ich war überrascht, aber nicht besorgt. Ein Brief, der mir nach ihrem Begräbnis überreicht werden sollte – das trug ganz die Handschrift Tante Gilbertas. Wieder ihre alte feste Handschrift zu sehen, war jedoch ein Schock für mich. Es war, als sei sie wieder mit neuer Lebenskraft beseelt worden. Der Brief trug ein sechs Wochen altes Datum. Er lautete:

Mein lieber Junge,

wenn Du dies liest, hast Du mich bereits umgebracht. Du wirst darüber überrascht sein, daß ich das schon zu einem Zeitpunkt weiß, wo Du vielleicht noch nicht einmal einen Plan zu meiner Beseitigung gefaßt hast. In der Tat bin ich nicht so gefühllos, daß ich von Dir etwas Vorsätzliches erwarte, aber das Endergebnis bleibt sich gleich. Einen kränkelnden und wahrscheinlich lästigen Verwandten zu beseitigen wird anfangen, als zweckdienlicher Schritt zu erscheinen, und Du warst schon immer ein Freund von Zweckdienlichkeit.

Da es unwahrscheinlich ist, daß mir für mein Geständnis ein Sterbebett zur Verfügung steht, muß ich etwas verfrüht gestehen, daß auch ich den Weg des geringsten Widerstandes genommen habe. Mein Tod war kein Mord, sondern vielmehr ein auf angemessene Distanz gehaltener Selbstmord. Ich habe die Aussicht eines sich dahinziehenden Todes gefürchtet. Die Aussicht des Todes bereitet mir ohnehin nicht gerade Vergnügen. Vor die Wahl gestellt, ziehe ich jedoch einen schnellen dem langsamen Tod vor. Daher habe ich meinem Herzen ein bißchen viel zugemutet, allerdings vergeblich. Ein zusätzlicher Weg oder zweimal die Treppen hoch am Tag; der Spaziergang vom Postamt den Hügel hoch, sogar ein lachhafter Versuch, herumzuspringen – ich habe alles überlebt.

Daher wurde ich gezwungen, Deine Hilfe in Anspruch zu nehmen. Du bist mein einziger lebender Familienangehöriger, und es handelt sich um eine vertrauliche Angelegenheit.

24

Ich beschloß, einen Streit mit Dir zu inszenieren. Dich kann man nur langsam zur Weißglut bringen, aber wenn es dann soweit ist, dann bricht es gewaltsam aus Dir heraus. Ich werde also eine passende Gelegenheit abwarten, und Dich dann so lange provozieren, bis Du es mir heimzahlst. Mit wütenden Worten? Einem richtigen Hieb? Einem Stoß die Treppe hinunter? Am besten weiß ich das gar nicht erst. Ich werde Dich dazu verleiten, dann verlasse ich mich darauf, daß Du und mein schwaches Herz den Rest erledigen. Wenn meine Entschlossenheit nicht nachläßt, dann wird diese Plan vielleicht sogar die Tage ein wenig interessanter machen, denn meinen Tagen mangelt es immer mehr an etwas Interessantem.

Ich muß noch eine andere Sache gestehen. Zur Unterstützung meines Vorhabens habe ich ein klein wenig gemogelt. Ich habe den starken Eindruck erweckt (obwohl nicht direkt gelogen – ich lüge nie), daß Du mein Erbe sein würdest. Eigentlich ist das nicht der Fall. Ich werde Dir kein Geld hinterlassen. Unter den gegebenen Umständen wäre es nicht gut für Deinen Charakter, wenn Du von meinem Tod profitieren würdest. Darüber hinaus bin ich eine Frau mit einem starken Familiengefühl. Es war schon immer mein Grundsatz, daß meine Lieben noch zu meinen Lebzeiten gut versorgt sein sollten und nicht gezwungen sind, bis auf meinen Tod auf einen finanziellen Vorteil zu warten. Die Vorkehrungen, die ich bereits für Dich getroffen habe, und das Erbe, das Du von deinen Eltern bekommen hast, sollten Dich mit ein wenig Sorgfalt sorgenfrei leben lassen. Deine riskanten Pläne sind Deine Sache. Was Geld anbelangt, bist Du überaus schlau, mein lieber Junge. Ich hatte das Vergnügen, mitzubekommen, wie Du Dir Deinen Platz im Leben begründet und mich aus der Verantwortung Dir gegenüber als einzige Verwandte entlassen hast. Ich hinterlasse Dir mein rosafarbenes Glanz-Teeservice, um unsere gemeinsamen Nachmittagstees in Erinnerung zu rufen. Versäume nie den Nachmittagstee. Es ist eine Mahlzeit für Kinder und die oberen Klassen.

Als mein Erbschaftsverwalter hast Du Anspruch auf eine kleine Vergütung. Diese Vergütung ist nur Konvention; mein

Testament stellt ja keine hohen Anforderungen. Du weißt, wo sich meine Briefe befinden. Meinen gesamten Besitz – das Haus, alles, was sich darin befindet, und mein Kapital – hinterlasse ich für die Pflege meiner Katzen. Mrs. Nelles wird weiter im Haus bleiben und ihren gegenwärtigen Lohn bekommen. Es bleibt Dir freigestellt, ihn zu erhöhen. Sollte sie gehen, mußt Du sofort einen passenden Ersatz finden. Spare weder Kosten noch Mühen. Die Katzen müssen in ihrem eigenen Zuhause bleiben, bis die letzte von ihnen stirbt. Sie hängen so sehr am Haus. Fainall würde an jedem anderen Platz vor Gram vergehen; Schlauberger ist nicht so unverwüstlich, wie er sein könnte.

Schließlich sollen das Haus und alles, was sich darin befindet, verkauft werden; der Erlös soll der britischen Gesellschaft zur Verhinderung von Vivisektion gestiftet werden. Diese Gruppe unterstütze ich schon seit langem. Sie haben ein Büro in der Harley Street. Kümmere Dich um meine Bande, wie ich es tun würde. Achte darauf, daß sie die beste tierärztliche Behandlung bekommen, wenn sie älter werden. Sie sollen unter keinen Umständen eingeschläfert werden. Ihr Tod wird Dir nichts nützen, und ich bin allgemein gegen das Töten. Ich unterschreibe dieses letzte Mal als

Deine dich liebende Tante
Gilberta Croft

Der Fehltritt Madame Phlois

Lilian Jackson Braun

Von Anfang an verspürte Madame Phloi gegenüber dem Mann, der im Apartment nebenan einzog, eine instinktive Abneigung. Er war fett, und seinen Hosenschlägen entströmte der unangenehme Geruch eines Hydranten.

Das erste Mal begegneten sich die beiden im altersschwachen Aufzug, der in den zehnten Stock des betagten Gebäudes hochschlingerte, das einmal ein vornehmes Haus gewesen war, mittlerweile jedoch fast auseinanderfiel. Madame Phloi war durch den Stadtpark gebummelt, hatte Gras gekaut und verblichene Schmetterlinge gejagt, und als sie und ihre Begleiterin für die langsame Fahrt nach oben in den Aufzug traten, war die Kabine fast vollständig vom neuen Nachbarn ausgefüllt.

Der fette Mann und die Madame stellten einen Gegensatz dar, der in diesem Wohnhaus mit der glänzenden Vergangenheit und der fehlenden Zukunft nichts Ungewöhnliches darstellte. Er war massig, abstoßend und nachlässig gekleidet. Madame Phloi war eine langbeinige Aristokratin mit blauen Augen, deren cremefarbenes, rehbraunes Fell sich an den Beinen in ein tiefes Braun verfärbte.

Die Madame mißbilligte fette Menschen. Sie hatten keinen Schoß, und was soll man mit einem Menschen ohne Schoß schon anfangen? Nichtsdestotrotz erwies sie ihm die allgemein übliche Liebenswürdigkeit, seinen Hosenschlag zu beschnuppern, sprang jedoch augenblicklich einen Satz zurück, zuckte mit der Nase und atmete durch den Mund.

»*Machen* Sie, daß diese Katze von mir weg kommt«, schrie der fette Mann, und stampfte donnernd mit den Füßen auf, um Madame Phloi zu verscheuchen. Ihre Begleiterin zog an der Leine, obwohl es dafür keinen Bedarf gab – die Madame hatte sich bis in eine sichere Ecke des Aufzugs zurückgezo-

27

gen, der erbebt war und ächzend mit seiner Fahrt nach oben fortfuhr.

»Mögen Sie keine Tiere?« fragte die sanfte Stimme am anderen Ende der Leine.

»Scheußliche, hinterhältige Biester sind das!« meinte der Fette wütend. »Wo ich zuletzt gewohnt habe, hat sich irgendeine miese Katze in mein Zimmer geschlichen und meinen Sittich aufgefressen.«

»Das tut mir aber leid. Wirklich. Um Madame Phloi und Thapthim brauchen Sie sich jedoch keine Sorgen machen. Außerhalb des Apartments sind sie immer an der Leine.«

»Sie haben *zwei* davon? Na, das ist ja wunderbar! Halten Sie sie mir ja vom Leib, sonst breche ich ihnen ihr verdammtes Genick. Das letzte Mal habe ich als Vierzehnjähriger einer Katze den Hals umgedreht; ich weiß aber noch genau, wie es gemacht wird.«

Dann stieß der fette Mann mit dem langen, schwarzen Kasten in der Hand nach Madame Phloi, die sich nichts hatte zuschulden lassen kommen und mit zurückgelegten Ohren und völlig verkrampft in ihrer Ecke saß. Ihr sträubte sich das Fell, und sie versuchte davonzustürzen. Auch als ihre Begleiterin sie in ihre schützenden Arme nahm, war Madame Phlois Körper noch angespannt und zitterte.

Doch erst bei ihrer sicheren Ankunft daheim in ihrem bescheidenen, aber großzügig mit Kissen ausgestatteten Apartment entspannte sich Madame Phloi. Mit steifen Beinen spazierte sie zum sonnigen Fleck auf dem Teppich, an dem Thapthim schlief und leckte ihm über den Kopf. Dann putzte sie sich selbst am ganzen Körper – damit sie den Geruch des fetten Mannes in ihrem Fell loswurde. Thapthim wurde nicht wach.

Dieses verschlafene, überhaupt nicht ehrgeizige, liebenswürdige Geschöpf – ihr Sohn – war Madame Phloi, die selbst so feinfühlig und temperamentvoll war, ein Rätsel. Sie versuchte nicht, ihn zu verstehen; sie liebte ihn, das war alles. Stunden verbrachte sie damit, ihm seine Pfoten, seine Brust und andere Teile seines Körpers zu putzen, die er mit Leichtigkeit auch mit seiner eigenen Zunge hätte erreichen können. Gab es etwas zum Fressen, kaute sie ganz langsam, damit auch auf ihrem Teller etwas für ihn zum Nachtisch übrigblieb, und immer schlang er die Sonderportion mit Heißhunger in sich hinein. Wenn er schlief, was meistens der Fall war, wachte sie an seiner Seite und saß in großspuriger, königlicher Haltung neben ihm, bis sie vor Erschöpfung zu wanken begann. Dann legte sie sich zu einem kleinen Bündel zusammen und döste, ein Auge offen, vor sich hin.

Thapthim war wirklich liebenswert. Er gefiel anderen Katzen, großen und kleinen Hunden, Menschen, und sogar in eingeschränkter Weise ausgesprochenen Katzenhassern. Sein Gesicht glich einer schönen Blume, er hatte blaue Augen, war sanft und vertrauensvoll. Schon als kleines Kätzchen hatte er bereitwillig geschnurrt, wenn er von einer Hand berührt wurde – ganz gleich, zu wem diese Hand gehörte. Schließlich wurde er derart liebenswürdig, daß er schon schnurrte, wenn irgend jemand von der anderen Seite des Zimmers aus zu ihm herüberschaute. Darüber hinaus kam er, sobald er gerufen wurde, und schlang dankbar alles in sich hinein, was man ihm auf seinem Teller servierte, und wenn man ihm sagte, er solle von irgendwo herunterkommen, dann tat er das auch.

Seine weise Mutter schätzte dieses Verhalten, das so gar nicht zu einer Katze passen wollte, überhaupt nicht. Es war ein Zeichen für eine gewisse Charakterschwäche, und daraus würde nichts Gutes erwachsen. Sie versuchte, selber mit gutem Beispiel voranzugehen. Wenn das Essen serviert wurde, schnupperte sie hochmütig am Teller und spazierte davon, ganz gleich, wie sehr das Mahl sie verlocken mochte. Jede Katze mit einem Funken Respekt vor sich selbst machte das so. Ein paar Minuten später kam sie dann zurück und ließ sich dazu herab, zu speisen, doch nie mit offenem Enthusiasmus.

Darüber hinaus sprang eine richtige Katze weg, wenn sich ihr Menschenhände entgegenstreckten, ließ sie hinter sich herjagen und zierte sich ein Weilchen, bevor sie zuließ, sich fangen und liebkosen zu lassen. Thapthim, das muß man leider sagen, beantwortete jeden freundlichen Annäherungsversuch damit, daß er sich herumwälzte, schnurrte und schmachtend hochschaute.

Von Kindesbeinen an waren ihm die in der Wohnung geltenden Regeln vertraut:

Nicht im Schrank mit den Töpfen und Pfannen schlafen. Auf dem Tisch mit dem Tintenfaß zu sitzen ist erlaubt. Auf dem Tisch mit der Kaffeekanne zu sitzen, ist immer verboten.

Die traurige Wahrheit bestand darin, daß Thapthim diese Regeln befolgte. Madame Phloi hingegen wußte, daß eine Regel eine Herausforderung darstellte, und daß es eine Sache der Integrität war, gegen sie zu verstoßen. Zu gehorchen bedeutete, seine Würde zu opfern ... Es hatte den Anschein, als ob ihr Sohn die wahren Werte des Lebens niemals lernen würde.

Sicher, Thapthim wurde seines guten Charakters wegen in der aus Tintenfässern und Kaffeekannen bestehenden Welt der Menschen angehimmelt. Doch Madame Phloi brachte man gleichermaßen Bewunderung entgegen – und das aus den richtigen Gründen heraus. Ihr brachte man aufgrund ihrer Unabhängigkeit Respekt entgegen, man bewunderte sie wegen der klugen Methoden, mit denen sie sich durchsetzte, und liebte den schwarzen Fleck auf ihrer weißen Brust, den Knick in ihrem Schwanz und den argwöhnischen Blick ihrer rittersspornblauen Augen. Sie hatte größere Ähnlichkeit mit einer echten Siamkatze als ihr Sohn. Ihr Gesicht war klein und wirkte munter. Indem sie herausfordernd den Kopf hob, einen mit herzerweichenden, leicht ärgerlichen Augen anstarrte, war sie imstande, einem ein Porterhousesteak unter dem Besteck wegzulocken.

Bis zu dem Zeitpunkt, an dem der fette Mann und sein schwarzer Kasten nebenan einzogen, war Madame Phloi nie einer unfreundlichen Seele begegnet. In ihrer Wohnung im zehnten Stock hatte sie sich zu zwei Menschen, einem Mann und einer Frau gesellt – freundlichen, namenlosen Kreaturen, die viel aus und ein gingen. Der Mann war ein leichtes Opfer für kleine Zwischenmahlzeiten; ein leichtes Klopfen gegen seinen Fußknöchel bewirkte immer, daß er einen Löffel Hüttenkäse hervorzauberte. Die Frau diente in kalten Nächten als Wärmflasche und tat der Madame umgehend den Gefallen, den Bauch zu streicheln oder die Wangenknochen zu massieren, wann immer die Madame das wollte. Sie murmelte der Madame auch mit sanfter Stimme schmeichelhafte Dinge zu, die sie vor Vergnügen die Augen zusammenkneifen ließ.

Doch das Leben bestand nicht nur aus Liebe und Hüttenkäse. Madame Phloi hatte eine regelmäßige Arbeit. Sie paßte offiziell auf den Haushalt auf und behielt dabei auch die Umgebung im Auge.

Sechs Fenster mußten bewacht werden, denn um das Abwasserrohr des Gebäudes herum führte ein breiter Sims an den Fensterbänken des zehnten Stocks entlang; dieser diente den Tauben als Promenade. Dort stolzierten sie entlang, durchsuchten ihr Gefieder und ignorierten die Madame, die auf dem Sims saß und sie leidenschaftslos, aber genau durch das Fliegengitter hindurch beobachtete.

Während am Tag das Aufpassen ihr Job war, war es nach Einbruch der Dunkelheit das Lauschen, und das erforderte noch größere Konzentration. Madame Phloi horchte nach Geräuschen in den Wänden, hörte, wie die Ameisen kauten, das Wasser aus den Rohren sickerte und zuweilen der alte Putz aufplatzte; meistens jedoch belauschte sie die Geister von Generationen verstorbener Mäuse.

Kurz nach dem Vorfall im Aufzug beschäftigte sich Madame Phloi eines Abends wieder einmal damit, zu lauschen; Thapthim schlief, und die anderen beiden blätterten ruhig die Seiten ihrer Bücher um, als ein befremdliches und schreckliches Geräusch aus der Wand drang. Die Ohren der Madame schnellten aufmerksam in die Höhe, dann legten sie sich flach gegen den Kopf.

Ein endloses, gellendes Kreischen kam aus der Wand; nie zuvor hatte die Madame etwas Ähnliches gehört. Der Lärm ließ das Blut gefrieren und marterte die Trommelfelle. Er war so schmerzhaft schrill, daß Madame Phloi den Kopf zurückwarf und sich mit einem durchdringenden Geheul beschwerte. Das schmerzhafte Kreischen weckte sogar Thapthim. Alarmiert schaute er sich um, schüttelte wild den Kopf und schlug sich mit den Krallen gegen die Ohren, um den verletzenden Krach loszuwerden.

Auch die anderen hörten es.

»Hör dir das an!« sagte die Frau mit der sanften Stimme.

»Es muß der Mann nebenan sein«, sagte der Mann. »Das ist ja unglaublich!«

»Ich kann mir nicht vorstellen, daß jemand derart Grobes, etwas so Hervorragendes zustande bringen kann. Ist das nicht Prokofiev?«

»Nein. Ich glaube, es ist Bartók.«

»Heute im Aufzug hatte er seine Geige dabei. Er versuchte, Phloi damit eins über den Kopf zu geben.«

»Er ist nicht ganz richtig im Kopf ... Schau dir nur die Katzen an – offensichtlich machen sie sich nichts aus Geigen.«

Madame Phloi und Thapthim stürzten aus dem Zimmer, stießen zusammen, als sie unter das Bett schossen, um sich zu verstecken.

Es war nicht das einzige Geräusch, das in jenen aufwühlenden Tagen aus dem angrenzenden Apartment drang, nachdem der fette Mann dort eingezogen war. Am folgenden Abend hörte Madame Phloi, die gerade ins Wohnzimmer gekommen war, um mit dem Lauschen zu beginnen, durch die Wand ein gedämpftes, klimperndes Geräusch, das von einem äußerst gesprächig klingenden Zwitschern begleitet wurde. Das war Musik in ihren Ohren; sie ließ sich auf dem Sofa nieder, um sie zu genießen, und steckte ihre braunen Pfoten fein säuberlich unter ihren cremefarbenen Körper.

Es dauerte jedoch nicht lange, und ihre Zufriedenheit wurde gestört. Wie Donner toste die Stimme des fetten Mannes durch die Wand.

»Schau dir nur an, was du da angerichtet hast, du dreckiges Stinktier!« brüllte er. »Genau in meine Geige! Mach, daß du wieder in deinen Käfig kommst, sonst schlag ich dir den Schädel ein!«

Hektisches Flügelschlagen war zu hören.

»*Komm* sofort vom Fenster da herunter, sonst brech ich dir sämtliche Knochen!«

Diese Drohung bewirkte lediglich ein wildes Zwitschern.

»Halt den Schnabel, du dämlicher Trottel! Halt den Schnabel und mach, daß du in diesen Käfig kommst, sonst ...«

Ein gewaltiges Splittern und Krachen ertönte, und bis auf ein gelegentliches, klägliches »Piep!« war alles ruhig.

Madame Phloi war fasziniert. Als sie am nächsten Tag wieder ihren Wachposten einnahm, schienen ihr die Tauben eher langweilige Unterhaltung zu bieten. Sie hatte die Familie an jenem Morgen auf die übliche, ihr eigene Art geweckt, indem sie aufmerksam auf ihre Stirnen starrte, während sie noch schliefen. Dann vergnügte sie sich mit Thapthim in der Badewanne beim Hockeyspiel mit einem Tischtennisball. Es folgte eine Schüssel voller Makrelen, und nach dem Frühstück bezog die Madame wieder ihren Posten am Wohnzimmerfenster. Alle waren den Tag über weg, man hatte jedoch noch das Fenster geöffnet und ein kleines Kissen auf die kühle Fensterbank aus Marmor gelegt.

Dann saß Madame Phloi da – ein kleines, aber waches Fellbündel, das in der willkommenen Sommerluft schnupperte, alles sah und alles wußte. So wußte sie zum Beispiel, daß die Person, die in diesem Augenblick gerade durch den Flur im zehnten Stock ging, alte Tennisschuhe trug und leicht hinkte, daß sie an der Tür zu ihrem Apartment stehenbleiben, ihren Eimer hinstellen und sich mit einem Nachschlüssel Zutritt verschaffen würde.

Sie machte sich kaum die Mühe, ihren Kopf zu drehen, als der Fensterputzer eintrat. Er gehörte zu ihrem regelmäßigen Hofstaat an Bewunderern, roch freundlich, obwohl der Geruch an feuchte Keller und Aufnehmer denken ließ, und was er sagte, war vernünftig. Er gab sich nicht diesen mit Fistelstimme geäußerten Torheiten hin, mit denen manche Leute die Intelligenz der Madame beleidigten.

»Hüpf da runter, Kätzchen!« sagte er mit melodischer Stimme. »Charlie muß das Fliegengitter herausnehmen. Schau, ich habe dir auch etwas Käse mitgebracht.«

Er hielt ihr eine bescheidene Portion Käse hin, und Madame Phloi unterzog es einer genaueren Untersuchung. Unglücklicherweise war es die falsche Sorte, und sie schüttelte wählerisch ihre Pfote.

»Du bist eine ganz schön anspruchsvolle Katze«, lachte Charlie. »Nun gut, dann setz dich hierher und schau Charlie beim Fensterputzen an. Wehe, du springst auf den Sims hinaus! Ich werde nicht hinter dir herlaufen. Nein, Madame! Dieser alte Sims bröckelt ja schon. Eines Tages werden die Tauben einmal fest mit ihren Füßen auftreten, und weg ist er! … He, schau nur die Scherben da draußen! Irgend jemand hat ein Fenster eingeschlagen.«

Charlie setzte sich auf die Marmorfensterbank und zog den oberen Fensterteil bis auf seinen Schoß herunter. Während Madame Phloi sorgfältig jede seiner Bewegungen verfolgte, schlenderte Thapthim ins Zimmer, gähnte, streckte sich und verschlang den Käse.

»So, jetzt wird Charlie das Fliegengitter wieder einsetzen, und ihr beide könnt weiter diese verrückten Tauben beobachten. Auch das Fliegengitter fällt ja allmählich auseinander! Der ganze Bau hier scheint mir zusammenzubrechen.«

Er vergaß nicht, das Kissen wieder auf die kühle, harte Fensterbank zu legen, und ging weiter, um das nächste Fenster zu putzen. Die Madame setzte sich wieder auf ihren Posten und nahm ganz am Rand des Kissens Platz, damit Thapthim den größten Teil davon für sich haben konnte.

Die Tauben waren an diesem Morgen spät dran. Wahrscheinlich hatte der Fensterputzer sie verscheucht. Als Madame Phloi geduldig auf den ersten Besucher wartete, der mit graublauem Flügelschlag herunterglitt, bemerkte sie die winzige Öffnung im Fliegengitter. Jedes Loch, so klein es auch sein mochte, stellte eine Versuchung dar; Madame Phloi mußte einfach beweisen, daß sie sich hindurchwinden konnte, so eng der Schlitz auch war, und ob es einen guten Grund dafür gab oder nicht.

Sie wartete, bis Charlie aus dem Apartment hinausgehinkt war, dann fing sie an, mit ihrer Nase gegen das Fliegengitter zu drücken, zunächst mit Schwung, dann mit Hartnäckigkeit. Zentimeter um Zentimeter löste sich das verrostete Gitternetz vom Rahmen, bis die gesamte Ecke lose herabhing und Madame Phloi hindurchglitt – Nase und Ohren, die schlanken Schultern, die zierlichen Vorderfüße einer Prinzes-

sin, der gertenschlanke Rumpf, die mageren Flanken, Stahlfe-
dern gleichende Hinterbeine, und schließlich der stolze
braune Schwanz. Das erste Mal in ihrem Leben befand sie
sich auf der Taubenpromenade. Ein köstlicher Schauder
überkam sie.

Auf der anderen Seite des Fliegengitters beobachtete der
lethargische Thapthim, den die seltsame Wendung in den Ereignissen wachgerüttelt hatte, seine wagemutige Mutter mit
etwa einem halben Zentimeter weit herabhängender, rosafar-
bener Zunge. Kurz berührten sich die beiden durch das Fliegengitter hindurch mit ihren Nasen, dann bewegte sich die
Madame auf ihrer Erkundungsreise weiter voran. Vorsichtig
und mit gezierten Schritten wagte sie sich vor – diese Tauben
hatten wirklich keine allzu reinlichen Gewohnheiten.

Der Sims war etwa einen halben Meter breit. Behutsam
näherte sich Madame Phloi dem Rand; die Nase auf dem
Boden, den Schwanz in die Höhe gestreckt. Zehn Stockwerke
tiefer gab es sich bewegende Objekte, jedoch nichts von Interesse, wie sie entschied. Mit zierlichen Bewegungen spazierte sie am äußersten Rand des Simses entlang, um die
Scherben zu meiden, dann riskierte sie es, in Richtung des
Apartments des fetten Mannes vorzustoßen, angetrieben von
einer Neugier, die sie fast vergessen hatte.

Sein Fenster stand auf, kein Fliegengitter versperrte die
Sicht; artig spähte Madame Phloi hinein. Der Länge nach auf
dem Boden ausgestreckt lag der fette Mann, schnarchte, hob
und senkte seinen dicken Bauch in einer Art Rhythmus.
Einen Menschen auf dem Fußboden zu sehen war für die
Madame immer ein Grund zur Beunruhigung, denn sie sah
diesen als Domäne der Katzen an. Besorgt leckte sie sich über
die Nase und starrte den fetten Mann aus ungeheuer großen
Augen an; eine Iris lag auf hypnotische Weise etwas neben
der Mitte. In einer dunklen Ecke des Zimmers schlug etwas
mit den Flügeln und kreischte protestierend; der fette Mann
wurde wach.

»Schttt! *Mach*, daß du hier rauskommst!« rief er, und kam
unsicher auf die Beine.

Mit drei Sätzen legte Madame Phloi die Distanz auf dem

Sims zu ihrem eigenen Fenster zurück, zwängte sich durch das Fliegengitter und befand sich in Sicherheit. Nachdem sie sich umgesehen hatte, um nachzuschauen, ob der fette Mann imstande war, sie zu verfolgen, und beruhigt feststellte, daß das nicht der Fall war, putzte sie Thapthim die Ohren, sich selbst die Pfoten und setzte sich hin, um auf die Tauben zu warten.

Wie jede normale Katze lebte Madame Phloi nach der Regel, alles dreimal zu machen. Dreimal widersetzte sie sich jeder Neuerung, bevor sie sie akzeptierte, dreimal versuchte sie, ein Hindernis zu überwinden, bevor sie aufgab, dreimal probierte sie etwas Neues aus, bevor sie davon abließ. Infolgedessen unternahm sie noch zwei weitere Ausflüge auf die Taubenpromenade und überzeugte schließlich Thapthim davon, sich ihr anzuschließen.

Gemeinsam spähten sie über den Rand auf die Welt unter ihnen. Das Gefühl der Freiheit war berauschend. Unbekümmert setzte Thapthim einer niedrig fliegenden Taube nach und landete auf dem Rücken seiner Mutter. Sie ohrfeigte ihn dafür. Im Gegenzug versetzte er ihr einen Schlag auf die Nase. Sie balgten sich, wälzten sich auf dem Sims hin und her und hatten den tiefen Abgrund neben ihnen völlig vergessen; ausgelassen kniffen sie sich gegenseitig in ihr Hinterteil und fauchten sich mit heiseren Freudenlauten an.

Plötzlich und instinktiv kam Madame Phloi auf die Beine und duckte sich, um sich zu schützen. Der fette Mann hatte sich aus dem Fenster gebeugt.

»Hierher, miez, miez, miez!« sagte er in diesem Fistelstimmenton, den sie so sehr verabscheute, und hielt ihnen auf einer Untertasse irgendeinen Leckerbissen hin. Die Madame erstarrte, Thapthim jedoch richtete seine wunderschönen, vertrauensvollen Augen auf den Fremden, spazierte den Sims entlang auf ihn zu. Schnurrend und freundlich mit dem Schwanz wedelnd, tappte er in die Falle. Alles geschah in Sekundenschnelle: die Untertasse wurde zurückgezogen, und ein langer, schwarzer Kasten schlug wie ein Hockeyschläger nach Thapthim, fegte ihn vom Sims in den leeren Raum. Beim Fallen gab er nicht den kleinsten Laut von sich.

Als die Familie lachend und plaudernd heimkam, die Arme voller Pakete, wußte sie sofort, daß jemand fehlte. Keiner grüßte sie an der Tür. Madame Phloi kauerte niedergeschlagen auf der Fensterbank und starrte auf ein Loch im Fliegengitter; Thapthim war nicht aufzufinden.

»Schau dir das Fliegengitter an!« rief die sanfte Stimme.

»Ich wette, er ist auf den Sims hinausgeklettert!«

»Kannst du dich hinauslehnen und nachschauen? Sei bloß vorsichtig!«

»Halt du Phloi fest, ja?«

»Siehst du ihn?«

»Nicht die kleinste Spur! Es liegen eine Menge Glasscherben herum, und das Fenster nebenan ist eingeschlagen.«

»Meinst du, dieser Mann ...? Mir wird übel.«

»Keine Sorge, Liebling! Wir werden ihn schon finden ... Oh, die Klingel geht! Vielleicht bringt ihn ja jemand nach Hause.«

Charlie stand vor der Tür. Nervös und unbehaglich trat er von einem Bein auf das andere. »Entschuldigen Sie, meine Herrschaften«, sagte er. »Vermissen Sie eines Ihrer Kätzchen?«

»Ja! Haben Sie es gefunden?«

»Der arme Kerl!« meinte Charlie. »Ich fand ihn direkt unter Ihren Fenstern – dort, wo die Sträucher so dicht zusammenstehen.«

»Er ist tot!« stöhnte die sanfte Stimme auf.

»Ja, Ma'am. Es ist ein weiter Weg bis unten.«

»Wo ist er jetzt?«

»Ich habe ihn hinunter in den Keller gebracht, Ma'am, und werde richtig gut für ihn sorgen. Ich glaube nicht, daß Sie den armen Kerl sehen wollen.«

Immer noch starrte Madame Phloi auf das Loch im Fliegengitter und wartete auf Thapthim. Um sicherzugehen, überprüfte sie von Zeit zu Zeit auch die anderen Fenster. Als die Zeit verstrich und er immer noch nicht zurückkam, suchte sie hinter den Heizkörpern und unter dem Bett nach ihm. Neugierig spähte sie durch die offene Tür in den Schrank, in dem die Töpfe und Pfannen aufbewahrt wurden. Sie versuchte sich einen Weg in den Wandschrank zu bahnen, schnüffelte überall an der Haustür herum. Schließlich stand sie mitten im Wohnzimmer und rief mit hoher, klagender Stimme laut nach ihm.

Etwas später am gleichen Abend stattete Charlie dem Apartment einen weiteren Besuch ab.

»Ich wollte Ihnen nur berichten, Ma'am, wie gut ich für ihn gesorgt habe«, sagte er. »Ich habe eine Kiste geholt, die genau die richtige Größe hat. Eine weiße Kiste. Und ich habe ihn in ein Stück alten, blauen Vorhangstoff eingewickelt. Die Farbe paßt richtig gut zu seinem Fell. Dann habe ich den kleinen Kerl direkt unter Ihrem Fenster hinter den Büschen begraben.«

Und immer noch suchte die Madame nach ihm, immer wieder kehrte sie zurück und betrachtete den Sims, von dem Thapthim verschwunden war. Sie verschmähte jegliche Nahrung, ließ jeden Versuch, sie zu trösten, abblitzen. Die ganze Nacht über saß sie mit großen Augen da und wartete im Dunkeln.

Das Wohnzimmerfenster war jetzt fest verschlossen. Als sie am folgenden Tag allein im einsamen Apartment zurückblieb, machte sie sich jedoch an den Fliegengittern im Schlafzimmer zu schaffen. Ein Gitter war neu und ein hoffnungsloser Fall; das zweite Fliegengitter war jedoch leicht angerostet, und bald bahnte sie sich vorsichtig ihren Weg durch einen Schlitz, der immer länger wurde, als sie sich auf den Sims hinauskämpfte.

Sie lavierte sich zwischen den Glasscherben hindurch, bis sie sich der Stelle näherte, von der Thapthim verschwunden war. Und dann passierte alles ein zweites Mal. Der fette Mann war wieder da und streckte ihr eine Untertasse entgegen.

»Hierher, miez, miez, miez!«

Madame Phloi duckte sich und wich zurück.

»Will das Kätzchen etwas Milch?« Erneut diese gräßliche Fistelstimme; dieses Mal lief sie jedoch nicht nach Hause zurück. Nur wenige Zentimeter außerhalb seiner Reichweite kauerte sie sich auf dem Sims zusammen.

»Braves Kätzchen! Braves Kätzchen!«

Vorsichtig kroch Madame Phloi auf die Untertasse in der ausgestreckten Faust zu; verstohlen streckte der fette Mann die andere Hand aus, schnalzte mit den Fingern, als wenn er einen Hund rufen würde.

Diagonal wich die Madame zurück – halb in Richtung auf ihr Zuhause, halb auf den gefährlichen Rand zu.

»Hierher, Kätzchen! Komm hierher, Kätzchen!« säuselte er und lehnte sich weiter nach draußen. Murmelnd sagte er jedoch: »Du dreckiger Schleicher! Dich erwische ich schon noch, und wenn es das letzte ist, was ich jemals tun werde. Warst wohl hinter meinem Vogel her, wie?«

Madame Phloi erkannte die Gefahr mit all ihren Sinnen. Ihre Ohren legten sich zurück, ihre Schnurrbarthaare krümmten sich, und ihr weißer Bauch drückte sich gegen den Sims.

Sie bewegte sich ein kleines Stück auf ihn zu, der fette Mann schnappte nach ihr. Sie zuckte einen Schritt zurück, mit ungerührtem Blick schaute sie in sein schwitzendes Gesicht. Sie bemerkte, wie er verstohlen die Untertasse beiseite stellte und langsam seinen fetten Bauch weiter aus dem Fenster schob.

Ein weiteres Mal bewegte sie sich fast bis in seine Reichweite, wieder stürzte er sich mit seinen mächtigen Armen auf sie.

Mit einer sanften Bewegung sprang die Madame beiseite.

»Jetzt bist du dran, du stinkende Katze«, rief er und stellte sich mit einem Knie auf die Fensterbank. Dann warf er sich auf Madame Phloi. Sie rutschte ihm durch die Finger, und er landete mit seinem ganzen Körpergewicht auf dem Sims.

Ein Stück davon bröckelte unter ihm weg. Der fette Mann brüllte auf; krampfhaft versuchte er, sich in der Luft festzuhalten, im selben Augenblick raste ein cremefarbener, brauner Strich davon. Der Mann gab durchaus Geräusche von sich, als er fiel.

Madame Phloi lag derweil bereits zusammengerollt auf ihrem Teppich im Wohnzimmer, genoß die warmen Sonnenstrahlen und putzte sich unschuldig ihren schönen braunen Schwanz.

Die Zeugin

Nancy Schachterle

Der Captain von der Polizei kam persönlich, um Allison zu besuchen. Das freute sie ungeheuer. Es ist nur angemessen, dachte sie. Der Name Ryder bedeutete in dieser Stadt noch etwas, auch wenn die letzte Überlebende eine Jungfer von dreiundachtzig Jahren ist. Insgeheim hatte sie befürchtet, daß sie schon so lange zum alten Eisen gehörte, daß die meisten Leute zu der Überzeugung gelangt waren, sie müsse schon seit langem verstorben sein, vorausgesetzt, sie dachten überhaupt an sie.

Der Captain stellte sich als Everett Barkley vor. Er war groß und gut gebaut und füllte die Uniform gut aus; sie stand ihm. Er zeigte nur geringe Ansätze, den Bauch zu bekommen, den sich so viele Männer in seinem Alter zu entwickeln erlaubten.

Barkley nahm im großen Ledersessel ihres Vaters Platz, ließ sich behaglich hineinplumpsen und brachte seinen Körper in den von seinem Hinterteil geformten Wölbungen des Sessels unter. Allison bewegte sich auf den zur aufrechten Haltung ihrer Generation passenden Stuhl mit senkrechter Lehne zu, gab dann aber dem Flehen ihrer betagten Knochen nach und ließ sich behutsam in den ihr vertrauten Polstersessel sinken.

Der Captain musterte den mit Pastetenkrusten bedeckten Tisch an seinem Ellbogen, auf dem sich etliche Fotos in Silberrahmen befanden, streckte schwungvoll die Hand aus und griff nach Dodies Bild.

»Mrs. Patrick. Als diese Aufnahme hier entstand, muß sie noch sehr jung gewesen sein.«

»Sie war neunzehn. Es ist jetzt vier Jahre her, daß sie sich hat so porträtieren lassen.« Und es war noch keine Stunde her, erinnerte sich Allison, daß sie beobachtet hatte, wie sie

Dodie in den Krankenwagen getragen hatten, während eine Decke ihren Körper gänzlich bedeckte.

»Haben Sie sie gut gekannt? Wie Sie ja wahrscheinlich wissen, bin ich nicht einmal im Jahr in dieser Stadt und bin ihr vor ... vor diesem Morgen noch nie begegnet.«

Allison überkam ein leichtes Schaudern. Unwillkürlich wanderte ihre Hand zu ihrem Schoß, um Schneeball zu liebkosen und in seinem warmen, seidenweichen Fell und dem Vibrieren seines sanften und fast völlig lautlosen Schnurrens Trost zu finden. Erschreckt erinnerte sie sich daran, daß sie ihn ganz früh am Morgen hinausgelassen hatte und er noch nicht wiedergekommen war. Bohrende Sorge überkam sie.

Was hatte Captain Barkley noch gefragt? Ach ja – über Dodie. *Ob ich sie gut gekannt habe?*

»Im Alter von zwei Jahren kam sie eines Tages auf wackeligen Beinen die Treppe vor dem Haus hoch, und seitdem sind wir unzertrennliche Freundinnen. Zu jener Zeit lebte sie den Hügel hoch im nächsten Wohnblock.«

»Und seit Dodie verheiratet ist, wohnt das Ehepaar nebenan?«

»Genau.«

»Miss Ryder ...« Der Captain rutschte ein wenig unbehaglich in seinem Sessel hin und her. »Wollen Sie mir nicht ein wenig über Dodie erzählen? Ganz gleich, was es ist. Berichten Sie mir einfach von dem inneren Bild, das Sie von ihr haben.«

Allison streckte den Arm nach dem Foto aus, um es an sich zu nehmen. »Diese lachenden, funkelnden Augen zeigen sehr viel von ihrem Gemüt. Sie war ein glückliches Mädchen. Diese Treppe kam sie immer hochgerannt – nie bewegte sie sich langsam, immer mußte sie rennen – und sie wirkte so ungeheuer lebendig. ›Vital‹ ist das Wort, das mir dazu einfällt. Tanzen, Tennis, Schwimmen, Golf, Singen – das war Dodie.«

Allison betrachtete die alten, grauen Hände mit den knotigen Venen und den Leberflecken, die das Foto hielten. Dodie hatte die Jugend besessen, die sie selbst verloren hatte.

»Ich sehe sie noch genau vor mir, wie sie auf dem Verandageländer sitzt und diese langen, sonnengebräunten Beine schwingt. ›Frank hat mich endlich zum Tanz eingeladen, Miss Ryder‹, erzählte sie mir. Um auf die Straße hinunterzublicken, lehnte sie sich so weit nach hinten, daß ich Angst bekam, sie würde in meine Bartnelken fallen. ›Da kommt er ja. Tschüß! Bis bald.‹ Und weg war sie, lachte und winkte ihm zu.«

Allison erinnerte sich, daß sie über Dodie und Frank sehr erfreut gewesen war. Von Frank Patrick wußte sie nicht viel mehr, als daß er ein dunkelhaariger, gutaussehender Junge war, der schnell grinste und fröhlich winkte. Sie wußte damals nicht, daß er zu jenen hilflosen und hoffnungslosen Geschöpfen gehörte, die sich an Verletzungen weiden. Sein Charme riß die Menschen mit wie flotte Tanzmusik. Wenn sie dann von seinem Geschenk der Freude über sich selbst ganz benommen waren, ließ er einen auf einmal seinen Stachel spüren und saugte an der Wunde. Wenn seine Opfer zusammenschrumpften, plusterte sich Frank mit grotesker Genugtuung auf. Hatte er die Wahl zwischen freundlich und grausam, zwischen legal und illegal, moralisch und unmoralisch, bevorzugte er jedes Mal das Schlechtere.

Allison reichte das Foto wieder an Captain Barkley zurück. Sorgfältig stellte er es zwischen das Dutzend anderer Fotos, das den kleinen Tisch füllte.

»Nichten und Neffen und deren Kinder«, bemerkte Allison. »Ich habe sogar einen Ururenkel«, erzählte sie ihm dann mit sichtlichem Stolz. »Doch Dodie stand mir näher als alle anderen.«

Der Polizist schob seine Mütze mit einer stoßweisen, schleifenden Bewegung durch die Finger, als bete er damit den Rosenkranz.

»Miss Ryder«, sagte er und blickte hoch, um ihr in die Augen zu schauen, »es wird sowieso bald herauskommen, daher kann ich es Ihnen vielleicht genauso gut jetzt sagen: Der Arzt ist sich praktisch sicher, daß es sich um eine Überdosis handelte, und zwar aller Wahrscheinlichkeit nach um eine Überdosis ihrer Schlaftabletten. Nach der Autopsie werden wir dessen sicher sein. Im Moment versuche ich mir ein

Bild von ihr, ihrem Mann und ihrem Leben zu machen. Nun, das Haus der Patricks und ihr Haus stehen sehr dicht beieinander, sie können nicht viel mehr als fünf oder sieben Meter voneinander entfernt sein, und das Schlafzimmer der Patricks liegt auf dieser Seite. Ich bemerkte, daß das Fenster unten etwa zwanzig Zentimeter offenstand. Da ich weiß, wie leicht sich der Schall in diesen warmen Sommernächten fortpflanzt, fragte ich mich …« Er hielt inne, wartete darauf, daß Allison seinen Satz freiwillig zu Ende brachte. Sie hatte einen Ausdruck höflicher Aufmerksamkeit im Gesicht, sagte aber nichts.

»Nun«, fuhr er fort, »ich fragte mich einfach, ob Sie vielleicht irgend etwas gehört haben könnten?«

Geistesabwesend streckte Allison ihre Hand wieder nach Schneeball aus. Wo konnte er nur stecken? Gegen drei Uhr morgens hatte sie ihn auf dem hinteren Zaun seine Liebeslieder jaulen hören, daher wußte sie, daß er in der Nähe seines Zuhauses war. Dann sammelte sie sich und versuchte, sich an die Worte der Polizisten zu erinnern. Ach so, ja! *Habe ich irgend etwas gehört?*

»Mein Schlafzimmer liegt vom Haus der Patricks aus gesehen auf der anderen Seite. Ich fürchte, ich kann Ihnen da keine Hilfe sein, Captain … Barkley, nicht wahr?«

Allison sackte ein wenig in sich zusammen, wartete geradezu auf den strafenden Blitz von oben. Doch dann kam sie zu der Überzeugung, daß sie ja gar nicht gelogen hatte. Ihr Schlafzimmer befand sich wirklich auf der anderen Seite. Sie brauchte dem Polizisten ja nicht zu sagen, daß sie die meisten Nächte nicht gut schlief und es draußen auf der mit Sichtblenden versehenen Veranda direkt vor Dodies offenem Fenster viel kühler war.

Barkley nickte nachdenklich. »Soweit ich weiß, war Mrs. Patrick die letzten Jahre Invalidin. Können Sie mir zu diesem Thema irgend etwas sagen?«

Allison setzt sich ein wenig aufrechter hin. Sie hatte ihre Beine an den Knöcheln übereinandergelegt; die Hände lagen ruhig in ihrem Schoß. Absurderweise blitzte ein siebzig Jahre altes Bild von der Klasse in Miss Van Renssalaers Akademie für junge Damen in ihrer Erinnerung auf, in der sie sich in die Grundsätze eines sauberen, ordentlichen und anständigen Lebens vertieft hatte. Was war davon nach den ganzen Jahren heute noch von Bedeutung? fragte sie sich. Die Menschen waren es doch und das, was sie miteinander machten. Auch Dodie hatte eine Privatschule besucht, und jetzt sah man ja, was mit ihr geschehen war.

»Eines Nachts ist sie allein weggefahren«, erzählte sie Barkley, »und ... hatte einen Unfall. Ihre Wirbelsäule wurde zerschmettert, und sie war von der Hälfte abwärts gelähmt.«

Allison erinnerte sich mit übergroßer Deutlichkeit an jene Nacht. Die stickige Hitze war durch die herzlose Fröhlichkeit der Grillen noch verstärkt worden. Gegen elf Uhr abends hatte sich Allison ein Glas Zitronenlimonade gemacht und war auf die alte Korbliege auf der Veranda mit den Sichtblenden gegangen. Bei ausgeschaltetem Licht schien es kühler zu sein, und so saß sie im Dunkeln, nippte an ihrem sauren Getränk und ruhte sich aus. Zunächst waren die Stimmen nur gedämpft zu hören gewesen, einfach irgendwelche Alt- und Baritonrhythmen, dann waren sie jedoch lauter geworden, und Allison hatte einzelne Sätze aufgeschnappt, die in leidenschaftlichem Tonfall gesprochen wurden. Schließlich gaben sich die Streitenden keine Mühe mehr, ihre Stimmen zu dämpfen, und Dodie hatte ihren Schmerz durch die Nacht bis zu Allison hinübergeschrien: »Sie wird ein Baby haben, und du verlangst von mir, ich soll Ruhe bewahren? Wie konntest du mich so hintergehen, und dazu noch mit einem ... einem Geschöpf wie diesem!«

Franks spöttisches Lachen hallte durch die Nacht. »So unschuldig kannst du doch nun wirklich nicht sein! Glaubst du denn ernsthaft, deine schlichten Reize könnten einem Mann wie mir genügen? Susie war nicht die erste, und du kannst dir verdammt sicher sein, daß sie nicht die letzte sein wird. Komm schon, Dodie! Du bist ein süßes Kind, und deine Familie hat mir wirklich sehr dabei geholfen, dahin zu gelangen, wo ich hinwollte, aber du kannst einfach keinen Mann an dich binden.«

Allison krümmte sich zusammen, als sie sich an Dodies

verletzten Schrei erinnerte. Er wurde vom Zuknallen der Zwischentür gefolgt, dann stapften Schritte über die Veranda und die Stufen hinab. Die Autotür schlug zu, dröhnend sprang der Motor an. Kies spritzte, als Dodie in die Dunkelheit davonrauschte.

Nur Dodie wußte, ob der Zusammenstoß wirklich ein Unfall gewesen war. Vielleicht hatte sie ja einfach versucht, den Schmerz durch Geschwindigkeit zu betäuben - aber sie war einundzwanzig und konnte nie mehr gehen.

Der Polizist räusperte sich. »Miss Ryder?«

»Ja?«

»Ich hoffe, Sie entschuldigen, daß ich Ihnen so viele Fragen über Ihre Freunde und Nachbarn stelle, aber sehen Sie… nun, am Ende wird ja noch alles an den Tag kommen, und ich bin sicher, Sie behalten es für sich. Es gibt nur drei Möglichkeiten, wie Mrs. Patrick gestorben sein könnte. Sie war so schwer behindert, daß sie an den Vorrat an Schlaftabletten, die im Badezimmer aufbewahrt wurden, nicht herankam. Wann immer sie sie brauchte, bekam sie sie von ihrem Mann gereicht. Es mag sein, daß sie ihre Tabletten hortete und irgendwie vor ihrem Mann versteckte, bis sie so viele zusammen hatte, daß es für eine tödliche Dosis ausreichte, und sie die Tabletten dann selber nahm. Es könnte aber auch sein, daß Mr. Patrick leichtsinnig war – auf kriminelle Weise leichtsinnig – und sie zufällig eine Überdosis abbekam. Oder…« Jetzt hielt er inne, während Allison seinen Blick suchte. »Nun, verstehen Sie, wir müssen die Möglichkeit, äh, in Betracht ziehen, daß… vielleicht die Überdosis kein Zufall war. Mr. Patrick wäre nicht der erste Mann, der die Last einer verkrüppelten Frau zu tragen hat und den falschen Ausweg wählte.«

»Captain Barkley«, sagte Allison, »es gab absolut keinen Grund, daß sich Dodie selbst umgebracht hat. Was hat denn Frank zu dem ganzen Geschehen gesagt?«

»Er besteht darauf, daß sie die Tabletten selbst genommen haben muß. Ihm zufolge litt sie unter großen Schmerzen. Er behauptet, sie müsse sich die Schlaftabletten aufgespart haben, was jede Möglichkeit eines Versehens ausschließt.

Darum wollte ich mich auch mit Ihnen unterhalten. Sie standen Mrs. Patrick doch sehr nahe. Hatte sie eigentlich große Schmerzen?«

Allisons Finger falteten unbewußt den pflaumenfarbenen Stoff ihres Kleides über ihrem Schoß zusammen. Ihr Kopf hob sich ein wenig, und eine gebieterische Generation sprach durch sie.

»Ich sagte Ihnen doch bereits, daß es für Dodie überhaupt keinen Grund gab, sich umzubringen. Ich weiß ganz bestimmt, daß sie nur selten Schmerzen hatte, sollte das überhaupt der Fall gewesen sein, tatsächlich kann ich Ihnen die Namen von drei oder vier Damen geben, die diese Tatsache aufgrund von Dodies eigenen Aussagen bestätigen können. Wir haben uns nachmittags oft auf der vorderen Veranda der Patricks zusammengefunden, so daß Dodie an der Gruppe teilnehmen konnte, und es ist noch keine Woche her, daß wir über den Fall gesprochen haben, von dem die Zeitungen berichteten… Sie erinnern sich doch an den Mann, der seine Ehefrau erschoß, weil sie krebskrank war und im Sterben lag? Dodie war überaus erregt. Sie konnte sich ungeheuer stark einfühlen und war zwischen ihrer Abscheu vor der unmoralischen Handlung des Ehemanns und ihrer Sympathie mit seiner Sorge um das Leid seiner Frau hin und hergerissen. ›Vielleicht würde ich anders urteilen‹, sagte sie, ›wenn ich selber Schmerzen hätte. Ich gehöre jedoch zu den Glücklichen, die nur unter der Behinderung leiden. Aber selbst wenn ich Schmerzen hätte, glaubte ich nicht, daß außer Gott irgend jemand anderes das Recht besitzt, ein Leben zu nehmen.‹ Die anderen Damen werden das bestätigen, Captain.«

Ja, sagte sie zu sich, wir haben den Fall diskutiert. Vielleicht hat es kein anderer bemerkt, es war ja so geschickt eingefädelt gewesen, aber Dodie selbst war diejenige, die in der Unterhaltung das Gespräch auf das Thema des Gnadentodes gelenkt hatte. *Damals wußte ich es noch nicht, Dodie, aber jetzt kann ich begreifen, was du getan hast.*

»Mrs. Patrick sagte selbst, daß sie keine Schmerzen hatte? Nie Schmerzen gehabt hat?«

»Zur Zeit des Unfalls und etliche Monate danach hatte sie Schmerzen. Aber in letzter Zeit nicht. Ich habe sie nicht ein einziges Mal klagen hören.«

Allison, nun hast du aber gelogen, daran kommst du nicht vorbei. Erinnerst du dich noch? Es war die gleiche Nacht, in der die Zusammenkunft stattgefunden hat, von der du ihm gerade erzähltest – und Sonntag nacht – und letzte Nacht …

Alle drei Nächte hatte sich die gleiche Szene abgespielt, war das Geschehen nach dem gleichen Muster abgelaufen. Allison hatte sich auf der Veranda in ihrer gemütlichen Ecke befunden. Schneeballs leises Schnurren vibrierte gegen ihre liebkosende Hand, die knarrende Korbliege fühlte sich an ihren nackten Armen kühl an. In dieser ersten Nacht hatte es vorher geregnet; dadurch war der Hitze vorübergehend ein Ende bereitet worden, und tropfnaß hatten die Blätter des Spanischen Flieders einander im Dunkeln zugeraunt. Das sanfte Herabtropfen von den Dachkanten schien die Ruhe eher zu vertiefen, anstatt sie zu unterbrechen. Das Rollo bei Dodie war bis zur Unterkante des hochgeschobenen Fensters heruntergezogen. Die gedämpften Stimmen wurden durch ihre Intensität bis zu ihr herübergetragen.

»Bitte, Frank! Bitte!« Niemals zuvor hatte Allison ein derartiges Flehen in Dodies Stimme gehört.

»Ich habe dir doch gesagt, daß ich das einfach nicht tun kann«, hatte er gesagt. »Wenn die Schmerzen so schlimm sind, dann laß mich eine Spritze oder irgend etwas anderes besorgen. Aber du weißt nicht, wovon du da redest, wenn du sagst, daß du dich selbst umbringen willst.«

»In diesem Zustand nütze ich doch keinem etwas! Und die Schmerzen – ich halte sie einfach nicht mehr aus.« Ihre Stimme war lauter geworden und klang erschreckend qualvoll.

Unwillkürlich hörte Allison weiter zu. Sie machte sich ganz starr und wunderte sich. Erst an jenem Nachmittag hatte Dodie doch jegliche Schmerzen abgestritten, und jetzt … Heiße Tränen stiegen Allison in die Augen, als sie weiter der gequälten Stimme lauschte.

Wenn sie Frank nicht so sehr wegen dem, was er Dodie angetan hatte, gehaßt hätte, wäre sie vielleicht in der Lage gewesen, Mitleid mit ihm zu empfinden, als ihm die Stimme vor Unentschlossenheit brach. »Dodie, das kann ich nicht machen! Verlang es nicht von mir! Selbst wenn du bereit bist, zu sterben, denk doch nur an die Lage, in die du mich bringen würdest. Sie würden sagen, ich hätte dich umgebracht. Denk doch an mich, Dodie! Sie würden mich auf dem elektrischen Stuhl bringen!«

Der Streit hatte sich fortgesetzt. Drei Nächte mühte sich Dodie ab. Dann, letzte Nacht, als Allison wie hypnotisiert auf dem heruntergezogenen Rollo die sich bewegenden Schatten beobachtete, hatte Dodie ihr Drama zu seinem Ende gebracht. Sie hatte gewonnen. Frank gab ihr die Tabletten.

Allison hatte nicht länger die Hitze der Nacht gespürt. Vor Entsetzen fröstelnd, hatte sie ihren eigenen Kampf ausgefochten. In ihrer Kehle hatte es gepocht; sie hatte zu dem lautlosen Fenster hinüberschreien wollen. Sie konnte doch nicht zulassen, daß Dodie das tat! Aber eine schmale Hand auf ihren Lippen unterdrückte den Schrei, bevor er sich ihrer Kehle entrang. Welches Recht hatte sie, sich einzumischen? Dodie mußte mit einer ungeahnten Wut hassen, um aus ihrem Rachedurst heraus zu sterben. Sie würde es Allison nicht danken, wenn sie sie jetzt aufhielt.

Ruhig hatte Allison dagesessen. Bald waren die Lichter bei den Patricks erloschen. Erst dann war Allison mit steifen Gliedern aufgestanden und hatte sich in ihr Schlafzimmer geschleppt. Dort konnte kein Mensch ihre nur unzureichend unterdrückten Seufzer hören.

Der weiße Kater war ihr bis ins Schlafzimmer gefolgt. Ein einziger sanfter, leichtfüßiger Satz, und er hatte sich neben der müden, bekümmerten alten Dame niedergelassen.

Allison erinnerte sich an den Tag, an dem ihn Dodie zu ihr gebracht hatte.

»Frank sagt, er sei gegen Katzen allergisch, Miss Ryder. Er will keine im Haus haben. Aber der Kater ist ein solcher Schatz!« Das lebenssprühende Gesicht war ruhig geworden, als sie sich schmachtend und leise singend über das Kätzchen beugte. »Schneeball wäre ein guter Name, meinst du nicht auch? Wenn du ihn behalten würdest, dann könnte ich ihn oft sehen. Ich könnte dabei helfen, ihn zu versorgen, und ähnliches. Wenn ich wüßte, daß du ihn hast, täte es nicht ganz so weh.«

Und so hatte Allison Schneeball behalten. Dodie jedoch hatte ihn in seinem neuen Zuhause nie besucht. Nur wenige Tage darauf kam es zu dem Unfall; Allison blieb mit Entschiedenheit bei diesem Wort, obwohl sie starke Befürchtungen hegte, es sei etwas anderes gewesen. Diese qualvollen Tage über wuchs das Kätzchen heran und tröstete sie. Als Dodie aus dem Krankenhaus kam, war das Kätzchen ein ausgewachsener Kater.

Bitte komm wieder nach Hause, Schneeball! bat Allison inständig und hatte den wartenden Polizisten ganz vergessen. Ich brauche dich doch so sehr. Für eine alte Dame bleibt nicht viel. Ich hatte Dodie und ich hatte dich. Jetzt ist Dodie gegangen. Schneeball, weißt du denn nicht, wie sehr ich dich brauche?

Eine Träne, die von einem Leben der Selbstdisziplin nicht zurückgehalten werden konnte, glitt über die runzlige, graue Wange herab.

Captain Barkley räusperte sich taktvoll ein weiteres Mal, brachte Allison in die Gegenwart zurück. Dieser Captain mit seinen Fragen! Allison war es leid. Bitte keine weiteren Entscheidungen ...

Barkley erhob sich aus dem tiefen Ledersessel. »Nun, Miss Ryder, ich denke, Sie haben uns gesagt, was wir wissen mußten. Noch eine Sache – wenn Sie die Gelegenheit dazu haben, könnten Sie nicht eben die Namen jener anderen Damen aufschreiben, die Sie erwähnten und die gehört haben, wie Mrs. Patrick sagte, sie habe keine Schmerzen gehabt? Jetzt will ich Sie nicht damit belästigen; ich schicke Ihnen im Laufe des Tages deswegen einen Mann vorbei.«

Dodie gewinnt, dachte Allison, aber sie verspürte deswegen keine Begeisterung. Ja, Frank hat Dodie getötet, ihre Jugend dahingerafft und ihre Unschuld, und so lange auf ihre Seele einschlagen, bis sie sterben wollte. Und dennoch, hatten Dodie oder Allison das Recht, ihn zu verurteilen? Ohne dem wartenden Captain Beachtung zu schenken, schloß Allison für einen Augenblick die Augen, gab dem Kummer nach, der sich wie ein grauer Nebel um sie legte. Dodie war gegangen – aber Allison mußte jetzt keine Entscheidung fällen. Sie brauchte die Dinge nur weiterlaufen zu lassen, ohne irgend etwas zu tun; all die anderen würden sich entscheiden müssen.

Die alte Dame kämpfte sich aus dem Sessel; Captain Barkley eilte herbei, um ihr zu helfen, aber sie winkte ab. »Danke, junge Mann, aber heutzutage muß ich das ganz alleine schaffen.«

Ja, Allison, grübelte sie, du mußt die Dinge selber tun. Wenn du dich dazu entschieden hast, solltest du nicht so tun, als ob irgendein anderer Frank auf den elektrischen Stuhl geschickt hat. In diesem Staat richten sie Mörder immer noch hin, und das weißt du, und genaugenommen hatte Frank Dodie nicht umgebracht. Seit dreiundachtzig Jahren kannst du Recht und Unrecht unterscheiden. Du hast der Wahrheit immer ins Auge gesehen, ganz gleich, ob du das Ergebnis mochtest oder nicht. Jetzt also …

»Captain …«, setzte sie an. Dann schrillte die Türklingel, und ihre angespannten Nerven ließen sie wie eine Marionette zusammenzucken.

»Ich gehe schon«, bot sich der Captain an.

Es war ein weiterer Polizist, ein glattrasierter junger Mann, der viel zu groß für seine Uniform war und Allison höflich ein kurzes Nicken zuwarf. Dann wandte er sich an den Captain. »Morrison läßt Ihnen ausrichten, daß sie drüben alle fertig sind. Wenn Sie so weit sind, können wir zur Wache zurückfahren.«

Captain Barkley warf Allison einen nachdenklichen Blick zu. Ihr Gesichtsausdruck verriet nichts.

»In einer Minute bin ich draußen am Wagen.« Er hielt dem jüngeren Mann die Tür auf.

»Oh, und ich dachte, ich sollte noch erwähnen, daß wir uns über den großen weißen Kater, von dem die Nachbarn berichteten, er habe heute am frühen Morgen herumgejault, keine Gedanken mehr machen müssen. Wir haben ihn in der

Mülltonne der Patricks gefunden. Irgend jemand hat ihm den Hals umgedreht.«

Der Captain nickte und drehte sich wieder zu Allison um, die neben ihrem übermäßig ausgepolsterten Sessel stand und eine Hand leicht an die Lehne gelegt hatte, um sich abzustützen. Dodie lächelte ihm vom mit Pastetenkruste bedeckten Tisch zu.

»Sie wollten gerade noch etwas sagen …«

Allison streckte die Hand aus, um ein weißes Katzenhaar vom Sessel neben ihr aufzuheben. »Ja … Ich wollte sagen, daß ich auf der Stelle mit jener Liste beginne, die Sie haben wollten. In einer halben Stunde können Sie jemanden deswegen herschicken. Guten Tag, Captain.«

Mit erhobenem Kopf und geraden Schultern schlurfte sie entschlossen durch das Zimmer, um die Tür hinter ihm zu schließen.

Eine Katzenentführung

A. H. Z. Carr

Mein höchstes Honorar bekam ich einmal für das Auffinden einer Katze. So kann's einem gehen! Ich habe Morde aufgeklärt und gestohlene Juwelen aufgespürt, aber das einzige Mal, daß mir jemand 5000 Dollar zahlte, war wegen einer Katze. Und ich versichere Ihnen, das war keine gewöhnliche Katze; es war die großartige Dizzy.

Das Lustige an der ganzen Geschichte war die Tatsache, daß, bevor das Ganze überhaupt zu einem Fall wurde, meine Frau und ich im Orpheum gewesen waren, um uns diese Vorstellung anzusehen. *Dizzy – Die erste dressierte Katze der Welt – mit Dave Knight* – so wurde es angekündigt. Meine Frau ist vernarrt in Katzen – wir haben selber zwei –, und als sie die Werbegeschichte in der Zeitung entdeckte, las sie sie mir vor.

Wie es hieß, war dieser Dave Knight ein unbedeutender Unterhaltungskünstler mit einem abgedroschenen Repertoire aus Komik, Steptanz und Bauchreden gewesen. Nichts davon beherrschte er besonders gut, und er war nicht weit vom Ruin entfernt, als sich eines Nachts dieses Kätzchen an seinem Bein rieb, eine Handvoll Haut, Knochen, Flöhe und Miaus. Er machte sich nicht viel aus Katzen, sagte sich jedoch: »Okay, etwas Milch«, steckte das Kätzchen in seine Tasche und nahm es mit zu sich in sein kleines Apartment in einem Haus ohne Fahrstuhl in Greenwich Village. Er fütterte es, sorgte dafür, daß es stubenrein wurde, und dann hatte er eben eine Katze, weil er es nicht übers Herz brachte, das Kätzchen wieder auf die Straße zu setzen.

Es stellte sich heraus, daß die Katze eine Art Genie war und es an Intelligenz mit jedem dressierten Hund oder Schimpansen aufnehmen konnte – ja diese eigentlich darin sogar noch übertraf. Der Artikel berichtete, daß Knight sie Dizzy taufte, als er bemerkte, daß sie Saltos machte, während sie mit einem Stück Bindfaden spielte. Nach und nach brachte er ihr Kunststückchen bei, bis sie diese auch auf einer Bühne aufführte und ihr die Lichter und der Lärm, solange Knight dabei war, keine Angst mehr einjagten.

Das Varieté erlebte zu jener Zeit gerade ein Comeback, und als die Agenturen sich flüchtig mit seinem Auftritt befaßten, erkannten sie, daß es sich um etwas Neues handelte. Knight und Dizzy schafften den Sprung in die Elite und gingen im ganzen Land auf Tour. In dem Artikel stand, weltweit gebe es schätzungsweise zehn Millionen Hauskatzen, Dizzy jedoch sei einmalig – es war die einzige Katze, die bis in die oberen Steuerklassen vorgedrungen war. Knight verdiente eintausend Dollar in der Woche und ließ Dizzys Leben für 100 000 Dollar versichern.

Meine Frau sagte, bevor sie das glaube, müsse sie es erst mit eigenen Augen sehen, und als nächstes erinnere ich mich daran, daß wir unsere Mäntel angezogen hatten und zum Orpheum unterwegs waren. Wir kamen während eines Auftritts mit dem Titel *Die drei Grazien – und der Tempel* herein; es war eine überaus gute komödiantische Tanztruppe, zu der drei Mädchen, eine Rothaarige, eine Blonde, und eine Brünette, und ein Bursche mit einer überaus lustigen Tanznummer gehörten. Danach kam McIntyre, der irische Zauberkünstler, der einen als Kobold verkleideten Liliputaner dabei hatte und eine Menge raffinierter Zaubertricks aufführte – Gedankenlesen, Kartentricks, Schwerttricks, Verschwindenlassen – der ganze Krempel eben. Doch es war Dizzy, die das Publikum vom Hocker riß.

War das eine Katze! Sie hatte langes, seidiges, graues Fell mit tigerähnlichen schwarzen Streifen, ein weißes Lätzchen eine ebenso weiße Halskrause und einen Schwanz wie ein Silberfuchs. Und ihr Gesicht erst! Die meisten Katzen sehen ziemlich gleich aus, diese jedoch hatte große goldene Augen, lange weiße Schnurrbarthaare und einen erwartungsvollen, unschuldigen, sanften Ausdruck im Gesicht, der meine Frau in Begeisterung versetzte.

Sie war der absolute Star. Knight ist nur ein Junge mit Sommersprossen im Gesicht und freundlichem Grinsen – der typische Collegestudent mit Bürstenschnitt und Brille –, aber schlau genug, um nicht mit Dizzy zu wetteifern. Er fing mit leichten Sachen an, ließ sie wie ein Hund Männchen machen, sich hinlegen und totstellen. Er meinte, alles, was ein Hund könnte, könnte Dizzy besser. Sie stellte sich auf ihre Hinterbeine und schlug im Takte der Musik gegen einen kleinen, von Knight montierten Punchingball. Dann machte sie eine Reihe Saltos und Rollen rückwärts und sprang durch drei sich bewegende Reifen. Das Orchester spielte eine Rumba, und die beiden legten einen ganz süßen Tanz zusammen aufs Parkett; Knight steppte, Dizzy bewegte sich auf ihren Hinterbeinen umher und machte dabei eine kleine schlängelnde Bewegung, die das Publikum zum Tosen brachte.

Auch die Nummer mit dem Bauchreden war ein Bravourstück. Dizzy saß auf seinem Knie wie eine Marionette, und er ließ sie so aussehen, als würde sie mit hoher, miauender Stimme sprechen und dabei den Mund öffnen und schließen. Am Ende des Auftritts stellte er einen komplizierten Apparat auf, der wie ein kleines Xylophon aussah und bei dem dünne Metallstreifen lose herabhingen. Wenn sie mit ihrer Pfote gegen einen dieser Streifen schlug, ertönte eine Note. Man traute seinen Augen nicht: Sie sprang herum, schlug gegen die Metallstreifen und man hörte *Home, Sweet Home!*

Das Publikum war ganz außer sich, und meine Frau konnte eine Woche lang über nichts anderes sprechen. Als daher am nächsten Sonntagmorgen mein Telefon klingelte und ein Bursche sagte: »Sind Sie Jack Terry? Hier ist Dave Knight!« wußte ich, wer er war. Er sagte, der Leiter des Orpheum – Eddie Thompson, mit dem ich zusammen auf die Schule gegangen war – hätte vorgeschlagen, sich mit mir in Verbindung zu setzen. Ob er mich direkt besuchen könne?

Ich sagte ihm, klar, er solle mich in meinem Büro aufsuchen. Als er aufkreuzte, war ein Mädchen bei ihm, und er stellte sie mir als Miss Maribeth Lewis vor. Ich erkannte sie – sie war eine der drei Grazien, und zwar die Brünette. Sie war sehr jung, hatte eines dieser attraktiven Gesichter mit breitem Mund und eine traumhafte Figur – immerhin hatte ich sie auf der Bühne gesehen. Beide wirkten blaß und besorgt, und Knight kam direkt zur Sache.

»Dizzy ist weg«, sagte er. »Ich möchte, daß Sie sie finden.«

»Schauen Sie«, sagte ich. »Ich bin Detektiv, einfacher Privatdetektiv, wie sie sie im Fernsehen nennen. Sie wollen wahrscheinlich den Suchdienst für verschwundene Tiere oder etwas ähnliches. Daß Ihre Katze weg ist, tut mir leid, aber ich wüßte gar nicht, wie ich damit anfangen sollte eine Katze zu suchen.«

Knight war nicht auf den Kopf gefallen. Er diskutierte nicht. Er sagte nur: »Wenn Sie sie finden, zahle ich Ihnen fünftausend Dollar. Das sind meine ganzen Ersparnisse, aber sie können sie haben.«

»Das ist eine Menge Geld«, sagte ich. »Aber nehmen Sie nur einmal an, sie ist von einem Lastwagen angefahren worden oder so was.«

Knight sah aus, als ob *er* von einem Lastwagen angefahren worden wäre, und das Mädchen, Maribeth, sagte: »Bitte sagen Sie das nicht, Mr. Terry!«

»Schauen Sie«, sagte ich, »ich will Ihnen ja keine Angst machen, aber Sie wissen selber, was passiert, wenn eine Katze auf den Straßen in der Stadt in diesem Verkehr frei herumläuft. Da ist alles möglich. Außerdem ist sie ja kein Totalverlust. Wie war das noch? Im Falle ihres Todes bekommen Sie hunderttausend Dollar?«

»Sie begreifen nicht«, sagte Knight. »Diese Katze ist ein Teil von mir. Ich würde sie nicht für eine Million Dollar verkaufen. Und was die Versicherung anbetrifft, deckt sie einen Todesfall nur unter bestimmten Bedingungen ab. Sie tritt nicht in Kraft, wenn Dizzy verschwunden ist.«

»Ist sie denn verschwunden.«

»Das weiß ich nicht. Ich kann es nicht begreifen.« Unaufhörlich fuhr er sich mit der Hand durch seinen rotblonden Haarschopf. »Sie wissen nicht, wie sehr ich auf diese Katze aufpasse. Ich habe sie fast immer im Blick. Sie schläft in meinem Bett, und wir essen sogar zusammen.«

»Vielleicht hat sie sich einfach einen Tag freigenommen«, sagte ich und versuchte ihn aufzumuntern. »Wir haben selber eine Katze, und die macht hin und wieder ganz gerne einen Ausflug in die Stadt.«

»Dizzy hat das nie getan«, sagte Knight und schüttelte den Kopf.

Ich sagte: »Haben Sie daran gedacht, eine Belohnung auszusetzen?«

»An Dizzys Halsband befindet sich eine Plakette mit meinem Namen und einem Gebot von fünfhundert Dollar an jeden, der sie findet, wenn sie sich verlaufen hat, und der sie mir oder der Polizei zurückgibt«, erklärte er. »Und bei der Polizei habe ich nachgefragt – sie hält nach ihr Ausschau.«

Mittlerweile hatte ich mir von ihm ein Bild gemacht. Er wirkte auf mich nicht wie ein Typ, der seine Katze loswerden wollte, um die Versicherungssumme zu kassieren. Ich wußte, daß es mir meine Frau nie verzieh, wenn ich nicht den Versuch unternahm, Dizzy für ihn zu finden, und obwohl ich keinerlei Hoffnungen hatte, sagte ich: »Lassen wir es dabei bewenden. Finde ich sie lebendig und in guter Verfassung, können wir über eine Prämie sprechen. Ist sie tot, bekomme ich nur mein reguläres Gehalt und die Ausgaben. Einverstanden? Jetzt erzählen Sie mir genau, was geschehen ist. Auf welche Weise ist sie Ihnen abhanden gekommen?«

Knight sagte: »Es war letzte Nacht im Theater. Ich stand auf Abruf bereit und wartete darauf, daß McIntyre, der Zauberkünstler, seinen Auftritt beendete. Bevor ich an der Reihe bin, stehe ich immer etwa zehn Minuten da und halte Dizzy in meinen Armen, damit sie sich an den Lärm und die Lichter gewöhnen kann.«

Man konnte merken, daß er ganz schön aufgewühlt war; er machte mir jedoch gerade heraus und schnell den Sachverhalt klar. »Dann rief mich Barton zu sich – Bill Barton, der Trampel in Maribeths Auftritt. Er wollte mir ein lockeres Seil zeigen, daß genau über der Stelle herabhing, an der Dizzy ihre Nummer mit den Reifen macht. Er befürchtete, es könnte sie nervös machen. Von der Stelle aus, an der ich stand, konnte man das Seil nicht sehen, daher steckte ich Dizzy in ihren Kasten und ging zu dem Platz zurück, an dem Bill stand.«

»Einen Moment. Haben Sie diesen Kasten offengelassen?«

»Nein, ich habe ihn mit Schnappverschlüssen gesichert. Eigentlich ist es ein großer Reisekoffer aus Leder, den ich speziell für sie habe bauen lassen. Sie konnte unmöglich heraus. Es sei denn, jemand hat den Koffer aufgemacht.«

»Dann hat das jemand getan«, sagte ich. »Nun, fahren Sie fort.«

»Bill hatte recht. Das Seil schwankte gerade stark genug, daß es Dizzy hätte ablenken können. Ich suchte nach dem Bühnenarbeiter, ließ ihn hochgehen und das Seil beiseite ziehen.«

»Wenn Sie auf der Bühne waren, wieso konnte Sie dann das Publikum nicht sehen?«

»Der erste Teil von McIntyres Auftritt findet vor einem geschlossenen Hintergrund statt. Ich befand mich hinter diesem Hintergrund.«

»Wie lange waren Sie insgesamt mit Dizzys Kasten weg gewesen?« fragte ich ihn.

»Nicht länger als drei Minuten. Zuerst dachte ich, daß vielleicht irgendein aufdringlicher Kerl den Kasten geöffnet hat, um sich Dizzy anzuschauen.«

Maribeth ergänzte: »Die Leute versuchen immer, sie zu streicheln.«

»Wenn Dizzy jedoch aus dem Kasten herausgesprungen wäre, wäre sie zu mir gekommen. Das macht sie immer. Sie war einfach nicht da. Wir suchten überall – hinter der Bühne, in den Kulissen, in den Künstlergarderoben. Ich rief nach ihr – wenn ich sie rufe, kommt sie immer angerannt –, aber sie ließ sich nicht blicken. Nachdem McIntyre seinen Auftritt beendet hatte, mußte ich Mr. Thompson sagen, daß ich nicht weitermachen konnte. Er erklärte dem Publikum, was geschehen war und bat, uns in Kenntnis zu setzen, sollte jemand die Katze sehen – er dachte, sie sei vielleicht irgendwie nach vorne entwischt. Doch keiner hatte sie gesehen.«

Ich sagte: »Sie meinen, man habe sie absichtlich aus dem Kasten geholt – sozusagen gestohlen?«

»Genau das muß wohl passiert sein«, erwiderte Knight. »Aber wer würde so etwas tun? Am Theater wird diese Katze doch von allen geliebt; das sind doch meine Freunde.

Und wo könnte man sie versteckt haben? Wie hätte man sie denn unbemerkt aus dem Theater herausbekommen? Das ergibt doch keinen Sinn.«

Ich sann eine Minute darüber nach, dann sagte ich: »Entschuldigen Sie, daß ich persönlich werde – aber sind Sie und Miss Lewis hier nur zufällig zur gleichen Zeit erschienen?«

Sie blickten sich an, und Knight antwortete: »Das ist kein Geheimnis: Wir sind verlobt. Zumindest …« Er hielt inne.

»Dave!« sagte Maribeth. »Du weißt doch ganz genau, daß wir gut zurechtkommen könnten.« Sie wandte sich an mich. »Wir werden heiraten, sobald wir unsere augenblicklichen Termine erfüllt haben. Doch jetzt sagt er dauernd, daß er ohne Dizzy in diesem Beruf nichts mehr bedeutet und nicht das Recht hat, mich zu fragen, ob ich mich mit ihm zusammentue. Als ob es einer Katze – und selbst Dizzy – erlaubt wäre, darüber zu entscheiden, wie die Menschen ihr Leben führen sollten. Ist das nicht lächerlich, Mr. Terry?«

»Lächerlich«, pflichtete ich ihr bei und musterte sie – sie war wirklich eine dufte Partie. »Wie lange kennen Sie sich schon?«

»Oh«, sagte sie, »etliche Monate. Wir reisten die gleiche Route. In New Orleans war es dann, daß wir uns richtig kennenlernten – nicht wahr, Schatz?«

Knight nickte und meinte: »Gestern hing die Welt noch voller Geigen. Heute …« Er führte den Satz nicht zu Ende.

»Nun«, sagte ich, »lassen Sie mich einfach eine Weile aussprechen, was ich denke, und machen Sie es mir nicht zum Vorwurf, wenn ich etwas Falsches sage. Ich taste mich einfach voran, verstehen Sie? Sie lieben diese Katze, nicht wahr? Sie denken an sie, als sei sie ein Mensch?«

»Sie ist praktisch wie ein Mensch. Selbstverständlich liebe ich sie.«

Ich steckte mir eine Zigarre in den Mund, zündete sie an, dachte angestrengt nach. Dann sagte ich: »Meine Frau hat mir einmal einen Roman von einer Französin zu lesen gegeben – sie hieß Colette – und darin kommt ein Weibsbild vor, das dermaßen eifersüchtig auf die Katze ihres Mannes ist, daß sie versucht, sie umzubringen.«

Eine Sekunde verstrich, bevor Knight reagierte. Dann explodierte er: »Ich hielt Sie für einen vernünftigen Menschen, aber Sie sind verrückt!«

Doch mein Blick war auf Maribeth gerichtet. Ihre großen, dunklen Augen blitzten auf, aber sie sagte nur ganz ruhig: »Mr. Terry, Sie irren sich. Ich liebe Dizzy und ich liebe Dave, und ich bin keine Mörderin – oder eine Entführerin.«

»Es war nur ein Test«, sagte ich. Ich hatte den Eindruck sie war in Ordnung. Eine Frau, die das Töten einer Katze als Mord ansah, würde keine Katze umbringen – oder entführen. »Entschuldigen Sie bitte. Doch lassen Sie uns jetzt wieder auf das zurückkommen, was tatsächlich geschehen ist. Knight, haben Sie irgend jemanden herumstehen sehen, als sie mit Dizzy auf Abruf bereitstanden?«

»Keine Menschenseele. Niemand kam in unsere Nähe.«

»Nachdem Sie dem Bühnenarbeiter sagten, er solle sich um das Seil kümmern, gingen Sie zu dem Kasten zurück. Haben Sie da immer noch keinen in der Nähe gesehen?«

Er schüttelte den Kopf. »Alle befanden sich hinter der Bühne. Für den letzten Teil von McIntyres Auftritt wurde gerade der Hintergrund hochgezogen. Die einzige Person, die ich von meinem Standpunkt aus sehen konnte, war McIntyre.«

Da fiel bei mir der Groschen. »Was ist denn mit dem Liliputaner? Dem Kobold? Geht der nicht etliche Male hinter die Bühne?«

»Der kleine Pat? Moment mal... Sie haben recht. Er geht ein- oder zweimal weg, um kleine Requisiten für McIntyre zu holen. Ich vermute, daß er etliche Male an Dizzys Kasten vorübergelaufen sein muß. Ich glaube, ich habe mich so sehr an ihn gewöhnt, daß ich gar nicht auf achtete.«

»Aber Pat würde die Katze doch gewiß nicht stehlen«, meinte Maribeth.

Das schien mir eine gute Gelegenheit zu sein, mich wie Sherlock Holmes aufzuführen. Bei meinen Kunden macht das immer Eindruck. Daher sagte ich: »Wenn Sie das Unmögliche ausgeschlossen haben, dann ist das, was übrigbleibt – ganz gleich, wie unwahrscheinlich es ist –, zwangsläufig die Wahrheit. So wie ich es sehe, steckt Pat, der Liliputaner hinter der Sache. Er war in der Nähe des Kastens mit der Katze. Er könnte sich gebückt, ihn aufgesperrt und die Katze herausgenommen haben.«

»Aber was hätte er mit ihr getan?« fragte Knight. »Er mußte doch gleich wieder auf die Bühne zurück.«

Ich räusperte mich – mir kam ein großartiger Einfall. »Steckt McIntyre den Zwerg nicht in einen Schrank und läßt ihn im letzten Teil seines Auftritts verschwinden?«

Knight fuhr kerzengerade in die Höhe. »Sie haben recht!« rief er aus.

»Schauen Sie sich die Fakten an. Sie sind weg, suchen nach einem Bühnenarbeiter. Der Schrank, den McIntyre für das Kunststück mit dem Verschwindenlassen verwendet, befindet sich hinter dem Hintergrund – außer Sichtweite des Publikums und auch nicht in Ihrem Blickfeld. Kein Mensch ist in der Nähe. Wahrscheinlich würde Pat nur ein paar Sekunden benötigen, um die Katze zum Schrank zu tragen und dort hineinzustecken. Nehmen wir mal an, er weiß, wie der Trick funktioniert. Die Katze verschwindet. Dann nimmt er einfach seine Requisite mit und geht wieder auf die Bühne zu McIntyre zurück.«

Maribeth sagte: »Aber wäre Dizzy in diesem Fall nicht herausgesprungen, als McIntyre den Schrank öffnete?«

Knight sprang auf. »Nein, dieser Trick ist nur eine neue Version eines alten Gags – er funktioniert mit einer Falltür. Ich habe sie gesehen. Die Falltür führt in einen Raum im Keller. Genau so muß es sich abgespielt haben!«

Er stürmte zur Tür. »Immer mit der Ruhe«, sagte ich. »Wissen Sie, wo wir den Liliputaner jetzt finden könnten?«

»Diesen Morgen habe ich ihn im Hotel gesehen«, sagte Maribeth. »Und – oh! Mir ist gerade etwas eingefallen. Er hatte ein Stück Heftpflaster im Gesicht. Und ich dachte, er hätte sich beim Rasieren geschnitten.«

»Das genügt«, sagte ich. »Gehen wir.«

»Zum Teufel mit dem Zwerg«, meinte Knight. »Laßt uns nach Dizzy suchen. Vielleicht ist sie ja noch unten im Keller.«

Ich war damit einverstanden, als erstes zum Theater zu gehen, und wir drängten uns in meinen Wagen. Der diensthabende Wachmann im Theater ließ uns ein. Knight war so ungeduldig, daß er am liebsten losgerannt wäre. Direkt unter der Bühne befand sich ein großer Raum mit etlichen Leitern, die oben zu den Falltüren führten. Der Kellerraum war jedoch leer.

An der Rückseite gab es ein Fenster; es stand offen. Knight fluchte und wirkte ganz elend. »Auf diesem Weg könnte sie hinausgelangt sein«, meinte er.

Das Fenster führte auf eine enge Gasse hinaus. Wir gingen nach draußen und liefen in der Gasse hin und her, während Knight »Dizzy! Dizzy, Schätzchen!« rief. Es war zwecklos. Nicht das kleinste Zeichen von einer Katze. »Das ist ja fürchterlich«, sagte er. »Irgend jemand muß sie mitgenommen haben. Wenn sie frei herumliefe, wäre sie noch hier. Sie verfügt über ein erstaunliches Heimkehrvermögen.«

Ich sagte: »Gehen wir zum Hotel. Ich möchte mich mit dem Zwerg unterhalten.«

Wir fanden Pat im Café des Hotels; er aß gerade allein zu Mittag, und er aß ein ganzes Steak. Der Liliputaner war nur ungefähr einen Meter groß und sehr elegant gekleidet. Es stimmte, er hatte ein großes Stück Heftpflaster im Gesicht.

Ich vergeudete keine Zeit. »Pat«, fragte ich, »was hast du denn da unter deinem Pflaster?«

Er wurde bleich und erwiderte mit seiner schrillen Stimme: »Einen Schnitt. Ich habe mich geschnitten.«

»Du hast doch nichts dagegen, wenn ich nachschaue, oder?«

Er versuchte zu entwischen, aber Knight hielt ihn fest, und ich riß das Pflaster ab. Die Spuren waren unverkennbar – drei kurze, parallel verlaufende Kratzer, tief genug, um Blut austreten zu lassen. Offensichtlich war Dizzy eine Lady, die eine rauhe Behandlung gar nicht schätzte.

Zunächst gab Pat kein Wort mehr von sich. Daher setzte ich mich an den Eßtisch und rekonstruierte, was geschehen sein mußte – alles, was er getan hatte, Schritt für Schritt. »Sie müssen uns nicht einmal verraten, wer Sie dazu angestiftet hat«, sagte ich.

»McIntyre«, sagte Knight; er klang richtig grimmig.

»Nein«, entgegnete ich. »Ihr Freund Bill Barton. Wieviel hat er Ihnen bezahlt, Pat?«

Der Zwerg bedachte Barton mit etlichen Schimpfwörtern. »Er hat gequatscht!« entfuhr es ihm.

Maribeth und Knight wirkten völlig verblüfft. Sie sagte: »Das kann ich nicht glauben.«

»Mein lieber Watson«, sagte ich, »das lag doch von Anfang an auf der Hand. Barton hat Knight abgelenkt, indem er die Sache mit dem Seil einfädelte; Pat nutzte die Gelegenheit. Und Barton hat auch ein Motiv: »Heiraten Sie Knight, dann ist es mit seiner Nummer vorbei. Und vielleicht«, fügte ich hinzu, »hat er ja auch noch andere Vorstellungen darüber, wen Sie heiraten sollten, Miss Lewis.«

Ihr Gesicht verriet, daß sie der Meinung war, er habe recht.

Der Zwerg wurde schließlich doch noch gesprächig und meinte mit piepsiger Stimme zu Knight: »Er sagte, er wolle die Katze nur für kurze Zeit behalten, damit Sie die Tournee nicht beenden können und er Sie los ist. Er dachte, wenn Maribeth sie für eine Weile nicht sehen würde, könnte er Sie aus dem Rennen werfen.«

»Wir sehen uns noch«, sagte ich dem Zwerg. »Genieß dein unverdientes Steak, solange du dazu in der Lage bist. Weißt du überhaupt, welche Strafe auf Entführung steht? Und versuch ja nicht, mir zu erzählen, es gehe doch bloß um eine Katze!«

Wir ließen über das Haustelefon des Hotels Barton von Maribeth anrufen, um sicher zu sein, daß er auf seinem Zimmer war. Sie erwähnte nicht, daß wir sie begleiteten. Als Barton auf ihr Klopfen hin die Tür öffnete und uns alle drei sah, wollte ihm das überhaupt nicht gefallen. Auf der Bühne war er wie ein Penner zurechtgemacht. Wie er jetzt in seinem Bademantel vor uns stand, wirkte er ausgesprochen vornehm – einer dieser großen, dunkelhaarigen, attraktiven Jungs.

Knight machte keine langen Umschweife. Er schob Barton in einen Sessel, beugte sich über ihn und brüllte: »Gib mir die Katze zurück, du Schwein, oder ich breche dir das Genick!«

Barton brauchte nur wenige Sekunden, um zu erkennen, daß es keinen Zweck hatte, sich herauszureden. Ich sagte ihm, wir würden ihn hinter Schloß und Riegel bringen, wenn er uns die Katze nicht aushändigte. Das kam bei ihm an. »Ich habe sie nicht«, sagte er. »Das müssen Sie mir glauben, ich habe sie nicht. Es war nur eine spontane Eingebung. Auch ich liebe Maribeth. Und ich mußte versuchen, meinen Auftritt zu retten. Sie kennen doch das alte Sprichwort: Im Krieg und in der Liebe ist alles erlaubt.«

Kerle, die so reden, sind mir ein Greuel. »Na gut«, sagte ich, »dann haben wir jetzt Krieg.« Mit diesen Worten versetzte ich ihm einen harten Schlag mit der offenen Hand gegen seinen Kopf. »Spuck's schon aus«, sagte ich. »Wo ist die Katze?«

Er rieb sich den Kopf und sagte: »Sie ist weggelaufen.«

»Was meinst du damit: ›Sie ist weggelaufen?‹« schrie Knight.

Nachdem Pat die Katze durch die Falltür hinter dem magischen Schrank hatte fallen lassen, und Knight unterwegs war, um nach einem Bühnenarbeiter zu suchen, sei er in den Keller gelaufen, um Dizzy einzufangen, erzählte Barton. Er hatte vorgehabt, die Katze aus dem Theater herauszuschmuggeln und sie irgendwo eine Zeitlang festzuhalten. Aber das Tier war nicht da. Irgend jemand hatte das Kellerfenster offenstehen lassen, und die Katze war entwischt. Barton hatte sie überhaupt nicht zu Gesicht bekommen.

Ich glaubte ihm; Knight, der wieder damit anfing, sich mit der Hand durch die Haare zu fahren, ebenfalls. »Es muß ihr irgend etwas zugestoßen sein«, stöhnte er. »Sonst hätte man sie inzwischen gemeldet.«

Maribeth sagte: »Ach, Dave, mein Schatz«, und er schloß sie in seine Arme. Ich hatte das Gefühl, dies sei ein guter Augenblick, um Barton eine kurze Beschreibung seiner Perspektive zu geben. Dann ließen wir ihn am Boden zerstört da sitzen und gingen zum Theater zurück. Ein weiteres Mal befragte ich Knight bezüglich seiner Versicherungspolice. So wie sie abgefaßt war, übernahm die Versicherungsgesellschaft keine Verantwortung, wenn die Katze gestohlen wurde oder wegrannte, während sie unbeaufsichtigt war. Genaugenommen war ja das geschehen; daher hatte es nicht den Anschein, daß Knight eine Chance hatte, die Prämie einzustreichen. Das einzige, was ihm helfen konnte, war, Dizzy zu finden – und zwar schnell.

Ich konnte nicht viel erkennen, das ich ausrichten konnte, aber ich hatte das Gefühl, ich sollte zumindest den Versuch unternehmen, meinen Tageslohn zu verdienen. Als wir die neben dem Theater verlaufende Gasse erreichten, blieb ich stehen und sagte: »Was wir jetzt brauchen, ist Psychologie – Katzenpsychologie. Wohin würde eine Katze laufen, die aus diesem Kellerfenster herausgesprungen ist? Ich gehe davon aus, daß Dizzy lebt und gehen kann, wohin sie will. Dann muß sie sich an einem Ort befinden, an dem sie nicht gesehen werden kann – andernfalls hätte sie jemand gefunden und zurückgebracht, um die Belohnung zu kassieren. Und wahrscheinlich handelt es sich um einen Ort, der ihr gefällt – andernfalls hätte sie versucht, zum Theater und zu Dave zurückzukehren.«

Knight nickte. »Ja«, sagte er. »Das klingt vernünftig.« Es war mitleiderregend, wie sehr er sich auf jedes Fünkchen Hoffnung stürzte.

»Was hätte denn dann auf eine Katze wie Dizzy eine derart große Anziehungskraft, daß sie dazu bereit ist, einfach wegzubleiben?« fragte ich.

»Könnte es etwas zum Fressen sein?« fragte Maribeth.

»Nein«, meinte Knight. »Sie ist beim Fressen überaus wählerisch, bekommt ihre Mahlzeiten nach einem strengen Zeitplan und nimmt von keinem anderen Futter an. Man kann sie nicht einfach bei sich halten, indem man ihr etwas zu fressen gibt – das geht nicht einmal bei Kaviar, den sie so gerne mag.«

»Schauen Sie«, sagte ich. »Dizzy mag ja aristokratische Vorlieben haben, aber sie ist immer noch eine Katze. Was ist das Hauptinteresse einer weiblichen Katze – insbesondere, wenn sie noch nie einen Freund gehabt hat?«

»Natürlich!« sagte Maribeth. »Ich wette, das ist es!«

»Ich glaube nicht«, meinte Dave.

»Du bist doch bloß eifersüchtig«, sagte Maribeth. »Was könnte natürlicher sein? Ich bin selbst eine Frau. Ich kenne das.«

»Kater lieben kleine Gassen«, führte ich aus. »Und wenn sie sich irgendwohin verdrückt haben, um Pfötchen zu halten, dann würde das erklären, warum sie keiner gesehen hat.

Ich habe mitbekommen, daß Katzen in solchen Zeiten gerne unter sich bleiben.«

»Aber das wäre mein Ruin!« stöhnte Knight.

»Was ist denn so schlimm daran? Das passiert doch andauernd«, gab ich zu bedenken.

»Sie begreifen nicht«, sagte er. »Ich habe mich mit einem Katzenspezialisten darüber unterhalten. Er sagte, Dizzys ungewöhnliche Intelligenz zeige, daß die normalen Katzeninstinkte in ihr nicht voll entwickelt sind. Er sagte, wenn sie – äh, eine Affäre mit einem Kater hätte, würde die alte Natur in ihr durchbrechen, und dann würde sie nicht mehr auf die gleiche Art wie jetzt auf mich reagieren.«

»Vielleicht nicht«, erwiderte ich. »Aber Sie wollen sie doch immer noch finden, oder nicht?«

»Natürlich will ich das. Auch wenn sie nie mehr auftritt – ich muß sie finden«, sagte er.

»Dann habe ich den Verdacht«, fuhr ich fort, »beziehungsweise komme ich zu dem Schluß, wir sollten nach einem Kater suchen. Und wo würden wir aller Wahrscheinlichkeit in einem Geschäftsviertel wie diesem hier einen Kater finden? In dieser Gegend gibt es keine Wohnhäuser. Und verkehrsreiche Straßen suchen streunende Katzen auch nicht oft auf. Nein – mit größter Wahrscheinlichkeit würde irgendeine Katze, die man in dieser Gasse zu Gesicht bekommt, aus irgendeinem Laden oder Restaurant stammen.«

Ich schaute die Gasse entlang. Einige Gebäude vom Theater entfernt gab es eine Tür, vor der einige Lattenkisten aufgestapelt waren. »Dort fangen wir an«, sagte ich.

Es handelte sich um den Hintereingang eines Restaurants mit dem Namen ›The Rendezvous‹. »Das ist der wahrscheinlichste Platz«, sagte ich, »denn er liegt am nächsten. Gehen wir vorne herum.«

Ich bekam den Geschäftsinhaber zu fassen – einen fetten, freundlichen Italiener namens Pirelli – und fragte ihn, ob er einen Kater besitze.

»Ja«, sagte er und schaute sich um. »Irgendwo. Vielleicht in der Küche. Vielleicht im Keller. Vielleicht draußen. Er kommt und geht. Was wollen Sie mit meinem Kater?«

»Schauen Sie«, erwiderte ich. »Es ist wichtig. Wir versuchen, eine verschwundene Katze zu finden, und hatten die Idee, daß sie sich vielleicht in dieser Gegend bei einem Kater versteckt. Könnten wir uns hier bei Ihnen ein wenig umschauen, nur für den Fall, daß sich die andere Katze hier eingeschlichen hat?«

Als Pirelli begriff, worum es ging, lachte er und meinte: »Warum nicht? Nur zu! Mein Kater, der Tommy, ist ein richtiger Weiberheld. Sie sollten den Radau hören, der manchmal in der Gasse herrscht! Schauen Sie sich nur um! Ich komme mit!«

Tommy war weder im Speisesaal noch in der Küche. »Es gibt nur noch einen anderen Ort«, meinte Pirelli. »Vielleicht ist er unten im Keller.«

Wir gingen hinunter in den Keller. Als wir das Licht anschalteten, hörten wir ein Miauen. Hinter einigen Fässern kam ein großer, schwarzer, zäh wirkender Kater hervor und rieb sich an Pirellis Beinen. »Hallo, Tommy!« begrüßte ihn Pirelli. »Hast du hier unten vielleicht eine Freundin bei dir?«

Der Kater schaute ihn an und gab ein tiefes Miauen von sich.

Hinter den Fässern erklang ein anderes, melodischeres Miauen, und Dave Knight schrie auf: »Dizzy!«

Da war sie! Lang ausgestreckt lag sie auf einem Stück altem Sackleinen. Knight nahm sie hoch und gab ihr einen Kuß; Maribeth machte ebenfalls großes Aufhebens um sie. Beide sagten mir, ich sei der größte Detektiv der Welt, was wahrscheinlich übertrieben ist, und Pirelli gratulierte uns, während der Kater und Dizzy miauten. Ganz plötzlich sprang Dizzy dann aus Knights Armen, lief zum Kater hinüber und rieb sich an ihm.

»Aha!« meinte Pirelli. »Sehen Sie? Ein richtiger Weiberheld, dieser Tommy!«

Es war recht offensichtlich, daß auch Dizzy dieser Meinung war. Als Knight die Hand nach ihr ausstreckte, wich sie zurück und fauchte ihn an. Entsetzt starrte er auf sie. Sie stupste mit ihrem Näschen gegen Tommys Nase. Er leckte sich, wie Katzen es tun, wenn sie durch Menschen, die sie anstarren, verlegen werden. Schließlich drehte sich Dizzy dreimal um die eigene Achse, legte sich auf die Seite, streckte die Pfoten, schnurrte wie eine kleine Dampfmaschine und schaute mit großen, schmachtenden Augen auf Tommy.

Knight sah aus wie ein Häufchen Elend. Ich konnte es ihm nicht verübeln. Dizzy war nicht länger eine dressierte Katze. Sie war ein verliebtes Katzenweibchen, und keiner konnte sich zwischen sie und ihren Kater stellen – nicht einmal der Mann, bei dem sie geschlafen hatte.

Maribeth sagte: »Dave, vielleicht würde es ja funktionieren, wenn der Kater mitkäme.«

Sein Gesicht hellte sich auf. »Das ist eine Idee!« meinte er. »Mr. Pirelli, verkaufen Sie mir Ihren Kater?«

Pirelli war nicht begeistert und ließ sich ein wenig hinhalten; am Ende überzeugten ihn jedoch 25 Dollar. Wir holten eine große Schachtel, steckten beide Katzen hinein, luden sie in ein Taxi und brachten sie in Knights Apartment im Hotel. Die Katzen schienen sich nicht daran zu stören – sie waren so sehr voneinander eingenommen, daß ein bloßer Wohnortwechsel für sie kaum von Belang war. Knight betrachtete den Kater wie ein erzürnter Vater den Halunken, der seine Tochter verführt hat, doch was konnte er schon ausrichten?

Selbstverständlich wollte er wissen, ob Dizzy ihre Kunststücke machte. Er spielte eine bestimmte Musik und versuchte so, sie zum Tanzen zu animieren und durch einen Reifen springen zu lassen, doch sie drehte ihm lediglich den Rücken zu, miaute und machte sich an Tommy heran. Als er den Kater aus dem Zimmer brachte, kratzte sie an der Tür und schrie so lange, bis wir ihn wieder hereinlassen mußten.

Knight gab auf. »Nun gut«, sagte er. »Meine Einnahmequelle habe ich verloren, doch wie dem auch sei, meine Katze habe ich wieder.«

»Und dein Mädchen ist ebenfalls bei dir, falls du das vergessen haben solltest«, sagte Maribeth. »Denk ja nicht, du könntest mich mit irgendeiner Ausrede über Armut ins Wanken bringen. Schau dir doch nur Dizzy und Tommy an. Machen die sich etwa Sorgen um die Zukunft?«

Knight küßte sie. Schließlich hüstelte ich und sagte: »Nun, ich denke, der Fall ist abgeschlossen. Ich gehe.«

Sie erinnerten sich wieder an mich, fingen an, mir die Hand zu schütteln und mir zu danken. Knight sagte: »Was die fünftausend Dollar betrifft, die haben Sie sich verdient. Die ganze Summe habe ich zwar nicht auf der Bank, aber ich gebe Ihnen auf der Stelle einen Scheck über eintausend Dollar, und den Rest in ein paar Tagen. Okay?«

»Nein«, erwiderte ich. »Vergessen Sie es. Für welchen Scheißkerl halten Sie mich? Wenn für Sie Dizzy noch eintausend Dollar die Woche wert wäre, dann wäre das etwas anderes. So jedoch werden Sie alles Geld brauchen, daß Sie besitzen. Die Sache hat Spaß gemacht, und Sie sind mir genau einen Tagessatz schuldig – fünfzig Dollar. Die anderen viertausendneunhundertundfünfzig Dollar sind mein Hochzeitsgeschenk an Sie. Und keine Widerrede!«

Und dabei ließen wir es bewenden. Als ich Knight fragte, was wir mit Barton und dem Zwerg machen sollten, sagte er: »Welchen Sinn hat es, Ärger zu machen? Ihre Bestrafung würde nicht dazu führen, daß Dizzy wieder auftritt – und wenn die Sache an die Öffentlichkeit käme, würde das nur McIntyre und Maribeths Schwestern schaden, die allesamt unschuldig sind.«

Er war ein guter Kerl. Für Maribeth galt dasselbe. Die beiden gingen nach New York und versuchten, als Mann und Frau eine Nummer auszuarbeiten. Über zwei Monate lang hörte ich nichts von ihnen. Dann kam eine Postkarte von Maribeth, auf der stand, sie seien glücklich und hofften immer noch, mit ihrer Nummer irgendwo anzukommen. Dizzy hatte sechs entzückende Jungen bekommen – drei sehen aus wie sie, zwei wie Tommy, ferner ein Weißes, das sich keiner erklären konnte. Sie hatten das Weiße nach mir benannt: Terry.

Maribeth klang, als hätten die beiden eine schwere Zeit, nähmen es aber nicht sonderlich tragisch. Ein paar Monate gingen ins Land. Dann, erst gestern, erhielt ich einen Brief von ihnen. Als ich ihn öffnete, fiel ein Scheck heraus. Er belief sich auf 4950 Dollar. Im Brief hieß es:

Was den Scheck angeht – es handelt sich nicht um das Hochzeitsgeschenk an uns. Nein, davon haben wir gelebt und segnen Sie dafür. Dieser hier ist etwas anderes. Es ist der Betrag, den wir Ihnen entsprechend unserer ursprünglichen Vereinbarung schuldig sind, und wenn wir ihn nicht zahlen würden, hätten wir nie mehr ein gutes Gefühl zu der Sache. Also nehmen Sie ihn bitte an – denn wir können es uns jetzt leisten. Außerdem sagte unser Agent, wir könnten ihn von unserer Einkommenssteuer abziehen.

Wissen Sie, vor einiger Zeit gingen wir in das kleine Zimmer, in dem Dizzy mit ihren Jungen spielte. Und da schlug sie doch glatt wieder Saltos! Und dann geschah es! *Ein Kätzchen nach dem anderen machte ebenfalls einen Salto!*

Geerbtes Talent nennt man das. Endlose Stunden verbrachten wir damit, uns davon zu überzeugen und die Tiere zu dressieren. Heute unterzeichneten wir einen Vertrag, mit dem wir über eine ganze Saison hinweg ausgebucht sind und der uns Auftritte in Film und Fernsehen sichert. Fünfzehnhundert Dollar die Woche. Wir werden reich!

Die Eröffnungsvorstellung findet im Palace statt. Der Auftritt ist eine Wucht. Wir haben eine Trapeznummer, bei der alle sechs Kätzchen gleichzeitig durch die Luft fliegen, während Dizzy wie ein Zirkusdirektor dasteht und eine kleine Peitsche in der Pfote hält. Es gibt keinen Zweifel mehr. Jeder dieser Kätzchen ist ein genauso großes Genie wie Dizzy. Tommy tritt natürlich nicht mit auf; er muß keine Kunststücke machen, er hat andere Talente.

Wir werden als *Diese wundervollen Katzen – und die Knights* angekündigt. Wenn wir in Ihre Gegend kommen, werden am Schalter Karten für Sie und Mrs. Terry bereitliegen. Alles Gute!

Herzliche Grüße von Dave, Maribeth, Dizzy, Tommy und den Sechs.

Meine Frau kann es kaum erwarten, die Vorstellung zu sehen. Und mir geht es auch nicht anders.

Miss Phipps und die Siamkatze

Phyllis Bentley

»Ein Original plus zwei Kopien, doppelter Zeilenabstand, zweieinhalb und viereinhalb Zentimeter breite Ränder, jedes Kapitel beginnt mit einer neuen Seite, französische Wörter werden unterstrichen …«, begann Miss Phipps.

»Die Zeichensetzungsregeln sollen genau befolgt werden«, beendete Mrs. Norton den Satz mit einem affektierten Hüsteln.

»Ganz genau.«

»Es ist schon eine ganze Weile her, seit Sie wegen einer Tipparbeit die Schreibagentur Norton besuchten«, sagte Mrs. Norton in etwas bissigem Ton. »Ich dachte schon, Sie hätten vielleicht wieder auf Dauer eine Sekretärin bekommen.«

»Oh, das habe ich auch. Ein sehr nettes Mädchen. Überaus sorgfältig. Doch im Augenblick ist sie außer Gefecht gesetzt. Sie bekommt ein Kind.«

»Ich hoffe, sie ist verheiratet«, meinte Mrs. Norton und rümpfte die Nase.

»Selbstverständlich«, antwortete Miss Phipps standhaft. »Wann kann ich denn dann meinen fertigen, maschinengeschriebenen Text haben?«

»Nun, gar nicht.«

Wie sie es genießt, das zu sagen, dachte Miss Phipps verärgert. »Soll ich ihn dann woanders hinbringen?« fragte sie kühl und erhob sich.

»Nein, nein! Ich meine, vor übernächster Woche läßt es sich bei mir nicht machen.«

»Ach du liebe Güte«, ärgerte sich Miss Phipps.

»Doch Maureen ist auch noch da, oder Bertha.«

»Wer ist Maureen? Und Bertha?«

»Bertha ist mein bestes Mädchen. Maureen hat Ihren letzten Text getippt.«

»Ach ja. Nun, ich war mit ihrer Arbeit zufrieden.«

»Maureen, komm für einen Moment herüber!«

Ein kleines, schlankes Mädchen mit bemerkenswert langen, goldenen Haaren erhob sich von einem der Schreibtische in dem beengten Raum, den das Klappern der Schreibmaschinen erfüllte. Miss Phipps bemerkte mit Freude, daß diese goldene Mähne auch noch wunderschön gebürstet war.

»Du bist mit diesem Bericht fast fertig, Maureen?« fragte Mrs. Norton mit einer Stimme, die einen Eisbären zum Erstarren gebracht hätte.

»Ich befinde mich auf der letzten Seite, Mrs. Norton.«

»Wir sollten uns Ihr Werk besser gemeinsam anschauen«, schlug Mrs. Norton vor und streckte eine Hand nach dem Manuskript von Miss Phipps aus. »Ein Roman in voller Länge, meine Liebe?«

»Nur ein kurzes Kinderbuch«, meinte Miss Phipps abwertend, errötete und fühlte sich verlegen und minderwertig. Wenn man auf ihre Schriften zu sprechen kam, fühlte sie sich immer so.

Zögernd legte sie das in einer Mappe steckende Manuskript auf den Tisch. Sie hatte in zwei Richtungen Bindfäden um die Mappe gebunden, damit die Seiten von innen nicht herausrutschen könnten. Wäre sie gefragt worden, hätte Miss Phipps freimütig zugegeben, daß die äußere Erscheinung nicht durchgängig ansprechend war, während sie sich bei ihrer schriftstellerischen Arbeit an dem Manuskript mit all ihren Kräften ins Zeug gelegt hatte. Die Mappe war ein wenig dreckig und hatte Eselsohren; den Bindfaden hatte sie an etlichen Stellen zusammengeknotet.

Mrs. Norton mit ihrem ziemlich wichtigtuerischen leichten Husten bewegte ihre Finger mit den langen Fingernägeln auf das Manuskript zu. Ihr Gesicht brachte den Versuch zum Ausdruck, um der Freundschaft willen ihre Verachtung nicht offenkundig werden zu lassen. Miss Phipps konnte es nicht ausstehen, daß diese gewinnsüchtigen Hände ihre kostbaren Schriften zu fassen bekamen – aber das war nicht fair, wies sie sich zurecht. Mrs. Norton ist ein Profi in ihrer Branche, und darauf ist sie stolz, genau wie ich in meinem Beruf auch.

Während Miss Phipps dies dachte, hatte die Gruppe Zuwachs bekommen. Eine schlanke, bräunliche, junge und attraktive Siamkatze war auf den Tisch gesprungen und widmete sich jetzt mit Zähnen und Krallen der Aufgabe, den Bindfaden der Mappe in Stücke zu reißen.

»Nein, nein«, sagte Miss Phipps sanft, und legte behutsam eine weiche braune Pfote zur Seite.

Prompt kratzte sie die Katze.

»Ein oder zwei Kratzer machen mir nichts aus«, meinte Miss Phipps. »Aber bitte nicht den Bindfaden. *BITTE!* Nein, mein Miezekätzchen! Nein. Sonst werde ich böse.«

»Das versteht sie nicht«, säuselte Mrs. Norton. »Wissen Sie, sie lebt hier. Dieses Büro ist ihr Zuhause, und sie denkt, sie kann hier tun und lassen, was sie will. Also, Edith, mein Schatz!«

»Wer ist denn Edith?« erkundigte sich Miss Phipps und betrachtete Maureen mit fragendem Blick. Das Mädchen stand geduldig am Tisch.

»Die Katze natürlich. Sie wurde nach meiner Tante benannt, denn sie ist ein Geschenk von ihr.«

»Edith!« rief Miss Phipps streng. »Pfoten weg, bitte!«

Edith biß in den vom Bindfaden gebildeten Bogen und rollte sich mit dieser wundervollen Anmut einer Katze auf den Rücken, die bei den Menschen Bewunderung und Verzweiflung weckt. So lag sie dann da, fuhr mit zwei Pfoten durch die Luft und schien einen zu einem Lob verlocken zu wollen. Da sie sich in den Kopf gesetzt hatte, den Bindfaden zu lösen und ihn in komplexen Figuren um sich herumzuwickeln, war Miss Phipps nicht im mindesten nach Lobpreisungen zumute.

»Du bist eine ungezogene Katze, Edith«, meinte Miss Phipps und nahm mit einem schnellen Griff die wertvolle Mappe vom Tisch.

Edith warf ihr aus gelben Augen ergrimmt einen finsteren Blick zu.

»Ach wirklich!« entfuhr es Mrs. Norton. »Schieben Sie dafür nicht der Katze die Schuld in die Schuhe! Maureen verdirbt sie.«

Tatsächlich hatte Maureen lächelnd ihre liebevollen Arme nach Edith ausgestreckt.

»Besser wäre es, wenn *du* das Tier nimmst, Bertha«, befahl Mrs. Norton.

Ein recht ansehnliches Mädchen, groß, mit gelassenem Gesichtsausdruck und hübschen, auf dem Kopf zusammengesteckten Locken, kam würdevoll von ihrem Schreibtisch in der ersten Reihe herüber, nahm die mit Fäden behangene Edith angewidert in die Arme und ging davon.

»Laß Bertha diesen Bericht fertigmachen, Maureen«, beauftragte Mrs. Norton Maureen, nachdem sie die Seiten von Miss Phipps flüchtig durchgeblättert hatte. »Fang umgehend mit dem Manuskript von Miss Phipps an. Ich weiß, daß sie es immer eilig hat.«

Nachdem Bertha den Bindfaden entfernt hatte, setzte sie Edith draußen vor der zum Büro führenden Tür ab, verschloß diese und kam gemessenen Schrittes zurück. Inzwischen hatte Maureen Miss Phipps' Manuskript an sich genommen und behandelte es ehrerbietig. Miss Phipps fühlte sich etwas beruhigt.

»Wenn es fertig ist, rufe ich Sie an«, bot ihr Mrs. Norton an. Kühl, aber freundlich gingen sie auseinander.

Die Schreibagentur Norton belegte etliche Räume im ersten Stock eines großen viktorianischen Hauses. Draußen vor dem Büro stieß Miss Phipps auf Edith, die mit finsterem Blick auf der obersten der zur Straße hinabführenden Treppenstufen saß. Miss Phipps war überhaupt nicht dazu aufgelegt, die Katze bis in Reichweite ihres Manuskriptes vordringen zu lassen; sie gab sich daher Mühe, die Bürotür unverzüglich zu schließen. Edith trippelte anmutig vor ihr her die Stufen hinunter und setzte sich vor sie hin. Ihr Blick war nicht freundlicher geworden.

»Du bist ein schönes Tier«, gestand ihr Miss Phipps zu. »Hast ein wundervolles Fell.«

Am Fuß der Stufen lehnte Mrs. Nortons Sohn Geoffrey an der Mauer. Er war Lehrling und wollte Ingenieur werden. Mrs. Norton war verwitwet, und Geoffrey hätte ein Vater gutgetan, dachte Miss Phipps, als sie seine Punkerketten und den Stil seiner Kleidung musterte. Sie kannte Geoffrey von Kind auf und grüßte ihn in vertraulichem Ton.

»Hallo, Geoff! Wie ich sehe, bist du ja in letzter Zeit noch ein gutes Stück gewachsen.«

»Hallo, Miss Phipps. Wie *ich* sehe, scheint Edith Sie nicht sonderlich zu mögen.«

»Wir hatten oben auf der Treppe eine kleine Meinungsverschiedenheit«, gab Miss Phipps zu und bemerkte den immer noch wütend funkelnden Blick der Katze und das Peitschen ihres schlanken Schwanzes. »Sie ist ganz aufgebracht.«

»Nun, wären sie das nicht ebenfalls, wenn *Sie* rausgeworfen würden?«

»Genaugenommen wurde sie gar nicht rausgeworfen«, widersprach Miss Phipps.

»Das meinen Sie«, erwiderte Geoffrey. »Nun tu doch mal Miss Phipps den Gefallen und schnurre schön, Edith!«

Edith hob ihren Kopf in der hochnäsigen Art, die Katzen so eigen ist, und stolzierte langsam in die entgegengesetzte Richtung davon.

Miss Phipps und Geoffrey mußten beide lachen. »Katzen wissen, wie man jemanden direkt vor den Kopf stößt«, sagte Geoff.

»Darin sind sie einsame Spitze. Wie geht's denn so, Geoff?«

»*Comme çi comme ça*«, antwortete Geoff ohne Enthusiasmus und schaute düster vor sich hin.

»Wenn dieses ganze Spektakel heutzutage die jungen Leute glücklicher machen würde, dann sollte es mich gar nicht weiter stören«, grübelte Miss Phipps und ging auf einen Bus zu. »Aber das scheint mir nicht der Fall zu sein!«

Als Miss Phipps drei Tage später die Klingel an ihrer Wohnungstür hörte, standen Geoffrey und Maureen mit einem ordentlich gepackten Paket davor.

»Ihr Manuskript, Miss Phipps«, sagte Maureen bescheiden und hielt ihr das Paket hin.

»Hereinspaziert, hereinspaziert!«, rief Miss Phipps erfreut. »Trinken wir doch einen Kaffee!« Hastig riß sie das Schutzpapier weg und betrachtete verzückt das ordentliche, professionell getippte Manuskript. »Sie tippen sehr gut, Maureen«, meinte sie vergnügt.

Sie war besonders begeistert, weil Maureen auf sie einen ziemlich niedergeschlagenen Eindruck machte. Das Mädchen schien ihr kurz vor dem Weinen zu stehen. Es war natürlich offenkundig, daß sich die beiden Kinder bis über beide Ohren ineinander verliebt hatten. Sie sahen gut aus, waren sogar richtig attraktiv. Geoffrey hatte schöne dunkle Augen und dichte dunkle Locken – wie schade, daß er sie sich nicht schnitt! Und Maureen mit diesen wirklich prächtigen goldenen Haaren, und dann noch ihr süßes Gesicht! Sie setzten sich. Miss Phipps schenkte ihnen Kaffee ein. Keiner sprach ein Wort.

»Stimmt etwas nicht?« fragte Miss Phipps schließlich.

Maureen brach sofort in Tränen aus. Geoffrey lief rot an.

»Ach je, das tut mir jetzt aber fürchterlich leid!« entschuldigte sich Miss Phipps.

»Es ist Mutter«, sagte Geoffrey mit Abscheu. »Sie will nicht, daß wir heiraten.«

»Seid ihr nicht auch vielleicht ein wenig ... zu jung?«

»Warum sollten wir die ganzen Jahre vergeuden?« fragte Geoffrey fast schroff.

»Nun ja«, setzte Miss Phipps an. Aber als sie näher darüber nachdachte, konnte sie keinen sonderlich guten Grund nennen, daher sagte sie nichts.

»Wollen Sie nicht ein Wort mit Mutter reden? Sie überzeugen?« fragte Geoffrey drängend.

»Ich glaube nicht, daß deine Mutter daran Gefallen finden würde, Geoffrey«, meinte Miss Phipps nervös.

»O doch, das würde sie.«

»Sie hält große Stücke auf Sie, Miss Phipps«, meinte Maureen. »Sie ist stolz darauf, Ihre Geschichten und das alles zu tippen, nicht wahr, Geoffrey?«

»Ja. Ich selbst lese die natürlich nicht«, meinte Geoffrey matt.

Irgendwie erheiterte dieser Anflug von Ehrlichkeit Miss Phipps.

»Wann bist du eigentlich mit deiner Ausbildung fertig, Geoffrey?« erkundigte sie sich.

»Im nächsten Frühjahr.«

»Und warum wollt ihr nicht bis dahin warten?«

»Wenn wir für diesen Zeitpunkt eine feste Zusicherung von Mami bekommen könnten, würden wir das ja auch tun. Aber so weiter zu warten reicht nicht. Und sie scheint etwas dagegen zu haben. Bertha wäre ihr lieber«, schloß Geoffrey mit Abscheu in der Stimme.

»Sehen Sie, das Schlimme ist nur, daß Mrs. Norton mich für eine schlechte Schreibkraft hält. Sie meint, ich wäre nachlässig und Geoff würde daher eine nachlässige, unzuverlässige Frau bekommen. Aber das wäre ich nicht«, protestierte sie und fing wieder an zu weinen.

»Schauen Sie, Maureen«, sagte Miss Phipps freundlich, aber bestimmt. »Sie haben mir gerade zwei Dinge gesagt. Da diese sich widersprechen, muß eines davon falsch sein.«

Maureen schaute erschreckt hoch. »Aber Miss Phipps! Ich würde Ihnen doch nicht die Unwahrheit sagen, ehrlich, das würde ich nicht tun!«

»Sie sagten, Mrs. Norton sei stolz darauf, meine Geschichten zu tippen, und Sie sagten, sie hielte Sie für eine nachlässige Schreibkraft. Aber meine Geschichten gibt sie Ihnen zum Tippen. Begreifen Sie nicht? Entweder bin ich ihr keinen Pfifferling wert, oder sie hält Sie gar nicht für nachlässig.«

»Ich bin auch nicht nachlässig, Miss Phipps«, sagte Maureen und hob energisch den Kopf in die Höhe.

»Ich glaube Ihnen.«

»Werden Sie dann kommen, Mami einen Besuch abstatten und ein gutes Wort für uns einlegen?« flehte Geoff.

»Vielleicht.«

»Morgen?«

»Nun – ich werde sehen.«

Miss Phipps besuchte am nächsten Morgen die Schreibagentur Norton tatsächlich, aber in ganz anderer Stimmung und mit einem völlig anderen Anliegen. Wütend stürmte sie auf Mrs. Nortons Tisch zu, warf das Paket mit der Tipparbeit darauf und schrie: »Diese abscheuliche Katze!«

»Was meinen Sie damit, Miss Phipps?« fragte Mrs. Norton in ihrem vornehmsten Tonfall.

»Wenn Sie mein Urmanuskript überprüfen, und zwar die Seiten dreißig bis sechsunddreißig, viertes Kapitel, und dann Ihre eigene, getippte Version des vierten Kapitels damit vergleichen, werden Sie sehen, daß die Seiten dreißig bis sechsunddreißig in Ihrer Version ausgelassen wurden. Ich habe die betreffende Passage mit Papierstreifen gekennzeichnet.«

»Maureen!« rief Mrs. Norton. Mit Bedauern nahm Miss Phipps eine unterschwellige Genugtuung in Mrs. Nortons Stimme wahr. Maureen kam blaß und voller Angst auf sie zu. »Diese Nachlässigkeit läßt sich leicht wieder ausbügeln«, meinte Mrs. Norton steif.

»Wenn meine ursprünglichen Seiten nicht verlorengegangen sind, geht das«, sagte Miss Phipps.

»Worauf wollen Sie hinaus, Miss Phipps?«

»Diese abscheuliche Edith hat sie in Fetzen gerissen.«

Zu Miss Phipps Erstaunen brach Mrs. Norton in Tränen aus.

»Diese Seiten habe ich nie getippt«, meinte Maureen rasch. »Ich merkte zwar, daß sie nicht da waren, doch einige Autoren lassen eben Lücken, wissen Sie. Es war genau am Ende eines Abschnitts und ging dann mit einem anderen Abschnitt weiter, daher dachte ich …«

Mrs. Norton hörte nicht auf zu weinen.

»Nun, es ist ja schon gut! Weinen Sie nicht! Dann muß ich dieses Kapitel eben noch einmal schreiben, das ist alles. Es ist ermüdend, aber ich glaube wohl, daß ich es schaffe.« Miss Phipps war wütend.

»Sie begreifen nicht«, schluchzte Mrs. Norton.

»Sie ist weg«, raunte Maureen in Miss Phipps Ohr. »Ich meine Edith. Sie ist verschwunden. Vielleicht letzte Nacht – diesen Morgen war sie jedenfalls nicht da. Wir haben das ganze Haus durchsucht. Es ist schrecklich. Kommen Sie mit mir.«

Sie führte die verblüffte Miss Phipps in das von allen benutzte Bad mit Toilette im hinteren Teil der Agentur. Das Schiebefenster war etwas nach oben gedrückt. Im ganzen

Bad sah man rote, ölige Spritzer, die Miss Phipps mit Entsetzen betrachtete.

»Wir wollten es noch nicht wegmachen«, murmelte Maureen. »Mrs. Norton ist sich unschlüssig, ob sie die Polizei kommen lassen soll oder nicht.«

»Sie glauben doch nicht ..., setzte Miss Phipps entgeistert an.

»Nun, doch, das glauben wir tatsächlich. Edith ist verschwunden. Wissen Sie, nachts lief sie immer zum Hausmeister ins Kellergeschoß hinunter; nur, der Hausmeister hat sie nicht gesehen.«

»Aber mein liebes Kind ...« begann Miss Phipps. Sie wollte fragen, wo Ediths Leiche war, sollten diese Spritzer überhaupt Ediths Blut sein. Dann raffte sie sich auf, nahm ihren ganzen Mut zusammen, beugte sich über die Badewanne, tunkte einen Finger in einen der dunkelroten Spritzer und hob ihn an ihre Nase. Dann steckte sie den fleckigen Finger in den Mund; Maureen schrie entsetzt auf.

»Das hier, meine liebe Maureen«, verkündete sie triumphierend, »ist Hustensaft. Er stammt wahrscheinlich aus der Flasche dort oben«, fuhr sie fort und hob ihren Blick zu den in der Ecke stehenden Glasregalen.

»Aber wie ... Aber warum ... Aber wo ist sie jetzt?« wandte Maureen ein und akzeptierte die Flasche mit der klebrigen roten Medizin als offensichtliche, aber immer noch mysteriöse Erklärung.

»Sie war hier eingesperrt, hatte Angst, sprang herum und stieß die Flasche um.«

»Wie war es denn möglich, daß sie hier drin eingeschlossen wurde?«

»Genau das müssen wir herausfinden.«

»Und wo steckt Edith jetzt?«

Miss Phipps schritt zum Schiebefenster hinüber, schob es mit einem Ruck nach oben und blickte nach draußen. Die von diesem Hinterfenster aus sichtbare Umgebung bestand wie so oft im Zentrum Londons aus einem architektonischen Chaos: meist kahle Mauern, Dächer, Kamine, Häuser, kleine, gemütliche, verborgene Höfe, hier und da mit ein oder zwei schwächlichen, aber tapferen Bäumen. Von Edith keine Spur.

»Sie hat sich aus dem Fenster gezwängt und ist dort hinuntergefallen.«

»Wir müssen in jedem Haus auf dieser Seitenstraße nachfragen, Miss Phipps«, meinte Maureen drängend. »Kommen Sie mit!«

Als sie sich die Straße herunter von einem Gebäude zum nächsten voranbewegten, staunte Miss Phipps über die Freundlichkeit und die gute Laune, die man ihnen entgegenbrachte. In einigen Gebäuden befanden sich Büros mit Angestellten, einige waren immer noch private Wohngebäude. Wenn die Bewohner von ihren Tätigkeiten weggerufen wurden, um nach einer verschwundenen Katze zu suchen, wirkten sie zunächst ziemlich unwirsch. Dann aber kam Miss Phipps eine Idee.

»Wissen Sie, diese Katze gehört der Mutter des Freundes dieser jungen Dame«, erklärte sie.

Sofort schmolzen alle dahin, nahmen wahr, welche romantische Bedeutung die Katze für Maureen hatte, und lächelten mitfühlend. »Wirklich!« sagten sie. »Nun, kommen Sie doch herein, meine Liebe. Vielleicht ist sie ja im Hinterhof, wissen Sie. Dort hinaus gehen wir nicht so oft.«

Und genau da steckte die Katze auch, als sie sie schließlich fanden: In einer Ecke eines trostlosen kleinen Hofes, der von hohen, fensterlosen Mauern umgeben war, lag Edith auf dem Bauch und hatte die Pfoten fein säuberlich unter ihren Körper gesteckt. Als sie Maureen sah, sprang sie auf sie zu. Sicher in den Armen des Mädchens angelangt, kuschelte sie sich gegen ihren Hals, knetete sie immer wieder mit ihren Pfoten und schenkte ihr ein lautes, heiseres Schnurren.

»Die Katze mag Sie aber, das kann man wohl sagen«, meinte der ältere Angestellte, der bei ihnen war.

»Das hoffe ich doch.«

»Das arme Ding wird Hunger haben. Ich hole Milch. Ich frage mich wirklich, wie sie hier heruntergekommen ist.«

»Sie ist vermutlich aus dem Badezimmerfenster gefallen, und hat sich dann auf der Suche nach einem Ausgang immer weiter voranbewegt.«

»Das wird es wohl gewesen sein. Hier, Kätzchen! Leck das auf!«

»Aber wie kann es nur dazu gekommen sein, daß Edith im Badezimmer eingeschlossen wurde?« fragte Mrs. Norton unsicher und streichelte die Katze mit der Leidenschaft einer einsamen Frau. »Ich vermute, die Tür ist einfach zugefallen.«

»Ich glaube, Bertha hat sie zufallen lassen«, sagte Miss Phipps und bedachte Bertha mit einem vorwurfsvollen Blick.

»Warum sollte ich den Edith einsperren?« wollte Bertha wissen.

»Sie haben meine Seiten zerstört; Sie wollten, daß Edith dafür die Schuld in die Schuhe geschoben wird, und Maureen der Vorwurf gemacht wird, sie habe nichts dagegen unternommen. Die Gründe dafür liegen doch auf der Hand«, fügte Miss Phipps hinzu.

»Unsinn«, brauste Bertha auf. Aber sie war puterrot angelaufen.

»Edith war ganz verängstigt, raste im Badezimmer umher und stieß die Flasche mit dem Hustensaft um. *Sie* haben dann den Korken wieder auf die Flasche gesteckt und den Hustensaft auf das obere Regal gestellt. *Nachdem* es Ihnen gelang, die Katze aus dem Fenster fallen zu lassen.«

»Ich wollte ihr keinen Schaden zufügen«, rief Bertha. »Die Katze hatte sich ganz plötzlich aus dem offenstehenden Fenster hinausgewunden. Ich konnte sie nicht aufhalten. Sie wissen doch, wie schnell Katzen sind.«

»Wenn es um ihren eigenen Vorteil geht, sind einige Katzen, die ich kenne, mir eher zu schlau«, sagte Miss Phipps.

»Wenn du dir so gar nichts aus Katzen machst, Bertha, solltest du vielleicht besser direkt die Kündigung einreichen«, meinte Mrs. Norton kalt. »Ich muß sehen, daß dein Ersatz sich hier eingewöhnt hat, bevor uns Maureen im Frühling verläßt, um zu heiraten.«

»Ich würde auch nach unserer Hochzeit gerne für Sie weiterarbeiten, Mrs. Norton«, sagte Maureen nachsichtig.

»Sehr gut, mein Schatz!« Mrs. Norton war einverstanden.

Der Einbrecher und die Katze

Gene DeWeese

»Komm schon, Onkel Clay, du bist doch der Sheriff«, jammerte die zweiundzwanzigjährige Stimme am Telefon. »Auf *dich* wird Mami doch wohl hören!«

»Jerry, wenn sie auf mich hören würde«, sagte Clayton Barlow und widerstand dem fast übermächtigen Drang, laut zu werden, »dann hätten sie und dein Stiefvater dich schon vor einem Jahr im Regen stehen lassen. Wenn du meinst, ich würde dir dabei helfen, sogar *noch* mehr Geld aus ihnen herauszumelken ...«

»Aber wenn mein Wagen wieder zurückgenommen wird, wie soll ich dann zur Arbeit kommen?«

»Du lebst doch in einer Großstadt. In Springfield gibt es einen Busdienst. Und das letzte Mal, als ich dich anschaute, hattest *du* Füße. Deiner Mutter zufolge lebst du nur eineinhalb Meilen von deiner Arbeitsstelle entfernt. Gut, wenn das also alles war ... Ich habe hier noch einiges zu tun.«

»Tut mir leid.« Plötzlich strotzte die Stimme des Jungen vor unaufrichtiger Anteilnahme. »Habt ihr schon irgendeine Idee, wer dieser Einbrecher ist? Mami sagte, der Bürgermeister würde dir Druck machen.«

»Nein, keine Ahnung, aber wir werden ihn kriegen. Er wird schon einen Fehler machen; das ist doch immer so.«

»Das hoffe ich doch, Onkel Clay. Schau mal, was die Sache betrifft, über die wir gerade geredet haben ... Wie wäre es, wenn ich heute abend zu Euch käme, damit ich meine Situation allen auf einmal klarmachen könnte? Eßt ihr im üblichen Lokal zu Abend?«

»Ja, das tun wir, aber du bleibst weg. Und das ist mein bitterer Ernst, Jerry. Laß dich ja nicht blicken!«

Barlow knallte den Hörer auf die Gabel, lehnte sich im Drehstuhl zurück und holte tief Luft. Er hoffte, daß er den

81

Knoten der Wut in seinem Magen vor dem monatlichen Ritual eines Abendessens mit seiner Schwester und ihrem Mann wieder loswurde. Sich im Restaurant aufzuspielen war das letzte, was er für sein Magengeschwür brauchen konnte. Claudia würde wissen wollen, was denn los sei, und entweder mußte er lügen oder ihr von Jerrys Anruf erzählen, und damit würde der ganze alte Streit wieder von vorne anfangen. Sollte Jerry höchstpersönlich auftauchen, wäre alles zwar noch schlimmer, aber schlimm genug war es auch so schon. Sie würde sagen, er sei doch ihr Sohn und sie müsse ihm durch diese letzte selbstverschuldete Krise hindurchhelfen. Clayton würde ihr sagen, daß sie dadurch alles nur noch schlimmer machte, daß der Junge ja nie lernen würde, auf eigenen Füßen zu stehen, wenn sie ihm jedes Mal, sobald er mit einer neuen rührseligen Geschichte daherkam, aus der Patsche half.

Er schnitt eine Grimasse und schaute in seiner Handtasche nach, um sicherzugehen, daß er eine volle Packung Magensäure neutralisierende Tabletten bei sich hatte.

Zu seiner Erleichterung benötigte er sie gar nicht. Claudia und ihr Mann wollten über nichts anderes sprechen als über die plötzliche Serie von Einbrüchen – ein Dutzend in den letzten eineinhalb Monaten. Jedes Mal, wenn es so aussah, als ob sie damit beginnen würden, über etwas anderes zu sprechen, blieb jemand am Tisch stehen und das ganze Thema wurde wieder von vorne aufgerollt, weil Barlow gefragt wurde, welche Fortschritte die Ermittlungen machten.

Erst als sie in Martins klimatisiertem Auto die Heimfahrt antraten, fiel Jerrys Name. »Du machst dir keine Vorstellung davon, was er sich alles einfallen ließ, als er das letzte Mal auf dem Nullpunkt war«, sagte Martin und ignorierte Claudias nervöse Bemühungen, ihn zum Schweigen zu bringen. »Er hat sogar absichtlich Mordecai herausgelassen. Wir hatten Glück, daß es so war und Jeff nebenan seine Autofenster heruntergelassen hatte. Du weißt ja, wie sehr Mordecai in Autos vernarrt ist.«

Unwillkürlich mußte Barlow lächeln. Er erinnerte sich daran, daß er die Katze vor zwei Wintern einige Meilen außerhalb der Stadt in einem verlassenen Auto gefunden hatte. Das Auto mußte dort mindestens einen Monat lang gestanden haben – Mordecai war wahrscheinlich ebenfalls so lange dort gewesen –, bis ein Farmer anrief und es abschleppen ließ. Offensichtlich war Mordecai eine Hauskatze und nicht eine dieser wilden Katzen, wegen denen auf der Polizeiwache gelegentlich angerufen wurde, und als Barlow neugierig die Autotür öffnete, zeigte sich die Katze von ihrer besten Seite. Sie war vom Sitz neben ein Loch im Fahrzeugboden heruntergesprungen, durch welches sie zweifellos hineingelangt war, und wartete besorgt, aber nicht erschreckt, ab. Als Barlow behutsam eine Hand ausstreckte, wich das Tier nicht zurück, sondern kam nach vorne und begann, sich an seinen ausgestreckten Fingern zu reiben.

Danach genügte es, die Katze Claudia zu zeigen, und als sie genauso schnell auf sie zuging wie bei ihm, war die Sache geklärt. Das einzige Problem bestand darin, daß die Katze nicht davon abließ, Autos für ihr Zuhause zu halten, sobald sie nicht daheim war, und daß sie mit der gleichen Wahrscheinlichkeit in das erstbeste Auto sprang, auf das sie stieß, als daß sie zum Haus zurückkehrte. Das hatte zur Folge, daß man sie zwar mit Leichtigkeit zum Tierarzt bringen konnte, es aber unmöglich war, sie ins Freie zu lassen. Wenn sie den falschen Wagen erwischte, konnte sie meilenweit weg sein, bis der Fahrer die Katze bemerkte, die zusammengerollt auf dem Rücksitz schlief.

»Aber Martin«, widersprach Claudia, »das hat er doch gar nicht absichtlich getan. Die Terrassentür ließ sich einfach nicht ganz zumachen.«

»Oh, er hat es schon absichtlich getan«, sagte Martin und schüttelte den Kopf. »Der kleine Schnorrer ist nämlich eifersüchtig.«

»Martin bitte! Du mußt nicht so von dem Jungen sprechen! Und es wird besser mit ihm. Er hat jetzt schon mindestens einen Monat lang keinen Cent haben wollen.«

»Schau doch nur einfach mal hin, Claudia! Ich habe genau mitbekommen, wie er die Katze angesehen hat. Und ich habe auch die Witze gehört, die er über das leichte Leben machte, das sie hat. Die haben wir beide gehört.«

»Aber er machte doch nur *Spaß*, Martin.«

»Er will, daß du *denkst*, er machte nur Spaß, das ist alles. Ich wette zehn gegen eins, daß es ihm hinter seinem augenzwinkernden feinen Lächeln bitterer Ernst ist.«

Seufzend lehnte sich Clayton für den Rest der Fahrt zurück. Nachdem er am Haus Claudias halbherzige Einladung, eine Weile hereinzukommen und der stickigen Abendluft zu entgehen, abgelehnt hatte, ging er zu seinem Streifenwagen. Er wollte gerade einsteigen, als Claudia über den Rasen herübergerannt kam.

»Clay! Das Haus – jemand ist dort eingebrochen!«

Seine unmittelbare Reaktion war ein Lächeln. Er sagte ihr, sie solle ihre Fantasie nicht mit ihr durchgehen lassen. Alle Einbrüche hatten mitten in der Nacht stattgefunden, und nicht am Abend. Außerdem waren Häuser betroffen gewesen, deren Eigentümer mindestens eine ganze Nacht abwesend waren und nicht nur zum Abendessen in einem Restaurant vor Ort. Als er jedoch das Haus betrat, sah er, daß wirklich eingebrochen worden war, und abgesehen von den ungewöhnlichen Zeit war der Einbruch nach dem gleichen Muster verlaufen wie die anderen Einbrüche auch. Der Täter war durch ein Kellerfenster eingedrungen, hatte nichts durcheinandergeworfen oder zerstört. Der Videorecorder und die Fernsehapparate fehlten, ferner Martins Laptop und Claudias wenige Juwelen.

Barlow rief in seinem Büro an und legte gerade auf, als Claudia einen gequälten Schrei ausstieß. »Mordecai!«

Der Sheriff eilte in die Küche; seine Schwester stand auf den nach hinten führenden Stufen. Hektisch suchte sie den Hof im grellen Licht der Außenlampen ab.

»Die Hintertür stand offen!« Claudia heulte fast. »Er ist weg!«

Barlow schaute verständnislos drein und erinnerte sich an Martins Worte über den letzten Auftritt seines Stiefsohns.

Plötzlich ergab alles einen Sinn. Der andere Zeitpunkt, die Tatsache, daß Claudia und Martin die Stadt nicht verlassen hatten, die Tatsache, daß Jerry in letzter Zeit kein Geld geschnorrt hatte.

Und insbesondere der scheinbar sinnlose Anruf – der Junge war nicht so dumm, anzunehmen, er hätte Barlow dazu überreden können, bei seiner Mutter für ihn ein gutes Wort einzulegen. Er hatte einfach angerufen, um zu überprüfen, ob sie und Martin den Abend auch außer Haus sein würden.

Und er hatte nicht widerstehen können, die Tür angelehnt zu lassen, so daß Mordecai ins Freie gelangte. In allen anderen Häusern waren die Türen sorgfältig verschlossen gewesen, damit von außen auch alles völlig normal aussah.

»In ein paar Minuten werden einige Hilfssheriffs da sein, Schwesterherz«, sagte er. »Ich muß mal weg.«

Ohne eine Antwort abzuwarten, ging Barlow steifbeinig zu seinem Streifenwagen. Fünfundvierzig Minuten später drückte er auf den Klingelknopf der Haustür des aus zehn Wohnungen bestehenden Mehrfamilienhauses seines Neffen. Der Wagen des Jungen stand nur wenige Meter entfernt vor dem Streifenwagen am Straßenrand. Die Motorhaube war noch warm.

»Wer ist da?« kam Jerrys dünne Stimme aus der Sprechanlage.

»Dein Onkel. Mach auf.«

»Onkel Clay? Was machst *du* denn hier?«

»Mach auf! Dann erzähle ich es dir.«

Keine Antwort.

»Mach gefälligst die Tür auf, Jerry!«

»Nein.«

»Noch habe ich der Polizei in Springfield nichts erzählt, Jerry, aber ich tue es, wenn du nicht augenblicklich aufmachst! Also, wird's bald?«

»Die Polizei? Warum würdest du …«

»Weil du gerade im Haus deiner Eltern einen Einbruch verübt hast – und in den letzten sechs Wochen wahrscheinlich in einem Dutzend anderer Häuser!«

Einen Augenblick lang herrschte Schweigen, dann ertönte die Stimme des Jungen wieder, hart und mit äußerst ärgerlicher Selbstsicherheit. »Dafür bist du nicht zuständig, Onkel Clay, und selbst wenn das nicht so wäre, würdest du einen Durchsuchungsbefehl benötigen.«

»Den bekomme ich schon, und ...«

»Dafür brauchst du Beweise, einen hinreichenden Verdacht, wie es so schön heißt, oder etwas ähnliches. Und jetzt hau ab!«

Das Knattern der Sprechanlage verstummte plötzlich. Barlow drückte erneut auf Jerrys Klingel, aber keiner antwortete.

Leise fluchend wandte er sich von der Tür ab. Er merkte, daß der Junge recht hatte. Mit nichts anderem als einer plötzlichen Eingebung, gemischt mit persönlicher Abneigung, würde er nie einen Richter finden, der einen Durchsuchungsbefehl unterschrieb.

Und wenn er Beweise hatte – *wenn* er überhaupt welche fand – würde es zu spät sein. Der Junge wußte jetzt, daß Barlow hinter ihm her war, und er würde alles, was sich noch in seinem Apartment befand, verschwinden lassen. Hätte er doch nur abgewartet, besonnener gehandelt. Hätte er ...

Als er wütend an Jerrys Auto vorüberging, miaute etwas leise.

Er erstarrte, dann schaute er sich um.

Wieder ein Miauen. Dieses Mal gelang es ihm herauszufinden, woher es kam. Er beugte sich ganz nah an das verschlossene Rückfenster des Wagens und wölbte die Hände über seine Augen. Dann spähte er hinein.

»Mordecai!«

Die Katze, die offensichtlich den Fahrzeugboden nach einem nicht vorhandenen Ausgang abgesucht hatte, schaute hoch, sah Clayton, und hüpfte auf den Sitz.

Als Clayton sich umdrehte, um zu den beleuchteten Fenstern im Apartment seines Neffen hochzuschauen, lachte er plötzlich.

»Du wolltest doch einen hinreichenden Verdacht, Jerry«,

flüsterte er grimmig, als er zum Streifenwagen ging. »Jetzt hast du deinen hinreichenden Verdacht – es sei denn, du kannst dir etwas ausdenken, das erklärt, wie eine Katze in weniger als vier Stunden dreißig Meilen zurücklegt.«

Er nahm das Mikrofon aus der Halterung unter dem Armaturenbrett und schaltete auf den von der Polizei Springfield benutzten Kanal.

Die geträumte Katze

Frances & Richard Lockridge

Ann Notson war neun Jahre alt; sie hatte Augen, die bei bestimmtem Licht grün aussahen; in ihrem weichen, braunen Haar lag eine Art Leuchten. Ihre Mutter hatte solche Augen und solches Haar gehabt; Philip Notson muß daher oft – viel zu oft – an seine Frau erinnert worden sein, wenn er seine Tochter anschaute.

Ann Notson war ein fantasievolles Kind – ein *sehr* fantasievolles Kind, wie ihr Lehrer von der Van Brunt District School geschrieben hatte, wobei das Wort ›sehr‹ von ihm unterstrichen war. Das bedeutete, entschied Captain M. L. Heimrich von der New Yorker State Police, daß Ann manchmal Dinge sah, die nicht vorhanden waren, oder das Vorhandene in einer interessanteren Form sah, als es der Realität entsprach.

An der sehr häßlichen Wirklichkeit dessen, was sie Mitte Dezember an einem klaren, kalten Samstagmorgen etwa gegen halb neun hinter der Garage des Hauses ihres Vaters auf der Brickhouse Road in Van Brunt, Kreis Putnam, sah, gab es jedoch keinen Zweifel. Ann war aus dem Haus gegangen, um ein ›Kätzchen‹ zu suchen. »Darf ich mal bitte verschwinden?« fragte sie ihren Vater, der gerade beim Frühstückskaffee verweilte, was einem Mann an einem Samstagmorgen durchaus zusteht. »Ich möchte nach draußen und nachschauen, ob mit dem Kätzchen alles in Ordnung ist.«

»M-mh«, erwiderte Philip Notson. »Zieh dir was über, mein Kätzchen.«

Er hörte, wie die Haustür zuschlug und hielt inne. Die Kaffeetasse schwebte auf halbem Weg zwischen Untertasse und Lippen; seine Augen wurden ausdruckslos. Es waren die kleinen, unbedeutenden Dinge, die jetzt am schlimmsten waren. Jean hatte Türen immer fester geschlossen, als es nötig war … Er riß seine Gedanken von der Erinnerung weg.

Welches ›Kätzchen‹ erwartete Ann denn eigentlich zu finden? Da sie gar keine Katze besaßen, war es wahrscheinlich eine geträumte Katze, die nur im aufgeweckten Gemüt eines Kindes herumtollte und ihren Schwanz jagte.

Er nahm die Zeitung hoch und schickte sich an, sie zu lesen.

Erneut fiel die Tür ins Schloß. Ann war nicht lange weggeblieben. Kein Kätzchen gefunden, vermutete er. Wie fantasievoll ein Kind auch sein mochte …

»Daddy«, sagte Ann, noch bevor sie im Eßzimmer war. »Daddy! Da ist ein Mann draußen. Er liegt direkt auf der Erde. Schläft der, Daddy? Es ist doch kalt. Es ist – *fürchterlich* kalt.«

Die klare Stimme verriet Dringlichkeit; in den grünlichen Augen des Kindes stand ein besonderer Ausdruck – Angst? Schreck? Philip Notson fragte: »Wo?« Als sie es ihm sagte, ging er hinaus, um nachzusehen. Der Mann lag hinter der Garage zwischen dieser und der vom darüberliegenden Feld steil abfallenden Böschung auf der Erde und schlief nicht.

Captain Heimrich fuhr kurz nach neun die Auffahrt von der Brickhouse Road zu Philip Notsons weiß und grau gehaltenem Haus hoch. Er hatte es hauptsächlich mit Mordsachen zu tun und war glücklicherweise in der Nähe gewesen.

In der Auffahrt und auf dem Wendeplatz vor der Garage standen bereits Polizeiwagen. Er ging um die Garage herum und blickte auf die Leiche Malcolm Arthur Bells hinunter.

Erst vor zwei Tagen, am Donnerstag, hatte Heimrich gehört, wie Bell von Kreisrichter Davies als ein Mann bezeichnet wurde, der ›sehr viel Glück‹ gehabt hat. Davies hatte gerade das Urteil eines Geschworenengerichts in der Kreishauptstadt Carmel entgegengenommen: ›nicht schuldig‹ bezüglich einer fahrlässigen Tötung in Verbindung mit dem Unfalltod der einunddreißigjährigen Jean Notson am 21. September, einem Sonntagmorgen ungefähr um 1 Uhr 35. Jetzt hatte Bell sein Glück wohl verlassen.

»Oh«, sagte Philip Notson zu Heimrich. »Ich begreife, welchen Eindruck das alles macht. Dieser Mann brachte meine Frau um. Das Geschworenengericht befindet ihn für unschuldig. Und – ich habe in meiner Verbitterung Sachen gesagt, die andere mithörten. Ich verstehe, wie das aussieht. Trotzdem ...«

Trotzdem wußte er nichts über Bells Tod oder, wenn sie sich dessen so sicher waren, den Mord an ihm. Er selbst hatte gedacht, Bell sei auf den unebenen Stufen gestolpert, die vom oberen Feld herunterführen, der Länge nach hingestürzt und auf einem Felsen aufgeschlagen. Was, wie er mit einer gewissen Grausamkeit hinzufügte, nur angemessen gewesen wäre.

Heimrich, ein beachtlich kräftig gebauter Mann, saß da, beobachtete Philip Notson, hörte ihm zu. Notson war ein schlanker, aufgeweckter Mann, groß und mit einer kleinen Andeutung jener gebückten Haltung, die großen Männern eigen ist. Notson ging im Wohnzimmer auf und ab und machte mit seinen Händen rasche Bewegungen. Er war Mitte dreißig; seine Haare lichteten sich allmählich; die Bräune des Sommers war noch nicht ganz aus seinem beweglichen Gesicht gewichen.

»Nein«, sagte Heimrich, »er ist nicht gestürzt, Mr. Notson. Er wurde niedergeschlagen. Es wurde etliche Male auf ihn eingeschlagen, wahrscheinlich mit einer Eisenstange. Irgendwann gestern abend. Schätzungsweise zwischen fünf und neun Uhr – zugegebenermaßen eine recht grobe Schätzung. Er kam doch üblicherweise diesen Weg entlang, wenn er hierhin wollte, nicht wahr?«

»Über das Feld? Ja. Normalerweise kamen er und seine Frau immer von da. Seit Jeans Tod allerdings nicht mehr. Seit ... er sie umgebracht hat.«

Aber so war es nicht gewesen – so, wie es Philip Notson gerade sagte, wobei er mit wütenden Augen auf Heimrich hinunterblickte. Das Geschworenengericht hatte erklärt, es sei ein Unfall gewesen – ein Unfall, der sich in den frühen Stunden eines Sonntagmorgens nach eine Tanzveranstaltung ereignet hatte.

»Komm und fahr einmal in einem richtigen Auto mit«,

hatte Mal Bell zu Jean Notson gesagt und die Motorhaube seines Sportwagens getätschelt. Jean war eine hübsche, schlanke Frau in einem grau-grünen Partykleid. »Probier es doch einfach mal aus! Dann wirst du deinen alten Hinterwäldler noch dazu bringen, dir ebenfalls so einen Wagen zu schenken.«

Sie hatten alle gelacht. Zwar war daran nichts besonders lustig gewesen, aber sie waren jung und fröhlich und hatten bei der Tanzveranstaltung im Country Club viel Spaß gehabt.

Jeder hatte etwas getrunken, aber keiner zuviel – insbesondere Malcolm Bell nicht. Bell sagte, ein geplatzter Vorderreifen habe den dahinflitzenden kleinen Wagen gegen einen Baum fahren lassen und Jean aus dem Auto geschleudert – weit, weit hinaus, bis eine Steinmauer ihrem Absturz ein Ende bereitete.

»Was den gestrigen Abend betrifft, Mr. Notson«, sagte Heimrich, »wann sind Sie da ungefähr nach Hause gekommen?«

»Kurz nach sieben.«

Heimrich runzelte die Stirn und wartete. Vom Grand Central benötigte man mit dem Schnellzug eine Stunde bis Van Brunt. Die meisten Pendler schafften es, den Zug um fünf Uhr sechs zu nehmen.

Notson erzählte Heimrich, er habe den üblichen Zug verpaßt, Mrs. Billings, die Haushälterin, angerufen und dann den Zug um 5 Uhr 58 erwischt. Heimrich könne Mrs. Billings ja fragen. »Oh«, meinte Heimrich. »Ja, natürlich. Sie sind also nach Hause gekommen und haben zu Abend gegessen. Und was war dann?«

»Dann habe ich meiner Tochter etwas vorgelesen und zugesehen, daß sie ins Bett kam – das war gegen halb neun. Ich selbst habe dann ebenfalls noch ein Weilchen gelesen und bin ins Bett gegangen. Ich habe mir nicht die Zeit genommen, Mal Bell umzubringen.«

»Nun, Mr. Notson...«, setzte Heimrich gerade an, als Sergeant Forniss die Tür zum Flur öffnete und eine Geste mit dem Kopf macht. Heimrich ging auf den Flur hinaus und schloß die Tür hinter sich.

Ein kleines Mädchen im Schneeanzug mit sehr großen, grünlichen Augen und sehr weichem, braunem Haar saß auf der dritten Stufe der Treppe, die vom Flur nach oben führte, und starrte durch die Vordertür nach draußen.

Heimrich lächelte sie an. Ann Notson sagte: »Ich habe einen Mann gesehen.« Heimrich wußte, daß sie ihn gesehen hatte. Er hoffte, sie würde vergessen, ihn zu sehen, wenn genügend Zeit verstrichen war. Er sagte: »Ja, meine Liebe«; und hörte zu, was Forniss zu sagen hatte.

Dann lächelte er das kleine Mädchen wieder an und ging ins Wohnzimmer zurück. Er berichtete Philip Notson, daß die Leute auf der anderen Straßenseite am vorigen Abend gegen neun Uhr gesehen hätten, daß das Flutlicht angegangen wäre, und ausgesagt hatten, es habe etwa eine Viertelstunde lang gebrannt. Konnte Mr. Notson …

»Oh«, sagte Philip Notson und sprach sehr hastig. »Das. Das waren Leute, die nach den Blakes suchten. Die Blakes leben auf der Van Brunt Lane, die nächste Straße hoch, und die Leute waren zu früh abgebogen. Ich erklärte ihnen, wie sie dorthin kommen.«

Er warf Heimrich einen herausfordernden Blick zu. Heimrich sagte Philip Notson, daß er ihn schon verstanden habe.

»Es gibt keinen Grund, warum wir irgend etwas gehört haben sollten«, sagte Notson. »Es sei denn, Bell hat geschrien. Und vielleicht hätten wir ihn selbst dann nicht gehört. Wir waren im Eßzimmer, das Kätzchen – damit meine ich Ann – und ich. Mrs. Billings hielt sich in der Küche auf.«

»Nein«, sagte Heimrich. »Jemanden auf diese Weise umzubringen, macht nicht viel Krach. Nun …«

»Sie wissen über den Jungen von Perkins Bescheid?« fragte Notson. »Und was Perkins über das sagte, was er vorhabe?«

»Ich weiß darüber Bescheid«, erwiderte Heimrich. »Wir werden mit Mr. Perkins sprechen.«

»Ein zwölfjähriger Junge«, sagte Notson, »und jetzt ein Krüppel! Wer weiß, wann er wieder laufen kann? Und das nur, weil irgendein Schwein nicht aufgepaßt hat, wo er mit seinem Wagen hinfuhr. Der Junge war Werfer beim Baseball.«

»Ich weiß«, sagte Heimrich. Doch er wußte auch, daß Bell sich auch in diesem Fall nichts hatte zuschulden kommen lassen. Heimrich vermutete, daß auch Philip Notson das bekannt war – doch ein verbittertes Gemüt war unberechenbar. Jimmy Perkins war mit dem Fahrrad unterwegs gewesen und plötzlich zu weit in die Fahrbahn geraten. Bell hatte sich an die vorgeschriebene Geschwindigkeitsbegrenzung von 60 Stundenkilometern in The Flats gehalten und alles getan, was man von einem Fahrer hatte erwarten können. (Bis auf die Tatsache, daß er nicht langsamer als vorgeschrieben gefahren war, denn für die Zahl von Kindern und Hunden an der Schnellstraße, die durch The Flats führte, war das Tempolimit von 60 Stundenkilometern zu hoch.)

Der Vater des Jungen, ein kleiner und kräftig gebauter Mann, der als Bauhofverwalter für die Van Brunt Supply Company arbeitete, hatte eine Menge Dinge gesagt, die er vermutlich nicht so gemeint hatte. Jedenfalls war das ein Jahr her, und Perkins hatte nichts unternommen. Natürlich hatte er von Bells Versicherung eine bescheidene Summe Geld eingestrichen – Bell hatte dazu alles getan, was man offiziell von ihm verlangen konnte.

Heimrich sagte: »Nun, vielen Dank, Mr. Notson«, und ging auf den Flur hinaus. Forniss runzelte fragend die Stirn, Heimrich antwortete mit einem Achselzucken.

Das kleine Mädchen saß immer noch auf der dritten Treppenstufe. »Sie sind doch Polizist, nicht wahr?« fragte sie.

»Ja, Ann«, antwortete Heimrich und lächelte zu ihr herunter – zu dem hübschen kleinen Mädchen, das, wie erzählt wurde, so sehr wie ihre Mutter aussah. »Ich bin Polizist.«

»Ich habe einen Mann gesehen«, sagte Ann. »Als ich die Lichter angeschaltet habe. Er rannte weg. Und ein Kätzchen habe ich auch gesehen.«

»Ja«, sagte Heimrich und hockte sich hin, damit er auf der gleichen Höhe war wie das Mädchen. »Der Mann rannte weg?«

»Es war ein komischer Mann«, sagte Ann. »Er war ganz dick. Es sah lustig aus, wie er rannte. Warum hast du nicht die gleiche Kleidung an wie die anderen Polizisten auch?«

Heimrich erklärte es ihr. Dann fragte er: »Wann hast du diesen komischen Mann gesehen, Ann?«

Sie hatte ihn am Abend zuvor gesehen, ungefähr zu der Zeit, zu der Daddy immer heimkam. Mrs. Billings hatte zwar gesagt, er käme später, aber man konnte ja nie wissen. Jedenfalls schaltete Ann das Flutlicht über der Garage an. »Es ist eine Vorsichtsmaßnahme von mir.« Sie hielt inne und bedachte Heimrich mit einem zweifelnden Blick. Er nickte. »Ich tue das, seit Mama gegangen ist«, sagte Ann. »Damit Daddy nicht gegen etwas fährt.«

Sie hatte das Licht ›genau‹ um zehn nach sechs eingeschaltet – und hatte den komischen Mann vom Haus weg in Richtung Straße rennen sehen. (Heimrich gelangte zu der Überzeugung, daß der Mann deswegen komisch war, weil er als Erwachsener rannte. Das klang doch ganz vernünftig.) Ann wußte nicht, wer der Mann gewesen war. Mr. Bell war es nicht, den kannte sie ja! Daddy war es natürlich auch nicht gewesen.

»Und dann«, ergänzte Ann Notson, »war da noch ein Kätzchen. Genau an der Stelle, wo die Lampe gerade noch hinscheint. Es hatte leuchtende Augen. Wie Rücklichter.«

Das kam unerwartet. Im Halbdunkel leuchten die Augen von Katzen tatsächlich auf, wenn Licht in sie fällt – grün oder gelb.

»Wie Rücklichter?« fragte Heimrich nach. »Wie meinst du das, meine Liebe?«

»Rot eben«, antwortete Ann. »So rot, wie es manchmal im Kamin aussieht.«

»Ah ja«, sagte Heimrich. »Hast du Daddy etwas von dem Kätzchen mit den roten Augen erzählt? Und von dem Mann?«

»Natürlich«, sagte Ann. »Er sagte, ich sollte mir nicht so viel ausdenken. *Jeder* sagt das.« Sie machte eine Pause. »*Andauernd*«, fuhr sie fort. »Er sagte, Katzen hätten nie rote Augen. Aber diese Katze …«

Heimrich berührte das weiche, braune Haar, lächelte das Mädchen an, stand auf, und vermutete, daß die Leute Ann *immer* sagten, sie solle nichts erfinden.

Ein rennender Mann.

Eine Katze mit roten Augen.

Einen Augenblick wünschte sich Heimrich, daß wenigstens dieses eine Mal Katzenaugen im Halbdunkel rot aufleuchteten, wenn Licht in sie fiel, und nicht grün oder gelb aussahen. Und daß ein solches Leuchten und ein rennender Mann sich nicht nur als Dinge erweisen würden, die ein kleines Mädchen erfunden hatte. Es wäre für das Kind mit dem weichen Haar schlimm, wenn der Daddy nicht mehr da wäre …

Man trug alles zusammen, kombinierte es miteinander. Das nahm Zeit in Anspruch, denn das Sammeln mußte sich auch auf Nebenaspekte des Falles erstrecken. Man benötigte mehr als nur zwei Männer dafür. Ein Polizist war bereits zu James Perkins geschickt worden, um mit ihm zu sprechen, und das keinesfalls nur deswegen, um der Zusicherung zu entsprechen, die Heimrich Philip Notson gegeben hatte.

Perkins sollte gefragt werden, ob er immer noch einen Groll gegenüber dem Mann hegte, der seinen Sohn verstümmelt hatte. Er sollte auch gefragt werden, wo er den Abend zuvor gewesen war … in der Zeit zwischen fünf und sagen wir mal neun Uhr. Beide Fragen stellte man ihm auch.

Der Polizist hatte Perkins angetroffen. Er schaufelte gerade im Bauhof der Van Brunt Supply Company Sand in einen Jutesack und sagte, er hege zum Teufel noch mal keinen Groll mehr, seit er Zeit gehabt hatte, über die ganze Sache nachzudenken. Ein Junge auf einem Fahrrad – nun, Perkins fuhr selbst Fahrrad. Bevor man sich versieht, ist es schon geschehen, sind Dinge passiert, an denen man nichts mehr ändern kann. Bell habe sich in dieser Sache anständig verhalten – beziehungsweise seine Versicherung.

Was den vorigen Abend betraf, war Perkins kurz nach fünf von der Arbeit heimgekommen, hatte gegen sechs zu Abend gegessen und war bis zur Schlafenszeit zu Hause geblieben und hatte Fernsehen geguckt. Sie konnten ja seine Frau fragen. Seine Frau wurde befragt; sie bestätigte seine Angaben. Es war allerdings bekannt, daß Frauen ihren Ehemännern durchaus schon einmal ein Alibi verschaffen. Und es ließ sich nicht abstreiten, daß Perkins von einem Kind durchaus als ›dicker‹ Mann bezeichnet werden konnte.

Doch Malcolm Bells Leiche war nicht in Perkins' Hinterhof gefunden worden. Sie lag hinter Philip Notsons Garage. Daher konzentrierten sich Heimrich und Sergeant Forniss bei ihren Ermittlungen logischerweise auf Bell selbst und auf Philip Notson.

Bell hatte am letzten Tag seines Lebens seine Frau nach New York gefahren und zu einem Flugzeug nach Palm Beach gebracht. Er war zurückgefahren und hatte sich im Old Stone Inn einen Drink genehmigt. Einem Freund, den er dort traf, erzählte er, er denke darüber nach, beim guten alten Philip Notson vorbeizuschauen und zu versuchen, mit ihm wieder ins reine zu kommen.

Ein halbes Dutzend Männer waren in Van Brunt aus dem lokalen Schnellzug gestiegen, der um fünf Uhr achtundfünfzig losgefahren war. Einer von ihnen hätte Notson sein können, aber bis zum späten Nachmittag hatten sie das noch nicht nachgewiesen.

Im Zug um fünf Uhr sechs war Notson von niemandem gesehen worden, und da das der Zug war, den er regelmäßig nahm, wäre er wahrscheinlich bemerkt und angesprochen worden, hätte er sich darin befunden. Was nicht viel bewies, denn am wahrscheinlichsten war es Notson selbst gewesen, der kurz nach neun das Flutlicht an der Garage eingeschaltet hatte, um zu sehen, wer gerade an die Tür gekommen war. Als er merkte, wer es war, tötete er den Besucher …

Im Haus der Familie Blake auf der Van Brunt Lane war niemand aufgetaucht, der sagte, er habe anhalten müssen, um nach der Richtung zu fragen. Natürlich konnten sich die erwarteten Besucher einfach nur anders entschieden haben … Anns Lehrer sagte aus, das arme kleine Ding sei ein Schatz, aber sie sei ein *überaus* fantasievolles Kind.

Und – die Augen einer Katze leuchten nicht rot, wenn sie im Dunkeln stehen und Licht in sie fällt. Heimrich war sich dessen sicher. Trotzdem führte er mit einem ihm bekannten Augenspezialisten ein Gespräch darüber. Immerhin kann sich ein Polizist nie zu sicher sein. »Nein«, sagte er Ophthalmologe, »das habe ich noch nie gehört. Oh, allerdings könnte es bei einer Albinokatze so sein. Die hat keine Pigmente auf dem Tapetum lucidum.«

»Dem was?«

»Der Schicht in der Aderhaut«, sagte der Augenspezialist, »im hinteren Teil des Auges. Der Teil, der Licht reflektiert. Eine stattliche Anzahl Säugetiere verfügt über sie. Um so schlimmer, daß wir sie nicht haben.«

»Gibt es viele Albinokatzen?« fragte Heimrich.

»Schätzungsweise eine unter einer Million. Ich habe nie eine gesehen und nie jemanden getroffen, der eine gesehen hat. Albinokatzen hätten natürlich rosa Augen; es sind weiße Katzen mit rosa Augen.«

Eine solche Katze wäre recht auffällig, dachte sich Heimrich, und fragte überall danach. Keiner hatte jemals eine zu Gesicht bekommen, weder in der Nähe des Tatorts noch irgendwo anders. Also... mit einer Wahrscheinlichkeit von einer Million zu eins hatte Ann keine Katze mit roten Augen gesehen. Und daher auch keinen rennenden Mann, denn beides gehörte zusammen – zumindest in der Vorstellungskraft eines Kindes.

Heimrich bog von der NY 11-F in die Brickhouse Road ein. Es war an der Zeit, Philip Notson zu bearbeiten – ihn richtig in die Mangel zu nehmen. Inzwischen hatte die Abenddämmerung eingesetzt.

Heimrich schaltete die Scheinwerfer an – und trat scharf auf die Bremse. Sergeant Forniss, der neben ihm saß, streckte die Hände aus, um sich abzustützen, fragte: »Was, zum Teufel...?«

»Sieh nur«, sagte Heimrich und beide blickten hinaus – blickten auf zwei winzige Lichter am Straßenrand; Lichter, die wie Kohlen im Kamin glühten, wie die beiden Rücklichter eines Autos. Roter Lichter.

Die kleinen roten Lichter erloschen. Aber dann glühten sie oben auf einer Steinmauer erneut auf. Wieder gingen sie aus, doch inzwischen hatte Heimrich den Wagen von der Straße weggelenkt, und sie standen auf einer Auffahrt.

Es war noch genug Licht vorhanden, um eine Katze zu

sehen, die auf ein Haus zuflitzte. Eine Frau stand auf der Veranda, und rief: »*Boots! Hierher,* Boots. *Hierher ...*« Als die Katze auf sie zukam, sagte sie zu ihr: »*Du!* Schon wieder. Schon *wieder*!«

Die Frau hieß Mrs. Burnett – Mrs. Harry Burnett. Natürlich, die Katze gehörte ihr. »Komm schon her, Boots«, rief sie, und Boots kam, um es unter Beweis zu stellen.

»Oh«, sagte Heimrich und betrachtete Boots. Die Katze war alles andere als weiß und hatte auch keine rosa Augen; es war eine Katze mit schwarzem Gesicht, tiefblauen Augen und schwarzem Schwanz. »Ach«, sagte Heimrich. »Eine Siamkatze! Wir haben eine Albinokatze gesucht.« Er konnte sich nicht daran erinnern, als Polizist je eine dümmere Bemerkung von sich gegeben zu haben. »Eine Katze mit roten Augen«, fügte er hinzu und kam sich dämlicher vor als je zuvor, als er auf die Katze mit den blauen Augen herabschaute.

»Mit roten ...«, sagte Mrs. Burnett. »Ach, Sie meinen, wenn man mit einer Lampe in die Augen scheint? Aber natürlich! Dann sind sie immer rot. Die Augen von Siamkatzen, meine ich. Siamkatzen sind nämlich teilweise Albinos, wissen Sie. Auch wenn man vom Aussehen her nie darauf kommen würde.«

Für Philip Notson erwies es sich als glücklicher Umstand, daß Boots eine Katze war, die ein ziemlich fest umgrenztes Leben führte. Auch für ein kleines Mädchen mit grünlichen Augen und einer Fantasie, die dieses Mal nicht ganz so lebhaft war, wie die Leute immer behaupteten, war das ein Glück. Boots war ein junges Weibchen, das insbesondere zum gegenwärtigen Zeitpunkt ihren eigenen Kopf hatte und das man daher nicht frei herumlaufen ließ. Immerhin lief sie trotzdem hin und wieder weg – wie an diesem Samstagabend, allerdings nur für wenige Minuten.

Wie ihnen Mrs. Burnett anvertraute, war Boots die Nacht zuvor jedoch abends um halb sechs weggelaufen und über eine Stunde lang unterwegs gewesen. Der Himmel mochte wissen, wo sie gewesen war; man konnte nur das Beste hoffen.

Da in der Vorstellungswelt des Kindes die beiden Dinge untrennbar miteinander verknüpft waren, gingen Heimrich und Forniss nicht zum Haus der Familie Notson hinüber, sondern fuhren in die andere Richtung – nach The Flats. Dort fanden sie ohne viel Mühe einen ›dicken‹ Mann, der an der Theke der Three Oaks Tavern stand.

James Perkins schien zunächst nicht sonderlich überrascht zu sein, sie zu sehen, aber mittlerweile war er auch betrunken – derart betrunken, daß er nur noch vor sich hin murmelte.

Es war überwiegend die Rede von einem gewissen Soundso, der dachte, er könne mit allem davonkommen, und über gekaufte Soundsos, die ihn laufen ließen. Und über diesen Soundso Bell, der es jetzt besser wußte und wußte, daß man ein Kind nicht verkrüppeln und sich mit ein paar schäbigen Dollars davonstehlen konnte. Es gibt Betrunkene, die erzählen eine ganze Menge.

Wenn Perkins genug erzählt, dachte Heimrich, dann würde es gar nicht mehr erforderlich sein, einem kleinen Mädchen die Frage zu stellen, ob das hier der Mann – der dicke Mann – war, den sie hatte davonrennen sehen.

Doch an einem der nächsten Tage, dachte er, würde er es sich nicht nehmen lassen, einem kleinen Mädchen zu sagen, daß einige Katzen tatsächlich rote Augen haben.

Der Tote im Excelsior

P. G. Wodehouse

Das Zimmer war das typische Schlafzimmer einer typischen Pension und mit schmuckloser Einfachheit eingerichtet – soweit man überhaupt sagen konnte, daß es eingerichtet war. Zwei Betten und eine Kommode aus Kiefernholz standen darin, ferner gab es noch einen ausgeblichenen Teppichstreifen und ein Waschbecken. Doch was auf dem Fußboden lag, unterschied dieses Zimmer von tausend gleichartigen anderen Zimmern: Mit fest zusammengeballten Fäusten und einem auf seltsame Weise unter dem Körper verdrehten Bein, mit Zähnen, die mit einem entsetzlichen Grinsen durch einen grauen Bart hindurchschimmerten, lag Kapitän John Gunner flach auf dem Rücken und starrte mit Augen zur Decke hoch, die nichts mehr sahen.

Erst einen Augenblick zuvor hatte er das kleine Zimmer ganz für sich allein gehabt. Doch jetzt standen zwei Menschen kurz hinter der Tür und blickten auf ihn hinunter. Einer von ihnen war ein schwerer, großer Polizist, der nervös seinen Helm durch die Hände drehte. Bei der anderen Person handelte es sich um eine große, hagere Frau in einem abgetragenen schwarzen Kleid, die mit wäßrigen Augen auf den toten Mann blickte. Ihr Gesicht war völlig ausdruckslos.

Die Frau war Mrs. Pickett, die Besitzerin der Pension Excelsior. Der Polizist hieß Grogan. Er war ein freundlicher Riese, der Schrecken der über die Stränge schlagenden Elemente im Hafenviertel. In Gegenwart des Todes fühlte er sich jedoch offensichtlich nicht wohl in seiner Haut. Er holte Luft, wischte sich über die Stirn und flüsterte: »Schauen Sie sich nur seine Augen an, Ma'am!«

Seit Mrs. Pickett den Polizisten ins Zimmer geführt hatte, hatte sie kein einziges Wort von sich gegeben. Auch jetzt blieb sie stumm. Constable Grogan warf ihr einen raschen

100

Blick zu. Er hatte Respekt vor Mutter Pickett wie jeder andere im Hafenviertel auch. Ihr Schweigen, ihre ungewöhnlichen Augen und die ruhige Entschlossenheit ihrer Persönlichkeit schüchterten sogar die rauhen Seebären ein, die Stammgäste im Excelsior waren. In dieser kleinen Gemeinschaft aus Seeleuten hatte sie eine nicht zu unterschätzende Machtposition.

»Genau so habe ich ihn gefunden«, sagte Mrs. Pickett. Sie sprach nicht laut, aber ihre Stimme ließ den Polizisten hochschrecken.

Er wischte sich ein weiteres Mal über die Stirn. »Vielleicht war es ein Schlaganfall«, wagte er zu sagen.

Mrs. Pickett sagte nichts darauf. Draußen waren Schritte zu hören, und ein junger Mann mit einer schwarzen Tasche trat ein.

»Guten Morgen, Mrs. Pickett. Man sagte mir … Herrgott!« Der junge Arzt ließ sich neben dem Körper auf die Knie fallen und hob einen Arm des toten Kapitäns hoch. Einen Augenblick später legte er ihn behutsam wieder auf den Boden zurück und schüttelte mit grimmiger Resignation den Kopf.

»Er ist seit Stunden tot«, verkündete er. »Wann haben Sie ihn gefunden?«

»Vor zwanzig Minuten«, antwortete die alte Frau. »Ich denke, er ist gestern nacht gestorben. Er wollte morgens nie geweckt werden, sagte, er schliefe gern etwas länger. Nun, sein Wunsch hat sich erfüllt.«

»Woran ist er gestorben, Sir?« fragte der Polizist.

»Ohne eine genauere Untersuchung läßt sich das unmöglich sagen«, antwortete der Arzt. »Es sieht nach Herzschlag aus, aber ich bin mir ziemlich sicher, daß es das nicht ist. Es könnten auch die Herzkranzgefäße sein, aber zufällig weiß ich, daß sein Blutdruck normal und sein Herz gesund war. Erst vor einer Woche kam er bei mir vorbei, und ich habe ihn gründlich untersucht. Doch manchmal kann man sich auch täuschen. Die gerichtliche Untersuchung wird es uns verraten.«

Fast ärgerlich betrachtete er die Leiche. »Ich kann es nicht begreifen. Es gibt keinen Grund dafür, daß dieser Mann einfach tot umfällt. Er war ein zäher alter Seemann, dem es noch weitere zwanzig Jahre hätte gutgehen sollen. Wenn Sie meine ehrliche Meinung hören wollen, dann würde ich sagen, daß er vergiftet wurde. Allerdings kann ich mir bis zur gerichtlichen Untersuchung dessen unmöglich sicher sein.«

»Auf welche Weise wäre er denn vergiftet worden?« fragte Mrs. Pickett ruhig.

»Da bin ich überfragt. Es steht kein Glas herum, aus dem er das Gift hätte trinken können. Vielleicht hat er es in Form einer Kapsel zu sich genommen. Aber warum sollte er das getan haben? Er war doch immer eine ausgesprochene Frohnatur, nicht wahr?«

»Ja, Sir«, sagte der Constable. »Hier in der Gegend galt er als Spaßmacher. Man sagte mir, er sei etwas sarkastisch, aber mit mir hat er es nie versucht.«

»Er muß letzte Nacht recht früh gestorben sein«, sagte der Arzt. Er wandte sich an Mrs. Pickett. »Was ist eigentlich aus Kapitän Müller geworden? Wenn er mit dem Toten dieses Zimmer teilte, sollte er doch in der Lage sein, uns etwas zu erzählen!«

»Kapitän Müller verbrachte die Nacht in Portsmouth bei Freunden«, entgegnete Mrs. Pickett. »Er ist direkt nach dem Abendessen weggegangen und noch nicht wieder zurückgekehrt.«

Nachdenklich und mit gerunzelter Stirn sah sich der Arzt im Zimmer um.

»Das gefällt mir ganz und gar nicht. Ich kann es einfach nicht begreifen. Wenn das in Indien passiert wäre, hätte ich gesagt, der Mann ist an irgendeinem Schlangenbiß gestorben. Ich war zwei Jahre da draußen und habe Hunderte solcher Fälle gesehen. Die armen Teufel sahen alle genauso aus. Doch der Gedanke ist lächerlich. Wie kann ein Mann im Hafenviertel von Southampton in einer Pension von einer Schlange gebissen werden? War die Tür abgeschlossen, als sie ihn gefunden haben, Mrs. Pickett?«

Mrs. Pickett nickte. »Ich habe sie mit meinem eigenen Schlüssel geöffnet. Ich habe ihn gerufen, und er antwortete nicht. Da ahnte ich, daß irgend etwas nicht stimmte.«

Der Constable ergriff das Wort. »Sie haben doch nichts angefaßt, Ma'am? In dieser Hinsicht sind die Kollegen immer sehr genau. Wenn der Arzt recht hat und hier irgendein krummes Ding gelaufen ist, dann fragen sie als erstes danach.«

»Alles ist genauso, wie ich es vorgefunden habe.«

»Was liegt denn da neben ihm auf dem Boden?« fragte der Arzt.

»Nur seine Mundharmonika. Er hat sie immer gerne gespielt, wenn er abends auf seinem Zimmer war. Einige der Herrschaften haben sich bei mir darüber beschwert, aber solange er nicht zu spät spielte, hatte ich nichts dagegen.«

»Offensichtlich spielte er gerade darauf, als ... es passiert ist«, sagte Constable Grogan. »Das sieht mir nicht gerade nach Selbstmord aus.«

»Ich habe nicht gesagt, daß es Selbstmord war.«

Grogan pfiff durch die Zähne. »Sie glauben doch nicht etwa ...«

»Bis zur gerichtlichen Untersuchung glaube ich gar nichts. Ich kann nur sagen, an der Sache ist etwas faul.«

Dem Polizisten schien gerade ein anderer Aspekt der ganzen Sache bewußt zu werden. »Ich schätze, das wird dem Excelsior nicht gerade guttun, Ma'am«, meinte er mitfühlend.

Mrs. Pickett zuckte mit den Achseln.

»Ich glaube, ich sollte besser gehen und den gerichtlichen Leichenbeschauer benachrichtigen«, sagte der Arzt.

Er ging hinaus, nach flüchtigem Zögern folgte ihm der Polizist. Constable Grogan hatte keine besonders schwachen Nerven, aber er verspürte den eindeutigen Wunsch, irgendwo zu sein, wo er die starrenden Augen des Toten nicht mehr sehen mußte.

Mrs. Pickett blieb, wo sie war, und schaute auf die reglose Gestalt am Boden herunter. Ihr Gesicht war ausdruckslos, innerlich jedoch stand sie wahre Qualen aus und war äußerst beunruhigt. Es war das erste Mal, daß so etwas im Excelsior geschehen war, und wie Constable Grogan bereits angedeutet hatte, würde es mit ziemlicher Sicherheit nicht dazu beitragen, die Attraktivität des Hauses in den Augen möglicher Pensionsgäste zu steigern. Es war nicht der drohende finanzielle Verlust, der sie mit Sorge erfüllte. Was das Geld anbetraf, hätte sie mit ihren Ersparnissen ein angenehmes Leben führen können, denn sie war reicher, als die meisten ihrer Freunde vermuteten. Es war der Fleck auf der weißen Weste des Excelsior, der Schaden an seinem guten Ruf, der sie so plagte.

Das Excelsior war ihr Leben. Vor vielen Jahren hatte sie begonnen, hier ein modellhaftes Etablissement aufzubauen. Es war so lange her, daß sich selbst der älteste Pensionsgast nicht mehr daran erinnern konnte. Die Männer sprachen vom Excelsior an einem Ort, an dem man gut verpflegt und sauber untergebracht wurde, und an dem selbst kleine Diebstähle unbekannt waren.

Das Lob war jedoch so einhellig, daß das Excelsior durch einen einzigen mysteriösen Todesfall wahrscheinlich keinen großen Schaden nehmen würde. Damit wollte sich Mutter Pickett jedoch nicht trösten.

Sie betrachtete den Toten mit hellen, harten Augen. Die Stimme des Arztes draußen auf dem Flur verstärkte ihre Verzweiflung nur noch. Er sprach am Telefon mit der Polizei, und sie konnte jedes seiner Worte laut und deutlich hören.

Die Büroräume der Detektivagentur von Mr. Paul Snyder in der New Oxford Street hatten sich im Laufe von zwölf Jahren aus einem einzigen Raum heraus entwickelt. Jetzt war die Detektei in einer eindrucksvollen Suite untergebracht, in der Schreibmaschinen klapperten, poliertes Holz glänzte und andere Beweise des Erfolgs zu sehen waren. Wo einmal Mr. Snyder gesessen, auf Klienten gewartet und sich ihnen persönlich gewidmet hatte, saß er jetzt in seinem Privatbüro und ließ acht Assistenten unter seiner Regie arbeiten.

Er hatte gerade einen Fall angenommen, hinter dem entweder überhaupt nichts oder etwas ausgesprochen Großes steckte, und spekulierte auf die zweite Möglichkeit. Das gebotene Honorar war gemessen an den gegenwärtigen Maßstäben seines Wohlstands gering. Die bizarren Tatbestände des Falles in Verbindung mit irgend etwas an der Persönlichkeit der Klientin hatten ihn jedoch dafür gewinnen können. Energisch drückte er auf die Klingel und verlangte, daß Mr. Oakes zu ihm geschickt wurde.

Elliott Oakes war ein junger Mann, der Mr. Snyder gleichermaßen amüsierte und interessierte, denn obwohl er erst seit kurzem zu seinen Mitarbeitern gehörte, machte er kein Hehl aus seiner Absicht, die Methoden der Agentur zu revolutionieren. Um Ergebnisse zu erzielen, verließ sich Mr. Snyder auf harte Arbeit und auf den gesunden Menschenverstand, und das teilte er mit den meisten seiner Mitarbeiter. Er war nie ein auffälliger Detektiv gewesen. Die Resultate rechtfertigten seine Methoden, aber er war sich vollkommen der Tatsache bewußt, daß der junge Mr. Oakes ihn für einen langweiligen alten Mann hielt, dem auf wunderbare Weise das Glück auf seiner Seite stand.

Mr. Snyder hatte Oakes für den vorliegenden Fall ausgewählt, weil in dieser Sache Unerfahrenheit keinen Schaden anrichten konnte, und bei dem die hervorragende, auf Vermutungen basierende Vorgehensweise, die Oakes lieber seine ›induktive Beweisführung‹ nannte, vielleicht einen unerwarteten Erfolg erzielen würde.

Mr. Snyder wurde noch durch ein weiteres Motiv zu dieser Entscheidung gebracht. Er vermutete stark, daß die Durchführung dieses Falles den nützlichen Effekt haben könnte, Oakes' Selbstgefälligkeit einen Dämpfer zu verpassen. Wenn ein Fehlschlag zu einem solchen Resultat führte, empfand Mr. Snyder ihn nicht nur als negativ, obwohl ein Fehlschlag der Agentur natürlich nicht gerade gut zu Gesicht stand.

Die Tür öffnete sich, und ein verkrampfter Oakes trat ein. Bei allem, was er tat, war er angespannt. Zum Teil war das durch eine natürliche Nervosität bedingt, zum Teil war es eine Pose. Er war ein magerer junger Mann mit dunklen Augen und dünnen Lippen und sah einem typischen Detektiv viel ähnlicher als Mr. Snyder, der eher wie ein gemütlicher und wohlhabender Börsenmakler wirkte.

»Setzen Sie sich, Oakes«, sagte Mr. Snyder. »Ich habe eine Aufgabe für Sie.«

Oakes ließ sich wie ein sich zusammenkauernder Leopard

in den Sessel sinken und legte die Fingerspitzen gegeneinander. Er nickte kurz. Es gehörte zu seiner Pose, eifrig und schweigsam zu sein.

»Ich möchte, daß Sie zu dieser Adresse gehen.« Mr. Snyder überreichte ihm einen Umschlag. »Sehen Sie sich dort um. Es ist die Adresse einer Pension für Seeleute unten in Southampton. Solche Orte sind Ihnen ja bekannt. Dort wohnen pensionierte Kapitäne und so weiter. Alles überaus respektable Personen. In der ganzen Geschichte dieses Ortes war das Sensationellste, was dort je geschah, ein Fall, bei dem jemand argwöhnte, man habe ihn wegen einer Nichtigkeit beschummelt. Nun, ein Mann starb dort.«

»Wurde er ermordet?« fragte Oakes.

»Das weiß ich nicht, und es wird Ihre Aufgabe sein, das herauszufinden. Der Leichenbeschauer ließ es offen. ›Unglücksfall mit tödlichem Ausgang‹, stellte er fest. Ich mache ihm keinen Vorwurf. Ich sehe keine Möglichkeit, daß er ermordet worden sein könnte. Die Tür war von innen abgeschlossen, daher konnte keiner hineinkommen.«

»Das Fenster?«

»Zugegeben, das Fenster stand offen, aber das Zimmer liegt im zweiten Stock. Jedenfalls kann man das Fenster außer acht lassen. Ich erinnere mich, daß die alte Dame sagte, es wären Gitter angebracht, und kein Mensch könne sich hindurchzwängen.«

Oakes' Augen glitzerten. »Was war die Todesursache?« fragte er.

Mr. Snyder hustete. »Schlangenbiß«, sagte er.

Oakes' besonnene Ruhe fiel von ihm ab. Ein Ruf des Erstaunens entfuhr ihm. »Aber das ist ja unglaublich!«

»Es ist die reine Wahrheit. Die medizinische Untersuchung wies nach, daß der Bursche durch Schlangengift ums Leben kam – durch eine Kobra, genauer gesagt, wie sie vor allem in Indien vorkommt.«

»Eine Kobra!«

»Ganz genau. In einer Pension in Southampton, in einem Zimmer, dessen Tür von innen abgeschlossen war, wurde dieser Mann von einer Kobra gebissen. Um der ungetrübten

Einfachheit der ganzen Sache noch ein wenig Verwirrung hinzuzufügen: Als die Tür geöffnet wurde, war von einer Kobra nichts zu sehen. Durch die Tür konnte sie nicht nach draußen kommen, denn die Tür war abgeschlossen. Durch das Fenster hätte sie ebenfalls nicht hinausgelangen können, es liegt dafür zu hoch, und Schlangen können nicht springen. Und durch den Kamin kann sie auch nicht hochgekrochen sein, weil gar kein Kamin da ist. Jetzt wissen Sie Bescheid.«

Er betrachtete Oakes mit einer gewissen ruhigen Genugtuung. Es war ihm zu Ohren gekommen, man habe gehört, Oakes habe sich darüber beklagt, daß die letzten beiden ihm anvertrauten Fälle kinderleicht gewesen wären. Er habe sogar gesagt, daß er hoffte, eines Tages mit einem Problem konfrontiert zu werden, das die gedanklichen Fähigkeiten eines sechsjährigen Kindes überstieg. Mr. Snyder gewann den Eindruck, daß Oakes' Wunsch dabei war, in Erfüllung zu gehen.

»Ich würde gerne noch weitere Einzelheiten erfahren«, sagte Oakes ein wenig atemlos.

»Damit sollten Sie sich besser an Mrs. Pickett wenden, der die Pension gehört«, sagte Mr. Snyder. »Sie war es auch, die mir den Fall übertragen hat. Mrs. Pickett ist davon überzeugt, daß es Mord war. Aber wenn wir einmal Gespenster außer acht lassen, sehe ich nicht, wie irgendeine dritte Partei bei dieser Sache ihre Hand im Spiel haben könnte. Mrs. Pickett wollte jedoch einen Mann von dieser Agentur und war bereit, ihn zu bezahlen, daher versprach ich ihr, einen zu schicken. Es gehört nicht zu unseren Grundsätzen, ein Geschäft auszuschlagen.«

Er lächelte verzerrt. »Diesen Grundsätzen gemäß möchte ich, daß sie hingehen, sich in Mrs. Picketts Pension einquartieren und ihr Bestes tun, um den Ruf unserer Agentur zu verbessern. Ich würde vorschlagen, daß Sie sich als Schiffsausrüster oder etwas ähnliches ausgeben. Sie werden jemand sein müssen, der etwas mit der Seefahrt zu tun hat, sonst werden die Leute Ihnen gegenüber mißtrauisch. Und wenn Ihr Besuch keine weiteren Resultate erzielt, dann wird er es

Ihnen zumindest ermöglichen, die Bekanntschaft mit einer sehr bemerkenswerten Frau zu machen. Ich empfehle Mrs. Pickett Ihrer besonderen Beachtung. Übrigens sagte sie, sie wolle Sie bei Ihren Nachforschungen unterstützen.«

Oakes lachte kurz auf. Der Gedanke amüsierte ihn.

»Es ist ein Fehler, die Unterstützung eines Amateurs so leichthin abzutun, mein Junge«, sagte Mr. Snyder auf die wohlwollend väterliche Art, die eine Unzahl von Verbrechern dazu veranlaßt hatte, ihm nicht zu glauben, daß er Detektiv war – bis zu dem Augenblick, in dem die Handschellen um ihre Handgelenke zuschnappten. »Bei einem kriminellen Delikt zu ermitteln ist etwas anderes, als exakte Wissenschaft zu betreiben. Erfolg oder Mißerfolg hängen zu einem großen Teil von der Anwendung des gesunden Menschenverstandes und dem Besitz einer großen Zahl spezieller Informationen ab. Mrs. Pickett weiß bestimmte Dinge, die weder Sie noch ich wissen, und es ist einfach möglich, daß sie vielleicht irgendeine nebensächliche Information für sie bereithält, die den Schlüssel zur Lösung des Rätsels bietet.«

Oakes lachte ein weiteres Mal. »Das ist sehr freundlich von Mrs. Pickett«, sagte er, »aber ich ziehe es vor, meinen eigenen Methoden zu vertrauen.« Oakes erhob sich. Sein Gesicht verriet Entschlossenheit. »Ich sollte besser keine Zeit verlieren«, sagte er. »Von Zeit zu Zeit werde ich Ihnen Bericht erstatten.«

»Gut. Je detaillierter, um so besser«, sagte Mr. Snyder freundlich. »Ich hoffe, Ihr Besuch im Excelsior wird angenehm. Und halten Sie sich Mrs. Pickett warm! Sie ist es wert.«

Die Tür fiel ins Schloß, und Mr. Snyder zündete sich eine frische Zigarre an. Verdammter junger Narr, dachte er und lenkte seine Gedanken auf andere Dinge.

Einen Tag später saß Mr. Snyder in seinem Büro und las einen maschinengeschriebenen Bericht. Er schien humorvoller Natur zu sein, denn das Lesen entlockte ihm immer wieder ein leises Kichern. Als er die letzte Seite beendet hatte, warf er den Kopf in den Nacken und lachte laut los. Diese

Wirkung war vom Autor des Manuskriptes nicht beabsichtigt gewesen. Mr. Snyder hatte den ersten Bericht von Elliott Oakes aus dem Excelsior gelesen. Er las sich wie folgt:

»Es tut mir leid, daß ich keinen wirklichen Fortschritt vermelden kann. Ich habe mir etliche Theorien gebildet, die ich später ausführe, aber zum gegenwärtigen Zeitpunkt kann ich nicht sagen, daß ich große Hoffnungen habe.

Direkt nach meiner Ankunft nahm ich Mrs. Pickett aufs Korn, erklärte, wer ich war, und bat sie, mich mit allen Informationen zu versorgen, die mir von Nutzen sein könnten. Sie ist eine sonderbare, schweigsame Frau, die mich durch ihre äußerst geringe Intelligenz beeindruckte. Jetzt, wo ich sie gesehen habe, kommt mir Ihr Vorschlag, mir ihre Unterstützung zunutze zu machen, komischer vor als je zuvor.

Die ganze Sache erscheint mir zum Zeitpunkt dieses Schreibens völlig unerklärlich. Wenn wir einmal von der Annahme ausgehen, Kapitän Gunner wurde ermordet, dann scheint es für dieses Verbrechen überhaupt kein Motiv gegeben zu haben. Ich habe sorgfältige Nachforschungen über den Mann angestellt und herausgefunden, daß er fünfundfünfzig Jahre alt war, fast vierzig Jahre seines Lebens auf See verbrachte und eine Neigung zur Arroganz besaß, obwohl diese mit einem Fundus an rauhem Humor einherging. Er hat die ganze Welt bereist und wohnte seit etwa zehn Monaten im Excelsior. Er verfügte über eine kleine Jahresrente und hatte sonst kein Geld, wodurch Geld als Motiv für das Verbrechen ausscheidet.

In meiner Rolle als James Burton, einem pensionierten Schiffsausrüster, habe ich mich unter die anderen Pensionsgäste gemischt und alles gehört, was sie zu der Angelegenheit zu sagen haben. Daraus kann ich den Schluß ziehen, daß der Verstorbene keinesfalls beliebt gewesen ist. Offensichtlich hatte er eine spitze Zunge, und ich habe keinen einzigen Mann getroffen, der seinen Tod zu bedauern scheint. Andererseits habe ich nichts gehört, das darauf hindeutet, er habe aktive und gewalttätige Feinde gehabt. Er war einfach nur unbeliebt in der Pension, mehr nicht – und jede Pension hat einen solchen Gast.

Ich habe auch eine Menge über den Mann in Erfahrung gebracht, mit dem er sein Zimmer teilte – ebenfalls ein Kapitän namens Müller. Er ist groß und schweigsam, und es ist nicht einfach, ihn zum Erzählen zu verleiten. Zum Tod Kapitän Gunners kann er mir nichts sagen. Offensichtlich war er in der Nacht, in der sich die Tragödie abspielte, in Portsmouth. Ich habe von ihm nur einige Informationen über Kapitän Gunners Gewohnheiten bekommen, die aber nicht weiterhelfen.

Der Tote hat selten getrunken, lediglich nachts etwas Whisky. Er vertrug nicht viel, und ein bißchen Alkohol genügte, um ihn zu berauschen. Dann wurde er übermütig und oftmals beleidigend. Daraus schließe ich, daß Müller ihn für einen schwierigen Zimmergenossen hielt, aber Müller ist eine jener friedlichen Personen, die sich fast alles gefallen lassen. Er und Gunner pflegten jede Nacht auf ihrem Zimmer zusammen Dame zu spielen, und Gunner hatte eine Mundharmonika, mit der er häufig musizierte. Offensichtlich hat er sie auch kurz vor seinem Tod gespielt, was von Bedeutung ist, denn das scheint jeden Gedanken an Selbstmord auszuschließen.

Wie ich sagte, habe ich ein oder zwei Theorien, aber sie sind recht nebulös. Der plausibelsten Theorie zufolge hat sich Kapitän Gunner auf einem seiner Besuche in Indien mit den Einheimischen angelegt – und ich stellte fest, daß er etliche Reisen nach Indien unternommen hat. Die Tatsache, daß er mit Sicherheit am Gift einer indischen Schlange starb, unterstützt diese Theorie. Ich ziehe gerade Erkundigungen darüber ein, wo sich einige indische Seeleute aufhielten, die zum Zeitpunkt der Tragödie an Bord ihrer Schiffe in Southampton waren.

Ich habe noch eine andere Theorie. Weiß Mrs. Pickett in dieser Angelegenheit vielleicht mehr als sie zu wissen scheint? Vielleicht irre ich mich ja in meiner Einschätzung ihrer geistigen Qualitäten. Ihre offensichtliche Dummheit ist ja vielleicht nur eine List. Doch auch hier stehe ich aufgrund

110

des fehlenden Motivs vor einer Wand. Ich muß eingestehen, daß ich im Moment nicht deutlich sehe, auf welchem Wege ich in dieser Sache weiterkomme. Ich werde jedoch in Kürze wieder schreiben.«

Mr. Snyder fand an dem Bericht ungeheuren Gefallen. Er mochte dessen Gehalt, vor allem aber amüsierte ihn der verbitterte Ton der Frustration, der ihn kennzeichnete. Oakes stand vor einem Rätsel, und Snyder kannte ihn gut genug, um zu wissen, daß das Gefühl von Ratlosigkeit diesem temperamentvollen jungen Mann gar nicht schmecken würde. Was immer auch das Ergebnis seiner Nachforschungen sein würde, sie lehrten ihn die Tugend der Geduld.

Er verfaßte eine kurze Nachricht an seinen Mitarbeiter:

»Lieber Oakes,
ich habe Ihren Bericht erhalten. Sie haben jetzt offensichtlich den schweren Fall bekommen, nach dem Sie sich, wie ich gehört habe, so sehnten. Bauen Sie bei einem Fall wie diesem nicht zu sehr auf plausible Motive! Fauntleroy, der Mörder in London, hat einmal eine Frau nur wegen ihrer dicken Knöchel getötet. Vor vielen Jahren habe ich selbst an einem Fall gearbeitet, bei dem ein Mann einen engen Freund ermordete, weil sich die beiden wegen einer Wette in die Haare geraten waren. Nach meiner Erfahrung handeln fünf von zehn Mördern aus einer Laune des Augenblicks heraus, ohne irgend etwas, das man strenggenommen überhaupt ein Motiv nennen könnte.

Mit überaus herzlichen Grüßen,
Ihr Paul Snyder

P.S.: Von Ihrer Theorie bezüglich Mrs. Pickett halte ich nicht viel. Aber Sie sind es, dem dieser Fall anvertraut ist. Ich wünsche Ihnen viel Glück.«

Dem jungen Mr. Oakes bereitete der Fall wirklich kein Vergnügen. Das erste Mal in seinem Leben schien ihn sein Selbstvertrauen, das für seine ganzen Handlungen so charakteristisch war, zu verlassen. Diese Veränderung hatte fast

über Nacht stattgefunden. Die Tatsache, daß der Fall den Anschein hatte, ihm Ungewöhnliches zu präsentieren, hatte ihn
lediglich zu Beginn stimuliert. Doch dann hatten ihn Zweifel
beschlichen, und das Problem begann unlösbar zu erscheinen.

Es stimmte zwar, daß er den Fall gerade erst in Angriff genommen hatte, aber irgendeine innere Stimme sagte ihm, daß
er allen Fortschritten, die er wahrscheinlich machen würde,
zum Trotz ebensogut schon einen ganzen Monat lang beständig daran hätte arbeiten können. Er war vollkommen verwirrt. Und jeder Moment, den er in der Pension Excelsior
verbrachte, ließ für ihn deutlicher werden, daß diese gräßliche alte Frau mit den wäßrigen Augen ihn für einen inkom-
petenten Narren hielt. Mehr als alles andere war es das, was
ihm seinen Mangel an Erfolg mit schmerzhafter Deutlichkeit
bewußt machte.

Seine innere Ruhe verwandelte sich durch die leichte Verachtung in Mrs. Picketts Blick in einen Zustand verärgerter
Unruhe. Oakes gelangte allmählich zu der Ansicht, daß er
vielleicht bei dem kurzen Interview, das er bei seiner Ankunft mit ihr durchgeführt hatte, ihn eine Spur zu selbstsi-
cher und zu kurz angebunden gegenübergetreten war.

Wie man vermuten konnte, bestand seine erste Handlung
nach seinem kurzen Interview mit Mrs. Pickett darin, das
Zimmer zu untersuchen, in dem die tragischen Ereignisse
stattgefunden hatten. Die Leiche war nicht mehr da, sonst
war jedoch nichts entfernt worden.

Oakes gehörte zu den Detektiven, die ihre Spurensuche
mit dem Vergrößerungsglas in der Hand durchführen. Nachdem er das Zimmer betreten hatte, untersuchte er sorgfältig
den Fußboden, die Wände, die Einrichtungsgegenstände und
die Fensterbank. Er hätte heftig die Behauptung bestritten,
daß er das deshalb tat, weil es einen guten Eindruck machte,
doch er wäre in große Bedrängnis gekommen, wenn er einen
anderen Grund hätte vorbringen sollen.

Wenn er überhaupt irgend etwas entdeckte, waren seine
Entdeckungen völlig nichtssagend und nur dazu angetan,
das Rätsel zu vertiefen. Wie Mr. Snyder gesagt hatte, gab es

keinen Kamin, und durch die geschlossene Tür konnte ebenfalls keiner in das Zimmer gekommen sein.

Was blieb, war das Fenster. Es war klein und entweder hatten Besorgnis oder die Aussicht auf Einbrecher die Besitzerin dazu veranlaßt, es mit zwei Eisenstäben doppelt zu sichern. Kein Mensch hätte sich zwischen ihnen hindurchzwängen können.

Spät in jener Nacht schrieb er den Bericht an das Hauptquartier, der Mr. Snyder so amüsiert hatte, und schickte ihn ab ...

Zwei Tage später saß Mr. Snyder an seinem Schreibtisch und starrte mit großen, ungläubigen Augen auf das Telegramm, das er gerade erhalten hatte. Es lautete:

HABE DAS RÄTSEL UM GUNNER GELÖST.
KOMME ZURÜCK. OAKES

Mr. Snyder kniff die Augen zusammen und betätigte die Klingel.

»Schicken Sie mir Mr. Oakes herein, sobald er eintrifft«, sagte er.

Es fuchste ihn, zu merken, daß sein stärkstes Gefühl bitterer Ärger war. Die rasche Lösung eines offensichtlich unlösbaren Problems würde der Agentur größte Ehre machen. Mit dem Fall waren pittoreske Umstände verbunden, durch die er zu einem gefundenen Fressen für die Presse wurde. Alles würde sehr publik gemacht werden.

Und trotz alledem war Mr. Snyder verärgert. Er erkannte jetzt, welche große Rolle der Wunsch bei ihm gespielt hatte, Oakes' Selbstgefälligkeit einen Dämpfer zu verpassen. Wenn er sich das Ganze ehrlich anschaute, erkannte er darüber hinaus, daß er fest davon überzeugt war, der junge Mann würde auch nicht annähernd an eine einsichtige Lösung des Rätsels kommen. Er hatte nur gewünscht, daß sein Versagen ihm eine Erfahrung von erzieherischem Wert vermitteln würde. Denn er glaubte, daß ein Fehlschlag an diesem besonderen Punkt seiner Karriere Oakes zu einem wertvolleren Mitarbeiter der Agentur machen würde.

Doch jetzt kehrte Oakes innerhalb lächerlich kurzer Zeit nicht bescheiden und geschlagen, sondern triumphierend in den Schoß der Belegschaft zurück. Mr. Snyder sah dem wahrscheinlichen Verhalten des jungen Mannes unter dem berauschenden Einfluß des Sieges mit Sorge entgegen.

Seine Sorgen waren durchaus begründet. Er hatte kaum die dritte Zigarre zu Ende geraucht, die Meilensteinen gleichend den Fortschritt seines Nachmittags markierten, da ging die Tür auf und der junge Oakes kam herein. Bei seinem Anblick konnte Mr. Snyder ein leises Stöhnen nicht unterdrücken. Ein Blick genügte, um ihm zu verraten, daß seine schlimmsten Befürchtungen Wirklichkeit wurden.

»Ich habe Ihr Telegramm bekommen«, sagte Mr. Snyder.

Oakes nickte. »Es war eine Überraschung für Sie, nicht wahr?« fragte er.

Mr. Snyder nahm ihm den herablassenden Tonfall der Frage übel, aber er hatte sich damit abgefunden, herablassend behandelt zu werden, und schaffte es, seinen Ärger unter Kontrolle zu halten.

»Ja«, antwortete er. »Ich muß sagen, es hat mich wirklich überrascht. Ihrem Bericht habe ich entnommen, daß Sie auch nur einen kleinen Hinweis gefunden haben. Hat die Indientheorie diese Wendung bewirkt?«

Oakes lachte nachsichtig. »Ach, eigentlich habe ich nicht einen Augenblick lang an dieser albernen Theorie geglaubt. Ich habe sie nur in meinen Bericht aufgenommen, um ihn abzurunden. Ich hatte da noch nicht damit begonnen, über den Fall nachzudenken – richtig nachzudenken.«

Mr. Snyder hielt ihm seine Zigarrenkiste hin. Er platzte fast vor Wut. »Stecken Sie sich eine an und erzählen Sie mir alles«, sagte er und zügelte seine Gefühle.

»Nun, ich denke, diese Zigarre habe ich mir redlich verdient«, meinte Oakes und paffte drauflos. Vornehm ließ er die Zigarrenasche auf den Boden fallen – eine weitere Handlung, die seinem Arbeitgeber bedeutsam zu sein schien. Normalerweise benutzten seine Mitarbeiter, wenn sie nicht ausgesprochen selbstzufrieden waren, den Aschenbecher.

»Meine erste Handlung nach der Ankunft bestand darin,

mit Mrs. Pickett ein Gespräch zu führen«, begann Oakes. »Sie ist eine ausgesprochen stumpfsinnige alte Frau.«

»Komisch. Mir kam sie ziemlich intelligent vor.«

»Das ist ganz bestimmt nicht der Fall. Sie war mir in keiner Weise eine Hilfe. Dann untersuchte ich das Zimmer, in dem der Mann gestorben ist. Es sah genauso aus, wie Sie es beschrieben haben. Ein Kamin war nicht vorhanden, die Tür war von innen abgeschlossen gewesen, und das einzige Fenster lag zu hoch. Auf den ersten Blick wirkte alles ziemlich aussichtslos. Dann plauderte ich mit einigen anderen Pensionsgästen. Sie hatten nichts von Bedeutung beizutragen. Die meisten erzählten einfach nur irgendeinen Unsinn. Da gab ich es auf, mir von außerhalb Hilfe zu suchen und beschloß, mich auf meine eigene Intelligenz zu verlassen.«

Er lächelte triumphierend. »Nach einer Theorie von mir, die sich für mich als sehr wertvoll erwiesen hat, ereignet sich in neun von zehn Fällen absolut nichts Bemerkenswertes.«

»Da kann ich Ihnen nicht ganz folgen«, unterbrach ihn Mr. Snyder.

»Wenn Sie wollen, will ich es anders ausdrücken. Ich meine, daß die einfachste Erklärung fast immer die richtige ist. Bedenken Sie nur diesen Fall. Eine vernünftige Erklärung für den Tod dieses Mannes schien es einfach nicht zu geben. Die meisten Menschen hätten sich mit wilden Theorien verausgabt. Hätte ich damit angefangen, dann würde ich immer noch herumraten. Doch ich bin jetzt hier. Ich vertraue meiner Überzeugung, daß nie etwas Außerordentliches passiert, und habe dadurch einen Sieg davongetragen.«

Mr. Snyder gab ein leichtes Seufzen von sich. Oakes hatte ein Anrecht auf ein bestimmtes Ausmaß an Prahlerei, aber es konnte keinen Zweifel geben, daß seine Art, die ganze Geschichte zu erzählen, ein einziges Ärgernis war.

»Ich glaube an die logische Abfolge von Ereignissen. Ich weigere mich, Wirkungen zu akzeptieren, solange es keine Ursachen gibt, die ihnen vorangehen. Mit anderen Worten, mit allem gebührenden Respekt vor Ihren möglicherweise gegensätzlichen Auffassungen, Mr. Snyder, lehne ich es einfach ab, an einen Mord zu glauben, solange es kein Motiv dafür gibt. Das erste, was ich in Erfahrung zu bringen gedachte, betraf die Frage: Welches Motiv gab es für den Mord an Kapitän Gunner? Und nachdem ich darüber nachdachte und alle möglichen Nachforschungen durchführte, gelangte ich zu der Überzeugung, daß es kein Motiv gab. Daher gab es auch keinen Mord.«

Mr. Snyders Mund öffnete sich, und er wollte offensichtlich gerade protestieren, da schien er sich eines Besseren zu besinnen, und Oakes fuhr fort. »Dann überprüfte ich die Selbstmordtheorie. Welches Motiv gab es für einen Selbstmord? Nun, es gab kein Motiv, daher gab es auch keinen Selbstmord.«

Dieses Mal ergriff Mr. Snyder das Wort. »Sie haben doch nicht zufällig die letzten paar Tage in der falschen Pension verbracht, oder? Als nächstes werden Sie mir noch erzählen, es gab gar keinen Toten.«

Oakes lächelte. »Ganz und gar nicht. Kapitän John Gunner war tot, das ist richtig. Wie die medizinische Dokumentation nachweist, starb er am Biß einer Kobra. Es war eine kleine Kobra, und sie stammte aus Java.«

Mr. Snyder starrte ihn an. »Woher wissen Sie das?«

»Ich weiß es, und es gibt überhaupt keine Zweifel daran.«

»Haben Sie die Schlange gesehen?«

Oakes schüttelte den Kopf.

»Wie um Himmels willen ...«

»Ich habe genügend Beweise, um Mr. Schlange durch ein Geschworenengericht verurteilen zu lassen, ohne daß ich den Zeugenstand verlassen müßte.«

»Dann erwarte ich, daß Sie mir sagen, wie Ihre Kobra aus Java wieder aus dem Zimmer herauskam.«

»Durch das Fenster«, antwortete Oakes gelassen.

»Wie können Sie das überhaupt erklären? Sie sagten selbst, daß das Fenster zu hoch liegt.«

»Trotzdem gelangte sie durch das Fenster nach draußen. Die logische Abfolge der Ereignisse genügt als Beweis dafür, daß sie im Zimmer war. Sie tötete dort Kapitän Gunner und hinterließ draußen Spuren ihrer Anwesenheit. Daher mußte sie, da das Fenster den einzigen Ausweg darstellt, auf diesem

Weg entkommen sein. Irgendwie ist sie aus dem Fenster gelangt.«

»Was meinen Sie damit, daß sie draußen Spuren ihrer Anwesenheit hinterließ?«

»Auf dem Hof hinter dem Haus tötete sie einen Hund«, sagte Oakes. »Das Fenster von Kapitän Gunners Zimmer liegt genau darüber. Der Hof ist mit Kisten und Abfall übersät, verstreut stehen einige verkrüppelte Büsche darin. Es gibt tatsächlich für ein kleines Objekt wie die Leiche eines Hundes genügend Sichtschutz. Darum hat man sie zunächst auch nicht entdeckt. Die Hausangestellte vom Excelsior stieß auf sie, als sie eine Aschentonne im Hof entleerte, und zwar einen Morgen nach meinem Bericht. Es war nur ein ganz normaler streunender Hund ohne Halsband oder Hundemarke. Der Analytiker untersuchte die Leiche und fand heraus, daß der Hund am Biß einer Kobra gestorben war.«

»Aber die Schlange fanden Sie nicht?«

»Nein. Wir reinigten den Hof, bis man auf ihm hätte frühstücken können, aber die Schlange war weg. Sie muß durch die Hoftür entwischt sein, die Tür war nur angelehnt. Das ist jetzt einige Tage her, und es hat keinen weiteren tragischen Vorfall gegeben. Aller Wahrscheinlichkeit nach ist die Schlange jetzt tot. Die Nächte sind bereits ganz schön kalt, und wahrscheinlich ist sie an der Kälte gestorben.«

»Aber ich verstehe einfach nicht, wie die Kobra nach Southampton gekommen ist!« meinte der völlig verblüffte Mr. Snyder.

»Kommen Sie nicht darauf? Ich sagte Ihnen doch, sie stammte aus Java.«

»Woher wissen Sie, daß sie von dort kam?«

»Kapitän Müller hat es mir erzählt. Nicht direkt, aber ich fügte es aus dem Gesagten zusammen. Anscheinend lebte ein alter Schiffskamerad von Kapitän Gunner auf Java. Sie schrieben sich, und gelegentlich schickte dieser Mann dem Kapitän als Zeichen seiner Wertschätzung ein Geschenk. Das letzte Geschenk, das er ihm schickte, war eine Kiste Bananen. Unglücklicherweise muß die Schlange unbemerkt hineingekrochen sein. Darum sagte ich Ihnen auch, daß es sich um eine kleine Kobra handelte. Nun, das sind die Tatsachen, die ich gegen Mr. Schlange anführen kann, und wenn ich das Tier nicht gerade mit der Fracht zusammen erwische, sehe ich nicht, wie ich es besser hätte machen können. Stimmen Sie da nicht mit mir überein?«

Es ging Mr. Snyder gegen den Strich, eine Niederlage einzugestehen, aber er war ein gerecht denkender Mann und gezwungen, zuzugeben, daß Oakes sicherlich das Unmögliche gelöst zu haben schien.

»Ich gratuliere Ihnen, mein Junge«, sagte er so herzlich wie möglich. »Offen gestanden glaubte ich bei Ihrem Aufbruch nicht, daß Sie es schaffen könnten. Ach, übrigens, ich vermute doch, daß Mrs. Pickett sich sehr gefreut hat?«

»Wenn sie sich freute, hat sie es nicht gezeigt. Ich bin überzeugt davon, daß sie nicht über genügend Grips verfügt, um sich über irgend etwas zu freuen. Sie hat mich jedoch heute abend zu sich zum Abendessen eingeladen. Ich denke, sie wird so langweilig sein wie immer, aber sie legte soviel Wert darauf, daß ich die Einladung annehmen mußte.«

Nachdem Oakes gegangen war, saß Mr. Snyder eine ganze Weile da, rauchte und fiel in ein tiefes, verbittertes Nachdenken. Plötzlich reichte man ihm Mrs. Picketts Visitenkarte. Sie wäre dankbar, wenn er ein paar Augenblicke für sie übrig hätte. Mr. Snyder freute sich, Mrs. Pickett zu sehen. Er betrieb Studien über den menschlichen Charakter, und sie hatte ihn schon bei ihrer ersten Begegnung interessiert. Irgend etwas an ihr schien ihm einzigartig zu sein, und er hieß diese zweite Chance, sie aus nächster Nähe zu studieren, willkommen.

Sie kam herein und setzte sich steif hin, fand auf dem äußersten Rand des Stuhles ihr Gleichgewicht; kurz zuvor hatte sich noch der junge Oakes so überaus genüßlich dort herumgelümmelt.

»Wie geht es Ihnen, Mrs. Pickett?« fragte Mr. Snyder freundlich. »Ich bin sehr froh, daß Sie die Zeit finden konnten, mir einen Besuch abzustatten. Nun war es also doch kein Mord!«

»Sir?«

»Ich habe mit Mr. Oakes gesprochen. Sie kennen ihn unter dem Namen James Burton«, sagte der Detektiv. »Er hat mir alles erzählt.«

»Er hat *mir* alles erzählt«, meinte Mrs. Pickett trocken.

Mr. Snyder sah sie fragend an. Ihr Verhalten erschien ihm vielsagender als ihre Worte.

»Er ist ein selbstgefälliger, voreiliger junger Trottel«, meinte Mrs. Pickett.

Das Bild, das sie von seinem Mitarbeiter zeichnete, war Mr. Snyder nicht neu, oft genug hatte er selbst so gedacht. Zum gegenwärtigen Zeitpunkt überraschte es ihn jedoch. In seiner Stunde des Triumphes hatte Oakes diese umfassende Verurteilung nicht verdient.

»Hat Sie die Lösung des Rätsels, die Mr. Oakes zu bieten hat, nicht zufriedengestellt, Mrs. Pickett?«

»Nein.«

»Sie kam mir logisch und überzeugend vor«, sagte Mr. Snyder.

»Sie können es mit allen Fantasiebezeichnungen benennen, die Ihnen gefallen, Mr. Snyder. Doch Mr. Oakes' Lösung war nicht die richtige.«

»Haben Sie eine Alternative anzubieten?«

Mrs. Pickett zog die Lippen zusammen.

»Wenn sie eine haben, würde ich sie gerne erfahren.«

»Das werden Sie auch – zum richtigen Zeitpunkt.«

»Wieso sind Sie sich so sicher, daß Mr. Oakes sich irrt?«

»Er begann mit einer unmöglichen Erklärung und baute seine ganze Beweisführung darauf auf. In diesem Zimmer konnte gar keine Schlange gewesen sein, weil sie dort unmöglich herausgekommen wäre. Das Fenster lag zu hoch.«

»Aber der tote Hund ist doch bestimmt ein Beweis?«

Mrs. Pickett schaute ihn an, als sei sie von ihm enttäuscht. »Von *Ihnen* habe ich doch immer gehört, Sie seien ein Mann mit gesundem Menschenverstand, Mr. Snyder!«

»Ich habe immer versucht, meinen gesunden Menschenverstand zu gebrauchen.«

»Warum versuchen Sie dann jetzt, sich davon zu überzeugen, daß etwas passiert ist, das unmöglich nur deswegen passiert sein kann, weil es zu irgend etwas anderem paßt, das nicht leicht zu erklären ist?«

»Sie meinen, es gibt eine andere Erklärung für den toten Hund?« fragte Mr. Snyder.

»Keine *andere*. Wovon Mr. Oakes so selbstverständlich ausgeht, ist keine Erklärung. Aber es gibt eine Erklärung, die auf dem gesunden Menschenverstand beruht, und wenn er nicht so voreilig und selbstgefällig wäre, dann hätte er sie finden können.«

»Sie sagen das, als ob Sie diese Erklärung gefunden hätten«, sagte Mr. Snyder.

»So ist es auch.« Mrs. Pickett beugte sich nach vorne, als sie sprach, und starrte ihn herausfordernd an.

Mr. Snyder fuhr in die Höhe. »Sie haben …«

»Ja.«

»Was ist es?«

»Sie werden es noch heute erfahren. Versuchen Sie es doch in der Zwischenzeit selbst und erschließen Sie es sich. Eine erfolgreiche und gutgehende Detektivagentur wie die Ihre, Mr. Snyder, sollte als Gegenleistung für ein Honorar auch etwas tun.«

In ihrem Verhalten war etwas, das so sehr an eine Lehrerin erinnerte, die einen aufsässigen Schüler maßregelt, daß nur noch sein Sinn für Humor ihn rettete. »Wir tun unser Bestes, Mrs. Pickett«, sagte er, »aber Sie dürfen nicht vergessen, auch wir sind nur Menschen und können uns nicht für die Ergebnisse verbürgen.«

Mrs. Pickett ging nicht weiter auf dieses Thema ein. Statt dessen verblüffte sie Mr. Snyder mit der Bitte, er solle durch eidliche Strafanzeige einen Haftbefehl für einen ihnen beiden bekannten Mann erwirken, dem ein Mord zur Last gelegt wurde.

Mr. Snyder blieb in seinem eigenen Büro nicht oft die Luft weg. In der Regel nahm er das, was ihm die Klienten mitteilten, ruhig auf, so seltsam die Klienten auch oftmals auftraten. Bei ihren Worten jedoch schnappte er nach Luft. Ihm schoß der Gedanke durch den Kopf, Mrs. Pickett könne vielleicht geistesgestört sein.

Mrs. Pickett beobachtete ihn mit festem Blick. Allem äußeren Anschein nach war sie das Gegenteil von geistesgestört. »Aber ohne Beweise läßt sich durch eidliche Strafanzeige kein Haftbefehl erwirken«, sagte er ihr.

»Ich habe Beweise«, antwortete sie fest.

»Könnten Sie mir bitte Einzelheiten erzählen?« wollte er wissen.

»Würde ich das tun, könnten Sie meinen, ich wäre nicht ganz richtig im Kopf.«

»Aber Mrs. Pickett, ist Ihnen eigentlich klar, was Sie da von mir verlangen? Ich kann diese Agentur nicht aufgrund der Verdächtigung einer einzigen Person die Verantwortung für die willkürliche Verhaftung eines Mannes übernehmen lassen. Das könnte mich ruinieren. Zumindest würde es mich zum Gespött der Leute machen.«

»Mr. Snyder, Sie dürfen aber Ihr eigenes Urteilsvermögen benutzen, ganz gleich, ob sie jetzt diesen Haftbefehl erwirken oder nicht. Sie werden sich anhören, was ich zu sagen habe, und Sie werden selbst erkennen, wie das Verbrechen durchgeführt wurde. Wenn Sie danach das Gefühl haben, daß Sie die Verhaftung nicht vornehmen können, dann werde ich Ihre Entscheidung akzeptieren. Ich weiß, wer Kapitän Gunner umgebracht hat«, sagte sie. »Ich wußte es von Anfang an, doch ich hatte keine Beweise. Jetzt sind die Dinge ans Tageslicht getreten, und alles ist klar.«

Im Widerspruch zu seiner Beurteilung der Lage war Mr. Snyder beeindruckt. Diese Frau hatte eine Ausstrahlung, die einen einfach überzeugte.

»Es ... es klingt unglaublich.« Sogar beim Sprechen erinnerte er sich daran, daß es seit langem einer seiner beruflichen Grundsätze war, nichts für unglaublich zu halten. Er wurde weich.

»Mr. Snyder, ich bitte Sie, diesen Haftbefehl zu erwirken.«

Der Detektiv willigte ein. »Na gut«, sagte er.

Mrs. Pickett erhob sich. »Wenn Sie heute abend kommen

und bei mir zu Abend essen, glaube ich, daß ich Ihnen beweisen kann, daß er benötigt wird. Kommen Sie?«

»Ich komme«, versprach Mr. Snyder.

Kurz nach Mr. Snyders Eintreffen im Excelsior und nachdem er in das kleine Wohnzimmer geführt wurde, in dem er Oakes vorfand, kam ganz unerwartet der dritte Gast des Abends.

Neugierig betrachtete Mr. Snyder den Neuankömmling. Kapitän Müller übte eine eigenartige Faszination auf ihn aus. Es gehörte nicht zu Mr. Snyders Gewohnheiten, sich zu sehr auf die äußere Erscheinung eines Menschen zu verlassen, er mußte jedoch zugeben, daß dieser Mann etwas Merkwürdiges ausstrahlte – eine unnatürliche düstere Schwermut. Er verhielt sich wie jemand, der eine schwere Last trug. Seine Augen waren trübe, sein Gesicht abgespannt. Im nächsten Augenblick machte sich der Detektiv Vorwürfe, weil er seiner Fantasie erlaubt hatte, mit ihm durchzugehen und sein ruhigeres Urteilsvermögen außer acht zu lassen.

Die Tür ging auf und Mrs. Pickett kam herein.

Für Mr. Snyder gehörte Mrs. Picketts eigenartige Metamorphose von der grübelnden, schweigsamen Frau, die er bisher gekannt hatte, in die freundliche und aufmerksame Gastgeberin zu den bemerkenswertesten Dingen bei diesem Abendessen.

Oakes war offensichtlich ebenfalls völlig überwältigt vor Überraschung, und zwar so sehr, daß er sein Erstaunen nicht für sich behalten konnte. Er hatte sich bei seiner Ankunft darauf eingestellt, in grimmiges Schweigen versunken einen langweiligen Abend über sich ergehen zu lassen. Statt dessen saß er vor einer Flasche Champagner, deren Marke und Jahrgang ihm größten Respekt einflößten. Noch unglaublicher war die Tatsache, daß seine Gastgeberin sich in eine angenehme alte Dame verwandelt hatte, die scheinbar einzig und allein anstrebte, daß er sich wie zu Hause fühlte.

Neben den Tellern stand für jeden Gast ein geschmackvolles, in Papier eingewickeltes Päckchen bereit. Oakes hob den Inhalt seines Päckchens hoch und starrte es verwundert an.

»Nanu, das ist aber mehr als nur ein Andenken an ein gemeinsames Abendessen, Mrs. Pickett«, sagte er. »Es ist genau das mechanische Wunderding, das ich schon immer auf meinem Schreibtisch stehen haben wollte.«

»Ich freue mich, daß es Ihnen gefällt, Mr. Oakes«, sagte Mrs. Pickett lächelnd. »Sie dürfen mich nicht einfach nur für eine müde, vom Alter völlig geschlagene alte Frau halten. Ich bin eine ehrgeizige Gastgeberin. Wenn ich diese kleinen Parties gebe, möchte ich Sie zu einem Erfolg werden lassen. Ich möchte, daß keiner von Ihnen dieses Abendessen vergißt.«

»Ich bestimmt nicht.«

Mrs. Pickett lächelte wieder. »Ich glaube, das trifft auf Sie alle zu. Auf Sie, Mr. Snyder …« Sie machte eine Pause. »Und auf Sie, Kapitän Müller.«

Als sie das sagte, schwang in ihrer Stimme für Mr. Snyder soviel an versteckter Bedeutung mit, daß er über das Fehlen irgendeiner Warnung an Müller staunte. Kapitän Müller hatte bereits heftig den Getränken zugesprochen. Er schaute auf, wenn er angesprochen wurde, und gab ein Geräusch von sich, das man für einen Ausdruck höflicher Einwilligung hätte halten können. Dann schenkte er sich nach.

Der Inhalt von Mr. Snyders Päckchen entpuppte sich als ein Talisman in Form einer winzigen Kleinbildkamera. »Das«, sagte Mrs. Pickett, »ist ein Kompliment an Ihren Beruf.« Sie beugte sich zu Kapitän Müller hinüber. »Mr. Snyder ist nämlich Detektiv, Kapitän Müller.«

Er blickte hoch. Mr. Snyder hatte den Eindruck, daß für einen Augenblick Furcht in seinen trüben Augen aufleuchtete. Sie kam und verging aber so schnell, daß er sich nicht sicher sein konnte, ob sie überhaupt vorhanden gewesen war. »So?« meinte Kapitän Müller. Er sprach in überaus gelassenem Ton und zeigte nur das Ausmaß an Interesse, das eine solche Ankündigung spontan hervorrief.

»Jetzt sind Sie dran, Kapitän«, sagte Oakes. »Ich schätze, es ist etwas Besonderes. Jedenfalls ist es zweimal so groß wie mein Geschenk.«

Als die alte Frau beobachtete, wie Kapitän Müller langsam das Papier aufriß, war es vielleicht etwas in ihrem Gesicht, das Mr. Snyder ein prickelndes Gefühl der Erregung durch den Körper jagte. Irgend etwas schien ihn vor dem Auftauchen eines psychologisch wichtigen Augenblicks zu warnen. Gespannt beugte er sich vor.

Man hörte einen erstickten Laut des Erschreckens, dann fiel aus den Händen des Kapitäns mit dumpfem Klang eine kleine Mundharmonika auf den Tisch. Müllers Gesichtsausdruck war jetzt unmißverständlich. Seine Wangen waren wie Wachs, und sein bis dahin so stumpfer Blick blitzte in einer Panik und einem Entsetzen auf, das er nicht mehr unterdrücken konnte. Die Gläser auf dem Tisch schwankten, als er sich an das Tischtuch klammerte.

Mrs. Pickett ergriff das Wort. »Nanu, Kapitän Müller, hat Sie das aus der Fassung gebracht? Ich dachte, daß Sie als Kapitän Gunners bester Freund, als der Mann, der sein Zimmer mit ihm teilte, ein Andenken an ihn schätzen könnte. Wie sehr müssen Sie ihn gemocht haben, daß der Anblick dieser Mundharmonika Ihnen einen solchen Schock versetzt.«

Der Kapitän gab kein Wort von sich. Gebannt starrte er auf das Ding auf dem Tisch. Als Mrs. Picketts Blick seine Augen traf, blieb er in seiner Trance.

»Mr. Snyder, als Detektiv werden Sie an einer merkwürdigen und überaus tragischen Geschichte interessiert sein, die sich vor ein paar Tagen in dieser Pension zugetragen hat. Einer meiner Pensionsgäste, Kapitän Gunner, wurde tot in seinem Zimmer aufgefunden. Es war das Zimmer, das er mit Mr. Müller teilte. Ich bin sehr stolz auf den guten Ruf meines Hauses, Mr. Snyder, und es traf mich wie ein Schlag, daß so etwas geschehen sein sollte. Ich wandte mich an eine Agentur, um einen Detektiv mit der Sache zu betreuen, und sie schickten mir einen dummen Jungen, der außer seinem Glauben an sich selbst nichts zu seiner Empfehlung mitbrachte. Er sagte, Kapitän Gunner sei durch einen Unglücksfall ums Leben gekommen und von einer Schlange getötet worden, die aus einer Bananenkiste stammte. Ich wußte es jedoch besser; ich wußte, daß Kapitän Gunner ermordet worden war.

Hören Sie auch gut zu, Kapitän Müller? Wo Sie doch so ein

guter Freund von ihm gewesen sind, wird Sie das nämlich interessieren.«

Der Kapitän antwortete nicht. Er starrte gerade vor sich hin, als ob er mit Augen, die sich für immer im Tod geschlossen hatten, etwas Unsichtbares sehen würde.

»Gestern fanden wir den toten Körper eines Hundes. Genau wie Gunner war er an Schlangengift gestorben. Der Junge von der Agentur sagte, das sei schlüssig. Er meinte, nachdem die Schlange Kapitän Gunner getötet habe, sei sie aus dem Zimmer ins Freie gelangt und habe dann den Hund getötet. Ich wußte, daß das unmöglich war, denn hätte es in diesem Zimmer eine Schlange gegeben, hätte sie nicht daraus entweichen können.«

Ihre Augen blitzten und wurden zu einer einzigen, erbarmungslosen Anklage. »Es war keine Schlange, die Kapitän Gunner getötet hat. Es war eine Katze. Kapitän Gunner hatte einen Freund, der ihn haßte. Eines Tages fand dieser Freund beim Öffnen einer Bananenkiste eine Schlange. Er tötete sie und holte das Gift aus ihr heraus. Er kannte Kapitän Gunners Gewohnheiten. Er wußte, daß er Mundharmonika spielte. Dieser Mann hatte auch eine Katze. Er wußte, daß Katzen den Klang einer Mundharmonika nicht ausstehen können, und hatte oft gesehen, daß diese spezielle Katze auf Kapitän Gunner losgegangen war und ihn gekratzt hatte, sobald er spielte. Er nahm die Katze und bestrich die Krallen mit dem Gift. Dann ließ er das Tier bei Kapitän Gunner auf dem Zimmer zurück. Er wußte, was geschehen würde.«

Oakes und Mr. Snyder waren aufgesprungen. Kapitän Müller hatte sich nicht vom Fleck gerührt. Er saß da, seine Finger hielten sich am Tischtuch fest. Mrs. Pickett erhob sich ebenfalls, ging zu einem Wandschrank und schloß die Schranktür auf. »Miez! Miez! Miez!« rief sie. Blitzschnell sprang eine schwarze Katze heraus und ins Zimmer. Mit einem lauten Krachen, mit Geklapper und Gläserklirren hob sich der Tisch, schwankte und kippte um, als Müller taumelnd auf die Beine kam. Er warf die Arme hoch, als wolle er irgend etwas abwehren. Ein erstickter Aufschrei kam ihm über die Lippen: »Mein Gott! Mein Gott!«

Kalt und beißend tönte Mrs. Picketts Stimme durch das Zimmer. »Kapitän Müller, Sie haben Kapitän Gunner ermordet!«

Der Kapitän erzitterte. Dann antwortete er mechanisch. »Herrgott! Ja! Ich habe ihn getötet.«

»Sie haben es gehört, Mr. Snyder«, sagte Mrs. Pickett. »Er hat es vor Zeugen gestanden.«

Müller ließ sich zur Tür führen. Sein Arm fühlte sich in Mr. Snyders Griff ganz schlaff an. Mrs. Pickett blieb stehen und hob etwas aus dem Haufen auf dem Boden auf. Als sie wieder hochkam, hielt sie die Mundharmonika in der Hand.

»Sie vergessen Ihr Souvenir, Kapitän Müller«, sagte sie.

Der Geist im blauen Sportanzug

Bruce Bethke

Als sich seine Augen an die Dunkelheit gewöhnt hatten, bemerkte er Richard und Louisa, die ausgestreckt auf dem Bett lagen und schliefen. Um sie nicht zu stören, ging er ruhig aus dem Schlafzimmer hinaus, wanderte durch das Apartment, versuchte Einzelheiten zu erkennen.

Der ramponierte grüne Sessel, das von Brandlöchern verunstaltete Sofa, der unordentliche Haufen Lehrbücher auf dem Kaffeetisch, gut. Das Halblitergefäß aus Ton mit Marihuana, die Pyramide aus leeren Bierdosen, die halbe Tasse kalter Kaffee, die auf der Oberfläche des Lautsprechers einen Ring hinterlassen hatte – alles war genauso, wie er es sich ausgemalt hatte. Er steuerte auf die Küche zu, um den letzten Test durchzuführen.

Das Licht der blauen Quecksilberdampflampen auf der Straße strömte durch die vorhanglosen Fenster und gestattete ihm, deutlich das Datum auf der Sportseite des auf dem Heizkörper liegenden *Tribune* zu erkennen. 6. Mai 1975. Perfekt. Er hatte sich genau am Zielpunkt manifestiert.

Er ging wieder ins Schlafzimmer und nahm sich einen sanften Moment lang die Zeit, den schlummernden Mann mit sich zu vergleichen. Der Schläfer hatte einen Schopf dichter, brauner Locken, ein glattes, klares, friedliches Gesicht, eine ansehnliche, muskulöse Statur und wog keine achtzig Kilo. Sein eigener Körper bot ein anderes Bild: Der Haaransatz war deutlich nach hinten bis zum höchsten Punkt seines Kopfes zurückgewichen, sein Magengeschwür entwickelte gerade eine Resistenz gegen Maalox, und sein Gewicht konnte er nicht unter bestimmt einhundertzehn Kilo halten.

Ein kurzes Aufzucken von Sympathie durchfuhr ihn, als er auf den Mann im Bett hinunterschaute. Dem zweiundzwanzigjährigen Richard Luck eröffneten sich solche *Möglichkei-*

ten! Und er war gerade dabei, sie alle wegzuwerfen ... Dieser Gedanke erstickte jegliche Sympathie. Er sprang auf das Bett und versetzte dem jungen Richard einen festen Tritt in die Rippen.

Natürlich glitt sein Fuß hindurch.

Mit einem leisen, enttäuschten Seufzen legte er sich hin, sank dabei durch den Schläfer und begann, sich in dessen Traum einzuschleichen.

Richard und Carynne gehen zum Mittagessen in Marty's Deli. Sobald sie durch die Eingangstür getreten sind, sieht er Louisa hinter der Theke arbeiten. Er brüllt: »Ich kann alles erklären!«, aber sie nimmt das riesige Messer in die Hand, mit dem sie normalerweise das Baguette in Scheiben schneidet. Richard packt Carynnes Hand, rennt los.

Sie laufen über die Straße, springen über den Zaun und rennen in den Eisenbahntunnel hinein. Mitten im Tunnel sieht er seine Mutter von der anderen Seite auf ihn zukommen. »Es ist alles in Ordnung, Mami«, sagt er. »Ich weiß, was ich tue.« Sie steht einfach da und versperrt ihm das Ende des Tunnels (das so eng geworden ist, daß er sich bücken muß, um sich weiterbewegen zu können), und er kann hören, wie Louisa hinter ihm aufholt. Er dreht sich um und zerrt Carynne einen Seitengang entlang, der ihm bisher gar nicht aufgefallen ist. Sie kommen in den Flur, der zu den Physiksälen im Kellergeschoß von North Hall führt, biegen um die Ecke, stoßen auf die Tür zum Treppenhaus, die von der anderen Seite abgeschlossen ist, so daß Carynne ihn in einen der dunklen Klassenräume zieht – mein Gott, wieso ist sie denn auf einmal so nackt? – ihn fest an ihre glatte, kühle Haut drückt, ihn zu Boden zerrt und ihm ...

Die Neonlichter flammen auf; er und Carynne liegen eng umschlungen nackt auf dem Sofa im Keller seiner Eltern, und sein Vater steht mit drohendem Blick da. Nur ist es gar nicht sein Vater, sondern der kleine Dicke im marineblauen wollenen Sportanzug! Der Kerl kommt herüber, hebt Richards Jeans vom Fußboden auf, wirft sie nach ihm und sagt: »Wach auf, Drecksack. Wir müssen miteinander reden!«

»Verdammt! Du schon wieder? Hau ab!«

»Feuchten Träumen kannst du später hinterherjagen. Das hier ist wichtig.«

»Wer *bist* du?« fragte Richard fordernd. »Was machst du hier?« Carynne war verschwunden.

»›Ist es größer als ein Brotkasten?‹« verspottete ihn der Dicke. »Was *glaubst* du denn, was ich hier mache? Dies ist eine Warnung. Ich bin du, und zwar zwanzig Jahre in der Zukunft.«

»*So* sehe ich aus, wenn ich vierzig bin?« Erschreckt fuhr Richard aus dem Schlaf hoch und merkte, daß er in kalten Schweiß gebadet war.

Als Richard in der Dunkelheit lag und über das Ganze nachdachte, gewann er den Eindruck, vielleicht doch noch nicht aufgewacht zu sein. Sicher, er befand sich in seinem Schlafzimmer, lag in seinem Bett und starrte gegen die Decke! Alles *schien* wirklich genug zu sein, aber er war völlig unfähig, sich zu bewegen. Er glaubte, daß die neben ihm schlafende Frau Louisa war, aber ein Versuch, sich zur Seite zu drehen und das zu bestätigen, führte zu nichts.

Und dann war da noch dieses merkwürdige Gefühl des *Losgelöstseins*, das er verspürte. Er lag auf dem Bett, und gleichzeitig lag er unter dem Bett zwischen den alten Turnschuhen und den Staubflocken, saß wie eine Katze auf der Fensterbank und schwebte sanft kurz unter der Decke, von wo aus er bemerkte, daß die vorspringenden Formen der Fensterstürze seit Jahren nicht gereinigt worden waren. Er dachte, seine Augen wären offen, aber die vielfachen Perspektiven ließen einen gewissen Zweifel daran aufkommen.

Tief hinten in seinem Kopf geriet sein rationales Selbst, das bei Tageslicht da war, in Panik und begann irgend etwas zu schreien: Er sei tot oder gelähmt, zumindest aber psychotisch. Richard ignorierte das Geschrei. Sein Ich auf der Fensterbank (das mit jedem verstreichenden Augenblick mehr nach einer Katze aussah) hatte eine Art Nabelschnur zwischen seinem im Bett liegenden und dem an der Decke schwebenden Ich entdeckt und war gemächlich darauf zugegangen, um sie zu untersuchen. Ihm kam der Gedanke, daß er sein an der Decke schwebendes Ich wie einen Drachen fliegen lassen konnte, wenn er nur imstande war, ein Fenster zu öffnen.

In welcher geistigen Verfassung er sich auch immer befand, wach war er bestimmt nicht.

»Man nennt es Klarträumen«, meinte jemand hilfsbereit. »Dein Vorderhirn ist wach, aber dein willkürlich beeinflußbares Nervensystem weiß das noch nicht.«

Richard schaffte es, den größten Teil seiner Aufmerksamkeit zusammenzuführen und wurde sich bewußt, daß noch etwas anderes im Zimmer anwesend war. Genauer gesagt, am Fußende seines Bettes nahm er die Gegenwart eines sitzenden Geistes wahr.

»Hallo!« sagte der Geist im blauen Sportanzug gutgelaunt.

Auf unangenehme Weise fehlte jeder Schreckreflex; Richard riß nicht die Augen auf. »Gott im Himmel!« ... *sagte* Richard, ein besseres Wort läßt sich nicht finden. Seine Lippen bewegten sich kaum, kein Ton war zu hören, und dennoch wurde der Gedanke ausgedrückt. »Nein. Solche Halluzinationen kommen nicht vom Gras. Ich muß noch träumen.« Er ließ seine Aufmerksamkeit wieder streifen und versuchte, in den Tiefschlaf zurückzugleiten.

»Laß das!« sagte die Erscheinung. »Zerr mich nicht wieder in den Traumzustand zurück.«

»Sag mir zwei gute Gründe, das nicht zu tun«, murmelte Richard.

»Der Zustand des Klarträumens ist der einzige Zustand, in dem ich verläßlich mit dir kommunizieren kann. Wenn du in den normalen Schlaf zurückfällst, bin ich nur ein Alptraum.«

»Ein Alptraum mit gemeinem Timing«, verbesserte Richard. »Gerade war ich endlich dabei, Carynne ins Bett zu kriegen ...«

»Du willst in den Schlaf zurückfallen? Mich nie mehr wiedersehen?«

»Wer ist das, der da so zu mir spricht?« fragte Richard so sarkastisch wie möglich. »Bin *ich* das, der das gesagt hat?«

Die Erscheinung beugte sich ganz nah an das in den Kissen gebettete Gesicht von Richard vor. »Mann, dann laß dir *das* durch dein Erbsenhirn gehen: Du wirst mich nicht eher los, bis du mir zu Ende zugehört hast. Du kennst noch lange nicht das Ausmaß des Alptraums, der ich sein kann.«

Mit der Entsprechung zu einem resignierten Seufzen kam Richard wieder aus dem Tiefschlaf. »Okay. Ich akzeptiere – nur für diesen Augenblick –, daß dies hier keine bizarre Wendung meines Traumes ist. Wie machst du das? Ich meine, du dringst jetzt schon die ganze Woche über in meinen Schlaf ein.«

»Sympathische Resonanz. Mein Bewußtsein befindet sich in deinem leeren Kopf in Resonanz mit dir.«

»Auf Beleidigungen von Halluzinationen kann ich verzichten«, knurrte Richard wütend. Die winzige Flamme der Wut führte zu einem Zucken in seinem Bein, das Louisa im Schlaf störte. Sie drehte sich herum, mmpfffte etwas und legte einen Arm über Richards Brust.

Die Erscheinung kaute auf ihrer Lippe. »Ich komme aus einem Bereich vor der Erinnerung, okay? Ich bin eine Projektion der Außenbereiche deines eigenen zukünftigen Bewußtseins. Schau mal, das steht alles in diesem Buch von Muldoon, lies es später nach, ja? Ich kann mich nur etwa eine halbe Stunde lang in diesen Zustand übermäßiger Dynamik versetzen, entschuldige also bitte, daß ich direkt zur Sache komme.«

»Aha!« Schadenfroh griff Richard den Gedanken auf. »*Ich* weiß jetzt, woher du kommst. Es ist dieser dumme Kurs in Parapsychologie, nicht wahr? Ich habe die Schriften überflogen, und jetzt straft mich mein Unterbewußtsein dafür.« Er wünschte, er wäre wach genug, um entschieden seine Arme zu verschränken. »Nun, mir ist es egal, welche Note ich beim Abschluß erziele. Ich habe in der Prüfung Mitte des Semesters eine Zwei und für meinen Aufsatz eine Eins bekommen, so daß ich bestehe, ganz gleich, was noch passiert. Ich werde *nicht* noch mehr von diesem Unsinn lesen; ich muß mir schon genug Gedanken über den Marketing-Abschluß machen.«

»O Mann!« Der Geist in Gestalt des kleinen Dicken schlug sich mit der Hand gegen die Stirn. »Du *Schwachkopf*! Sicher, dieser Kurs hat einige Schwächen. Doch einiges davon ist immer noch richtig. Wenn du … Aber nein, *du* kannst ja an nichts anderes denken als an Louisas Brüste und Carynnes enge Jeans. *Ich* mußte im Alter von fünfunddreißig wieder ganz von vorn anfangen und alles über Projektionen neu lernen, nur weil *du* dir so lausige Notizen gemacht hast. Sechs Jahre brauchte ich, um hierherzukommen!«

Louisa zog einen Arm hoch, wischte sich ein paar Strähnen ihres langen braunen Haares aus dem Gesicht und wimmerte: »Was'n los, Süßer?« Dann nickte sie wieder ein.

Richard konzentrierte sich kurz auf sie, dann richtete er seine Aufmerksamkeit wieder auf den Geist, der sich inzwischen auf seine Knie gesetzt hatte. »Kann sie uns eigentlich hören?« fragte er.

Der kleine Dicke wurde blaß. »Um Gottes willen, ich hoffe nicht. Ich nahm an, mich nur für dich zu manifestieren. Vielleicht schwappt aber etwas über.«

»Nun, versuch das in Grenzen zu halten, ja?«

»Okay.« Sie starrten sich in unbehaglichem Schweigen an, bis Richard merkte, daß der ältere Mann sich gerade sammelte, um ihm einen Vortrag zu halten, genau wie es sein Vater immer getan hatte.

Rasch ergriff Richard als erster das Wort. »So, du bist also meine Zukunft, wie? Wie geht's denn der IBM?« Das hatte die gewünschte Wirkung. Er hatte den älteren Mann völlig aus der Fassung gebracht. »Weißt du, ich denke, ich kann aus meinem Studiendarlehen noch drei Riesen locker machen und sie investieren...«

»Kleiner«, fuhr der Ältere ihn an. »Ich kam hierher, um den größten Fehler deines Lebens zu verhindern, und nicht, um ein paar lausige Dollar rüberzuschieben.«

»Mach mal halblang, ja?« sagte Richard abwehrend. »Ich meine, ich habe eben ein paar Schwierigkeiten damit, mit dieser Situation hier umzugehen, weißt du? Immerhin platzt meine Zukunft nicht jeden Tag bei mir auf einen Plausch herein.« Richard ließ seinen Standort wieder auf die Katze zurücktreiben. Als Katze fühlte er sich recht gut. »Aber ich weiß, daß ich eine Gelegenheit wie diese nicht auslassen würde, wenn das hier *wirklich* passieren würde. Bist du dir sicher, meine Zukunft zu sein?« Der Mann starrte ihn einfach nur wütend an.

»Okay. Weil du es sagst, gehe ich einmal davon aus, daß du der bist, der du zu sein behauptest. Weißt du nicht, daß es völlig absurd ist, zurückzukommen? Wenn du mich davon überzeugst, meine Zukunft zu ändern, dann wird die Sache, wegen der du zurückkamst, um mich davor zu warnen, gar nicht geschehen, und daher wirst du …«

»Da versuche ich, sein Leben zu retten«, brummte der ältere Mann leise, »und er will nur über irgendeine Wichsphilosophie mit mir diskutieren.« Er zeigte auf Richard und hob seine Stimme. »Schau, mein Junge, jedes Mal, wenn du von einem ›Paradoxon im Kausalzusammenhang‹ sprichst, spreche ich von der ›sich verzweigenden, versetzenden Zeitspur‹. Persönlich bin ich der Meinung, daß du aus Zukunftsvarianten, für die du dich nicht entschieden hast, die ganze Zeit über Warnungen empfängst; du bist nur zu blöde, um sie wahrzunehmen. Ich habe fünf Anläufe gebraucht, um dich zum Klarträumen zu bringen.«

»Aber wenn die Sache funktioniert, löst du dich dann nicht auf oder so was?«

»Das weiß ich nicht. Offengestanden ist es mir auch egal.«

Richard pfiff leise durch die Zähne. »So schlimm?« Er beobachtete, wie der kleine, dicke Mann langsam und unheilvoll nickte. »Siehst du, jetzt klingst du wieder genau wie ein Unheilverkünder. Aber du kamst doch aus der Zukunft *zurück*, nicht wahr? Das heißt doch, die Welt wird in den nächsten zwanzig Jahren nicht durch einen Atomkrieg in einen Schlackehaufen verwandelt! Hey, ich fühle mich bereits viel besser!«

»Es kann Schlimmeres geben als das Ende der Welt.«

»Bist du arbeitslos?« unterstellte Richard. »Gibt es Ende der achtziger Jahre einen wirtschaftlichen Zusammenbruch, wie es Greenburg vorausgesagt hat?«

Ärgerlich grub der ältere Mann seine Geisterfinger in das schlafende Bein von Richard. »Ist das alles, was du von der Zukunft wissen willst? Geld? Junge, deine Prioritäten kannst du *alle* vergessen. ›Habe ich Erfolg?‹ Sicher, ich habe Erfolg. Ich bin Leiter in der nationalen Verkaufsabteilung für die GIMD, ich mache …«

Richard unterbrach ihn: »Für wen?«

»Die Gesellschaft für integrierte Mikrodaten. Es gibt sie noch nicht.«

»Verdammt.« Die Katze/Richard zuckte verärgert mit dem Schwanz. »Und wie war das, was verdienst du?« Ihr Interesse war wieder geweckt.

»Herr im Himmel, ist das nicht völlig gleichgültig?!«

»Ich frage ja nur«, stellte Richard klar. »Ich will nämlich wissen, warum ein so erfolgreicher Mann einen derart häßlichen Anzug trägt.«

»Das gehört zur Projektion«, erklärte der Ältere, dessen Geduld sich bemühte, die Oberhand über die Wut zu behalten. »Selbstverständlich bin ich nicht körperlich hier. Ich kann nur mit einem Avatar reisen – einem Symbol – und mein Avatar ist eben ein verschwitzter Kerl im billigen Sportanzug. Das Bild entspricht nicht der Realität; in der realen Welt würde man mich nicht so glanzlos antreffen, da trage ich weiße Lackschuhe und eine dazu passende Weste.«

»*Sicher*«, sagte die Katze zweifelnd, »und …«

»Verdammt noch mal, hör endlich auf damit, dauernd das Thema zu wechseln, Ich versuche, dir etwas über wirkliches Glück zu erzählen!«

»Ah!« sagte Richard. Es dämmerte ihm, worum es dem Älteren eigentlich ging. »Jetzt kommen wir zum Kern der Sache. Du rätst mir, spirituelle Erfüllung statt materiellen Erfolg zu wählen, habe ich recht? Danke, ich werde darüber nachdenken, gute Nacht.«

»Louisa ist ein nettes Mädchen. Heirate sie.«

Richard leckte sich eine Pfote, rieb sich das Ohr, dann saß er in gedankenschwerem Schweigen da. Schließlich sagte er: »Du bist zwanzig Jahre gereist, um mir *das* zu sagen?«

»Sie ist ein süßes Ding. Ihr beide könntet sehr glücklich sein.«

»*Das* soll es jetzt sein?«

»Nein, da gibt es noch etwas anderes. Du machst dir so viele Sorgen wegen dieses Marketing-Abschlusses, daß du Carynne Reichmann dazu überredet hast, dir dieses Wochenende ein wenig Nachhilfeunterricht zu geben. Sag die Verabredung ab.«

»Aber wenn ich das tue«, protestierte Richard, »falle ich durch. Und wenn ich in Marketing durchfalle, wie soll ich dann der Leiter einer nationalen Verkaufsabteilung werden?«

»Nun hör schon auf damit!« sagte der ältere Mann ärgerlich. »Du bist schon das ganze Jahr scharf auf Carynne; das ist doch bloß eine Entschuldigung dafür, es ein letztes Mal bei ihr zu versuchen, bevor sie ihren Abschluß macht.«

Richard wirkte gekränkt. »Okay, ich gebe zu, daß ich von ihr geträumt habe. Aber sie ist die Schneekönigin in Person. Es wird nichts passieren.«

»Mein lieber Junge«, sagte der Ältere und schnalzte mit der Zunge, »du vergißt, wen du hier anlügst. Ich *erinnere* mich genau an das, was du denkst. Und in diesem Augenblick denkst du, daß du Louisa in kürzester Zeit den Laufpaß gibst, wenn du bei Carynne Fortschritte machst.« Plötzlich packte der ältere Mann die Katze/Richard grob am Nacken, hielt sie mit seiner Nase an seine eigene Nase und sprach mit tiefer, dunkler Stimme. »*Damit wir uns richtig verstehen, du Dummkopf!* Diesen Samstag wird Carynne dir nicht nur Nachhilfeunterricht für das Examen geben, sondern dich auch in ihr Bett einladen. Du wirst deinen lethargischen Arsch am Sonntag morgen um sechs Uhr nach Hause schleppen und herausfinden, daß Louisa bereits ihre Sachen gepackt hat.«

Die Katze hörte auf, sich hin und her zu winden. »Ach ja?«

»Von allen Dingen, die du in diesem Universum möglicherweise tun könntest, wirst du das *nicht* tun wollen, das verspreche ich dir.«

»Bist du übergeschnappt?« kreischte Richard auf. »Carynne ist schön! Herrlich! Sie ist alles, was ich je von einer Frau gewollt habe!«

»Einschließlich selbstsüchtig? Gebieterisch? Manipulierend?«

Richard heftete sich an eine Idee. »Ich hab's! Du hast recht mit diesen versetzten Zeitspuren. Ich bin die falsche Vergangenheit für dich. *Meine* Carynne ist alles andere als ...«

»Natürlich ist sie das. Jetzt.«

Richard hielt inne. »Okay, ich will dir mal was sagen. Wenn es sich herausstellt, daß du recht hast, dann lasse ich sie in einigen Jahren einfach wieder fallen.«

»Idiot!« wetterte der Ältere los. »In sechs Monaten wirst du sie heiraten! In einem Jahr bedrängt sie dich, wieder ganztägig

die Schule zu besuchen, während du einen Vollzeitjob aus-
übst, um deinen Magister in Geschäftsverwaltung zu machen.
In fünf Jahren steht sie auf geleasten BMWs und halbjährliche
Ferien auf den Jungferninseln, von denen du dir weder das
eine noch das andere leisten kannst. Wenn du dreißig bist, ist
dein Haaransatz *hier* hinten!« Der ältere Mann schlug sich wie
beim Karate auf die höchste Stelle seines Kopfes. »Du hast
schwere Magenprobleme, und Carynne hat erkannt, daß du
auch nicht annähernd so ehrgeizig bist wie sie.«

»So? Viele Leute haben eine Scheidung überlebt.«

»Du bleibst aber unglücklicherweise verheiratet. Immer
hoffst du, daß sich die Lage bessert, und immer bekommst
du ihre Zuneigung auf die gleiche Weise, auf die Muffy an
seine Hundeleckerbissen kommt: nur wenn du dich hin und
her wälzt und bettelst.«

»*Muffy?*«

Der ältere Mann ließ die Katze auf das Bett fallen. »Ihr ti-
betanischer Hirtenhund, der Lhasa-Apso.«

»Du meinst einen dieser kleinen, kläffenden ...? Igitt!«
meinte Richard angewidert. Er sprang auf den Fußboden, be-
schnupperte sein unter dem Bett liegendes Ich, schaute zu
dem älteren Mann hoch und neigte spöttisch den Kopf. So
große Mühe er sich auch gab, irgendwie hatte er Schwierigkeiten damit, eine derart grimmige Prophezeiung von der
Karikatur eines Vertreters entgegenzunehmen. »Es wird also
nicht funktionieren, wie?«

»Es kann nicht funktionieren«, erklärte der Geist. »Auf der
wichtigsten Ebene paßt ihr beide einfach nicht zusammen.
Ich meine ... Schau mal, im Moment hast du drei Avatare,
stimmt's? Warum wohl? Weil noch nicht entschieden ist,
welchen Verlauf dein Leben nimmt! Dieser trägt Klops unter
dem Bett – das bin *ich*. Oder vielmehr das, was Carynne aus
mir machen wird. Und bei dem da oben«, er zeigte zu dem
unter der Decke schwebenden Richard hoch, »weiß ich gar
nicht, welche Zukunft er repräsentiert.

Doch im gegenwärtigen Augenblick manifestierst du dich
hauptsächlich als Katze beziehungsweise als Kater, um
genau zu sein. Das ist dein Lieblingsavatar.

Carynne kann keine Katzen ausstehen, es sei denn, es sind kastrierte und entkrallte Tiere, die im Haus gehalten werden. Und auch dann bevorzugt sie fügsame, gehorsame, fast geschlechtslose Hunde. Du bist ein Katzenwesen; sie ist ein Hundewesen. So grundsätzlich ist das.«

Richard begann, zwischen Bett und Heizkörper auf und ab zu gehen und zuckte besorgt mit dem Schwanz. »Sieh mal, es muß doch in der Ehe irgend etwas geben, das das aufwiegt. Kinder?« gab er hoffnungsvoll zu bedenken.

»Zwei Töchter, beide ein Ebenbild ihrer Mutter. Sie sind vernarrt in Pferde. Machst du dir überhaupt eine Vorstellung davon, wie sehr eine Zehnjährige herumjammern kann, die ein Pferd haben will?«

»Freunde vielleicht?«

»*Ihre* Freunde. Frank und Gordy sind für sie viel zu große Proleten. Nach 1977 wirst du sie nicht wiedersehen.«

Richard schaute hoch, blickte dem älteren Mann ins Gesicht. Eine ungeheure Bitterkeit und eine nach innen gerichtete Wut war da zu sehen, die den Mann auffraß wie ein Krebsgeschwür. Und trotzdem gab es noch etwas anderes. Eine weiche – Wehmut? Einen Augenblick lang ignorierte der Ältere die Katze, drehte sich um und beobachtete Louisa beim Schlafen. Zaghaft, zart streckte er eine Geisthand aus und berührte ihr Bein. Sie rührte sich nicht. Als ob sie ein ganz empfindlicher Schatz sei, bei dem er befürchtete, daß er durch seine grobe Berührung zerstört werden würde, zog er seine Hand ganz schnell zurück und drehte sich wieder um. Er merkte, wie ihm die Katze direkt in die Augen schaute.

»Jedenfalls bin ich gekommen, um dir das zu sagen«, sagte der ältere Mann sanft. »Jetzt liegt die Entscheidung bei dir.« Er drehte sich noch einmal um und betrachtete Louisa. »In ein paar Minuten schnelle ich wieder in meine eigene Zeit zurück.«

Das kam nun endlich bei der Katze/Richard an. Der ganzen Prahlerei zum Trotz war es diese kurze, unbedachte Portion Zärtlichkeit, die Richard davon überzeugte, daß der ältere Mann die Wahrheit sprach. Unfähig, an irgend etwas Tröstliches zu denken, rieb er sich an den Beinen des Mannes. Der ältere Richard bemerkte es, streckte die Hand nach unten aus, um ihn hinter den Ohren zu kraulen und flüsterte: »Paß gut auf sie auf, ja?« Bevor die Katze/Richard jedoch antworten konnte, setzte sich der ältere Richard plötzlich aufrecht hin, wurde bleich vor Schmerzen und preßte die Fäuste gegen den Kopf.

»Was ist los?« miaute die Katze. »Kann ich helfen?«

»*Sonderbar!*«, keuchte der ältere Mann. »Das fühlt sich an wie – *heiße Maden* in meinem Gehirn! Das Zurückschnellen hat sich noch nie so angefühlt ...« In diesem Augenblick spürten beide die Anwesenheit einer weiteren Person im Zimmer.

»Ich dachte mir, daß ich dich hier finde.«

»Carynne!« rief der ältere Richard. Die Katze/Richard wirbelte herum und erblickte eine dünne, asketische alte Frau mit tiefen Runzeln, die ein elegantes, weißes Kleid trug und steif und aufrecht in einem Louis-quatorze Lehnstuhl saß, den sie offenbar mitgebracht hatte. Auf ihrem Schoß hielt sie einen tibetanischen Hirtenhund fest. »Und auch noch dein kleiner Hund!« In diesem Augenblick entdeckte der Hund die Katze/Richard und sprang der Frau mit einem streitsüchtigen Kläffen aus den Armen.

»Muffy der Vierte!« kommandierte sie. »Bei Fuß!«

Instinktiv sprang die Katze/Richard auf das Bett, drehte sich um, wandte dem Hund das Gesicht zu und gab ihr scheußlichstes und heiserstes Fauchen von sich. Der Hund blieb auf der Stelle stehen, bedachte die *überaus* scharfen Krallen, die Richard ausgestreckt hatte, und trottete gehorsam zu Carynne zurück. »Tut mir leid«, sagte sie und wandte sich dabei an die Katze. »Muffy ist so leicht erregbar.« Sie hob den Hund wieder auf ihren Schoß, dann wandte sie sich an den älteren Richard. »Also wenn du diesen jungen Mann belogen hast ...«

»Du kannst unmöglich hier sein!« keuchte der ältere Richard.

»Schau nicht so überrascht, mein Schatz«, sagte die Frau. »Wenn du das Projizieren lernen kannst, kann ich das auch.«

»Aber – ein Zeitwechsel funktioniert doch nur zwischen den gleichen Seelen!«

»Ach, Dickerchen«, ermahnte sie ihn, »wie immer bist du

viel zu halsstarrig, um zuzugeben, daß du dich irrst. Ich *bin* hier, daher *kann* ich auch hier sein.« Sie warf der Katze/Richard einen Blick zu. »Ich hoffe nur, ich komme noch rechtzeitig.«

»Rechtzeitig für was?« fragte die Katze/Richard argwöhnisch.

»Ich weiß ja nicht, was er dir bisher erzählt hat«, erklärte Carynne lächelnd, »doch mein Dickerchen durchlief gerade eine verfrühte Midlife-crisis, als er diese Sache mit dem Projizieren anfing. Ich habe den Eindruck, daß er es sich auf seinen Verkaufsreisen angewöhnt hat, irgendwelche Teenagerflittchen mitzunehmen, doch als sein Gewicht einhundertzwanzig Kilo überstieg, lachten sie ihm allmählich ins Gesicht. Das versetzte dem Ego dieses armen kleinen Mannes einen schrecklichen Schock.«

Die Katze/Richard drehte sich mit einer heftigen Bewegung zum älteren Richard um und ließ ihre Frage Gestalt annehmen.

»Das ist nicht *meine* Carynne«, protestierte der ältere Richard.

»Das bin ich mit Sicherheit!« konterte sie.

»Aber du bist so ...«

»*Alt?*« beendete sie den Satz. »Hast du etwa gedacht, du hättest ein Monopol darauf, dich in deine Vergangenheit hineinzuprojizieren? Das alles hier ...«, sie zeigte mit einem langen, polierten Fingernagel auf den älteren Richard, »einschließlich *deiner* Anwesenheit, ist *meine* Vergangenheit!«

»Wie hast du ...«

»Du hast deine Notizen gut versteckt, Dickerchen. Ich habe erst von diesem Projektionsunsinn erfahren, als ich nach deinem Tod deine Papiere durchgegangen bin.«

»Er ist tot!« jaulte die Katze/Richard auf.

»Hör nicht auf sie«, sagte der ältere Mann rasch. »Sie versucht dich durcheinanderzubringen.«

»Und daher bin ich zurückgekommen, um für ein wenig Ausgewogenheit zu sorgen«, fuhr Carynne fort und richtete ihre Worte an die Katze. »Es ist zwar nicht so, daß die Sachen, die er erzählt, irgendwelche Auswirkungen haben. Er kann unmöglich Erfolg haben – das Kausalitätsparadox, weißt du –, aber ich bin einfach darüber enttäuscht, daß er Jahre damit verbrachte, es zu versuchen.«

»Junge?« drängte der ältere Mann mit aufsteigender Panik in der Stimme. Die Katze/Richard merkte, daß sie sich wünschte, Carynne sei mit einem gackernden Lachen auf einem Besenstiel hereingeflogen. Das hätte die Lage gewaltig vereinfacht. Statt dessen hatte bei Richard der flüchtige Blick auf seine eigene Sterblichkeit eine Woge der Schuldgefühle ausgelöst, und er war damit beschäftigt, sich daran zu erinnern, wie überzeugend er sich selber anlügen konnte, wenn er etwas Bestimmtes wollte. »Weißt du, sie ist…«, setzte der ältere Richard an. Als er sah, auf welche Weise die Katze erst ihn, dann Carynne wütend anstarrte, hielt er inne.

»Er versucht, zu entscheiden, wem er glauben soll«, beobachtete Carynne.

Der ältere Richard wandte sich an sie. »Du wirst *alles* verderben!« fauchte er. »Du hast dich nicht damit zufriedengegeben, *mein* Leben so erbärmlich werden zu lassen, du versuchst auch noch, alle meine mir *möglichen* Leben zu vermasseln.« Er schloß die Augen, setzte sich starr aufrecht hin und konzentrierte sich mit einer solchen Wildheit, daß sich sein Gesicht zu einer Grimasse verzog. »Ich werde es dich nicht tun lassen«, flüsterte er. »Ich zwinge dich hier heraus.«

»Also wirklich, mein liebes Dickerchen«, sagte Carynne und schüttelte langsam den Kopf. »Ich hätte doch mittlerweile gedacht, du wärest nicht so dumm, zu versuchen, mit mir auszufechten, wer den stärkeren Willen hat.«

»Ich rekonstruiere die Projektion…, murmelte er.

»Und ich bin immer noch hier«, meinte sie unbekümmert. »Auf das Risiko hin, dich an unser Sexualleben zu erinnern: Bist du fertig?«

Nach Luft schnappend, unterbrach der ältere Richard seine Konzentration und kam taumelnd auf die Beine. Trotzig schaute er Carynne ins Gesicht. »Du glaubst wohl, du hättest gewonnen, wie?« höhnte er. »Ich komme wieder.«

»Nein, das wirst du nicht«, stellte Carynne kategorisch fest.

»Halt mich doch auf!«

Carynne zuckte mit den Achseln. »Wenn du darauf bestehst. Mein Dickerchen, begreifst du nicht, auf welche Weise Zeit im Traumzustand ausschließlich subjektiver Natur ist? Ich kann meine Projektionen viel besser kontrollieren, als du das jemals gekonnt hast.« Um ihre Worte zu unterstreichen, pochte sie mit den Knöcheln auf die Armlehne des Lehnstuhls. »Wenn du mich dazu zwingst, kann ich dir in einem Monat realer Zeit für den Rest deines traurigen, mickrigen Lebens die Hölle heiß machen.«

»*Nein!*« schrie die Katze/Richard. »Nicht nachgeben, Dickie!« Hartnäckig versuchte Richard, seine Ichs zusammenzuziehen und sein gesamtes Bewußtsein durch die Katze auf einen Punkt zu konzentrieren. »Wir können sie schlagen! Wenn wir uns zusammentun...«

»Leb wohl, Dickerchen«, lächelte Carynne. Eine silbrige Nabelschnur schlängelte sich von irgendwo herab und begann sich um den älteren Richard herumzuwinden. Die Katze/Richard stürzte sich auf sie, hieb wild mit den Krallen auf sie ein, aber die Nabelschnur gab so wenig nach wie kalter Marmor. In schweren Schlingen fiel sie herab und legte sich um den älteren Richard. Für kurze Zeit kämpfte er dagegen an, aber als das Ende herabfiel und sich das Ganze zusammenzuziehen begann, gab er auf.

»*Dickie?*« schrie die Katze.

»Tut mir leid«, kam eine erstickte Stimme aus dem Inneren der Schlingen. »Ich kann das Zurückschnellen nicht länger verhindern.« Innerhalb weniger Sekunden verdichteten sich die Schlingen zu einer faustgroßen Masse, dann war alles schlagartig verschwunden. Einen Augenblick lang blieb noch ein leichtes Kräuseln in der Luft zurück.

In der Nacht des 27. Juni 1995 fuhr Richard Luck um zwei Uhr morgens erschreckt aus dem Schlaf hoch. Es kam so plötzlich, daß auch seine Frau, Carynne, aufschreckte.

»Was ist denn, Dickerchen?« fragte sie.

»Oh... ich hatte gerade einen *seltsamen* Traum.«

»Ist schon in Ordnung«, murmelte sie. Sie zog ihn nah an sich heran, gab ihm einen flüchtigen Kuß auf die Wange, drehte sich auf die andere Seite und wandte ihm den Rücken zu. »Schlaf wieder ein, mein Schatz. Und keine Träume von Louisa mehr.«

Richard lag noch stundenlang wach und wunderte sich.

»Na, das war ja ein Kinderspiel«, meinte Carynne selbstgefällig. »Und jetzt bist *du* an der Reihe!« Sie ging einen Schritt auf die Katze/Richard zu, die sich ganz klein machte, die Nackenhaare sträubte und die Zähne fletschte. »Na gut. Nur zu, hab' nur deinen kleinen Wutanfall! Du wirst mir schon nicht entkommen, mein Schatz.« Sie nahm den Apso in ihre Arme und begann, die gleiche glänzende Nabelschnur wie vorhin um sich selbst herum zu spinnen, und schlüpfte dann mit geübter Leichtigkeit in die Schlingen hinein. »Bis Samstag!« rief sie fröhlich.

Verzweifelt stupste die Katze/Richard ihr schlafendes Ich an und versuchte, aufzuwachen. Richard spürte, daß es von lebenswichtiger Bedeutung war, ganz schnell wach zu werden; er verspürte das verzweifelte Bedürfnis, die ganze Geschichte seinem rationalen Ich zu erzählen, das bei Tageslicht da war und immer noch schlief. Hoffentlich konnte er sich auch an jede Einzelheit erinnern! Wenn er nur Carynne noch mit seinen erwachenden Augen sehen konnte, bevor sie verschwand ...

Als sie die letzten Schlingen um sich herum gesponnen hatte, hob Carynne ihren Kopf herausfordernd in Richtung Louisas schlafende Gestalt. »Mein liebes Dickerchen, warum hast du bei Frauen nur einen so miesen Geschmack. Was zum Teufel findest du nur an *ihr?*«

Die Katze/Richard kam durch. Langsam begann Richards schlafendes Selbst aufzuwachen. Langsam, *sehr* langsam, kam mühsam sein Tagesverstand in Gang. Und dann ...

Carynne verschwand. Richard saß senkrecht im Bett. Die Unruhe weckte Louisa auf. Sie drehte sich um, strich sich einige Strähnen ihres langen braunen Haars aus dem Gesicht und murmelte: »Was'n los, Süßer? Wieso bis'n du wach?«

»Die verdammte Katze hat mich im Gesicht geleckt.«

»Wir *haben* keine Katze«, bemerkte Louisa.

»Dann werden wir eine bekommen. Ich will eine Katze haben.«

»Dummer Junge«, murmelte Louisa. Richard merkte, daß er wie so oft, wenn er mitten in der Nacht aufwachte, ins Badezimmer gehen mußte. Er glitt aus dem Bett.

»Süßer?« rief Louisa, als er den Bademantel aus Frottee anzog, den sie sich teilten. »Kommst du wieder zurück ins Bett?«

»In einer Minute.« In seinem Hinterkopf verspürte Richard dieses seltsam bohrende Gefühl, als ob da etwas war, an das er sich unbedingt erinnern müsse.

»Bleib nicht mehr so lange auf und les. Auch du brauchst Schlaf.«

»Ich weiß.« Etwas *Wichtiges*, und gerade jenseits dessen, was er zu fassen bekam.

»Du willst doch nicht ausgerechnet bei deinem Marketing-Examen einschlafen, oder?« Kurz vor der Tür zum Schlafzimmer blieb er stehen. Er *erinnerte* sich, drehte sich um, kam zum Bett zurück und küßte Louisa.

»Lou, Liebste«, sagte er sanft. »Ich denke, es ist an der Zeit, über unsere Hochzeit zu reden.«

»Morgen, Süßer«, murmelte sie. Als die Worte langsam bis zu ihr vordrangen, riß sie die Augen weit auf. »Sagtest du ›Hochzeit‹?« flüsterte sie. Er nickte. Louisa warf Richard die Arme um den Hals und drückte ihn so fest an sich, daß ihm die Rippen weh taten. »Ich dachte schon, du würdest das *nie* fragen!«

Irgendwo die gewundenen und ineinander verflochtenen Ströme der Zeit hinab, begann ein anderer Richard wieder in seinem Schlaf zu kichern, was seine Frau ein weiteres Mal aufweckte. Carynne ärgerte sich maßlos, wenn das passierte, doch es gab nichts, was sie dagegen unternehmen konnte.

In diesem Augenblick.

Tiere

Clark Howard

Als Ned Price an der Ecke seines Häuserblocks aus dem
Stadtbus stieg, sah er, daß Monty und seine Gang aus Unru-
hestiftern wie üblich vor Shavelsons Drugstore herumlunger-
ten. Ein großes tragbares Radio – sie nannten es ihren ›Ghet-
toblaster‹ – stand auf einem Verkaufskasten für Zeitungen
und spielte sehr lauten Acid Rock. Die sechs Mitglieder der
Gang, alle im fortgeschrittenen Teenageralter, schienen gerade über den Inhalt eines Magazins zu debattieren, das
unter ihnen die Runde machte.

Ned ging den Gehsteig entlang. Er schonte sein arthriti-
sches rechtes Bein und hinkte, was ihm zusammen mit seinem Hexenschuß und den zweiundsechzig Jahren eines alles
andere als leichten Lebens eine insgesamt gebeugte Haltung
und ein müdes Aussehen verlieh. Ein leicht zu großes Sport-
sakko aus dem Second-Hand-Laden machte die Sache auch
nicht besser. Ned hätte die Straße überqueren und um Monty
und seine Freunde einen Bogen machen können, aber er lebte
auf dieser Straßenseite, so daß er etwas weiter hinten am
Häuserblock die Fahrbahn ein zweites Mal hätte überqueren
müssen, und es war schon schwierig genug, ohne zusätzliche
Schritte durch den Tag zu kommen. Außerdem war er der
Meinung, er habe das gleiche Recht, diesen Gehsteig entlang-
zugehen, wie jene, die ihn versperrten.

Als Ned sich ihnen näherte, sah er, daß es sich bei dem
Magazin, das die Gang herumreichte, um den *Ring* handelte,
und der Streit sich um die jeweiligen Verdienste von zwei
Boxern namens Hector ›Macho‹ Camacho und Ray ›Boom
Boom‹ Mancini drehte. Vielleicht waren sie ja von ihrer Diskussion so sehr in Anspruch genommen, daß sie ihn heute
nicht schikanierten. Das wäre eine willkommene Abwechslung, ein Tag, an dem er seine geistigen Fähigkeiten einmal

nicht mit der diesjährigen Ausgabe der Sharks messen mußte.

Aber dieses Glück war ihm nicht vergönnt.

»He, Alter, wo warst du?« fragte Monty, als Ned näherkam. »Warst du in der Stadt, um deinen Scheck abzuholen?« Er stellte sich mitten auf den Gehsteig und versperrte den Weg.

Ned blieb stehen. »Ja«, sagte er. »Ich war in der Stadt, um meinen Scheck abzuholen.«

»Du gehörst zu diesen alten Leuten, die sich ihren Scheck nicht vom Briefträger bringen lassen, wie?« fragte Monty lächelnd. »Du weißt, daß es hier im Viertel viel zu viele Gauner gibt. Ganz schön schlau, was?«

»Nein, nur vorsichtig«, erwiderte Ned. Wenn er schlau gewesen wäre, dachte er, wäre er auf die andere Straßenseite gegangen.

»He, laß mich dich etwas fragen«, sagte Monty mit gespielter Ernsthaftigkeit. »Ich habe neulich im Fernsehen eine Sondersendung gesehen, in der es hieß, einige alte Leute würden nicht genug Rente zum Leben bekommen und Hunde- und Katzenfutter essen. Machst du das auch, Alter?«

»Nein«, antwortete Ned. Dieses Mal klang seine Antwort leicht gereizt. Er kannte etliche Leute, die *tatsächlich* auf die gerade von Monty beschriebenen Mittel zurückgriffen.

»Hör mal, Alter, ich glaube, du lügst«, sagte Monty ohne Groll. »Ich habe selber gesehen, daß du in Jamails Lebensmittelladen Katzenfutter gekauft hast.«

»Das tat ich, weil ich eine Katze habe.« Ned versuchte, an Monty vorbeizugehen, aber der Jugendliche bewegte sich und stellte sich ihm erneut in den Weg.

»Du hast eine Katze, Alter? Das ist aber nett!« Monty heuchelte Interesse. »Was für eine Katze hast du denn, Alter?«

»Nur eine ganz gewöhnliche Katze«, sagte Ned. »Nichts Besonderes.«

»Keine Perserkatze oder eine Siamkatze oder eine von diesen teuren Katzen?«

»Nein, nur eine ganz gewöhnliche Katze. Tigerkatze nennt man sie, glaube ich.«

»Eine Tigerkatze! He, das ist ja richtig toll!«

»Kann ich jetzt gehen?« fragte Ned.

»Klar doch!« sagte Monty und zuckte betont mit den Achseln. »Wer hält dich denn davon ab, Alter?«

Ned ging um ihn herum, und dieses Mal ließ der Jugendliche ihn in Ruhe. Als er wegging, hörte Ned, daß Monty irgend etwas auf Spanisch sagte, und die anderen lachten.

Ein richtiger Freddie Prinze, dachte Ned.

Als Ned seine im dritten Stock auf der Rückseite des Gebäudes gelegene kleine Küche betrat, rief er: »Molly, ich bin wieder da!« Zur Sicherheit schloß er die Tür hinter sich zweimal ab, hing seinen Mantel an einem hölzernen Kleiderhaken an der Wand auf und hinkte in ein kleines, vollgestopftes Wohnzimmer. »Molly!« rief er ein zweites Mal. Dann blieb er stehen. Ein kaltes Gefühl überkam ihn, das ihm sagte, daß er sich allein im Apartment befand. »Molly?«

Er streckte seinen Kopf in die enge Pullman-Küche, dann zog er einen Vorhang zurück, hinter dem sich eine winzige Schlafnische verbarg.

»Molly, wo bist du?«

Als er ein letztes Mal diese Frage stellte, wußte Ned, daß er die Katze nicht finden würde. Er eilte ins Badezimmer. Das Fenster stand etwa zehn Zentimeter weit offen. Ned schob es ganz nach oben und streckte seinen Kopf hindurch. Drei Stockwerke unterhalb spielten ein paar Kinder in der Gasse mit einer Blechdose Fußball. Ein Sims führte vom Fenster zu einem Absatz der hinteren Treppe.

»Molly!« rief Ned etliche Male.

Nur wenige Augenblicke später war er draußen vor dem Haus, schaute in alle Richtungen und suchte die Straße ab. Als Monty und seine Freunde ihn sahen, schlenderten sie zu dem Platz herüber, an dem er stand.

»Was ist los, Alter?« fragte Monty. »Hast du was verloren?«

»Meine Katze«, sagte Ned. Zwei argwöhnische Augen richteten sich auf Monty und seine Freunde. »Ihr werdet sie doch nicht zufällig gesehen haben, oder?«

»Gibt es eine Belohnung?« erkundigte Monty sich.

Ned dachte kurz über die Frage nach. Es gab noch eine alte Uhr von seiner verstorbenen Frau, die er wahrscheinlich verkaufen konnte. »Wenn die Katze unverletzt ist, könnte das durchaus sein. Wißt ihr, wo sie ist?«

Monty drehte sich zu den anderen um. »Hat jemand die Katze des Alten gesehen?« fragte er, wobei jegliches Interesse für die Sache fehlte. Als alle mit den Achseln zuckten und erklärten, sie hätten keine Ahnung, sagte er zu Ned: »Tut mir leid, Alter. Wenn du den Scheck vom Briefträger hättest zustellen lassen, wärest du zu Hause gewesen und hättest auf deine Katze achtgeben können. Siehst du, welchen Preis du für deine Habgier zahlst?« Dann stolzierte er wieder die Straße hinunter, seine Anhänger hinter ihm her. Ned fühlte sich mies und beobachtete sie den ganzen Weg bis zur Straßenecke, an der sie abbogen und dann nicht mehr zu sehen waren. Ein altes Magengeschwür schmerzte plötzlich wie aufgewühlte Säure in seinem Magen.

»Molly!« rief er und ging am Häuserblock entlang. »Molly! Komm hierher! Miez, miez, miez!«

Er suchte bis weit nach Anbruch der Dunkelheit nach der Katze.

Am nächsten Morgen war Ned schon früh auf den Beinen und wieder draußen, um seine Suche fortzusetzen. Er kämmte den ganzen Häuserblock bis zur Ecke durch, dann kam er in umgekehrter Richtung wieder zurück. Vor dem Drugstore stieß er wieder auf Monty. Dieses Mal war der Jugendliche allein, lehnte gegen die Hauswand, aß einen schlabberigen Hamburger und trank aus einer Halbliterpackung Milch.

»Suchst du immer noch nach dieser Katze, Alter?« wollte Monty wissen. Sein Tonfall war eine Mischung aus Ungläubigkeit und Gereiztheit.

»Ja.«

»Mann, warum gehst du nicht einfach in die nächstbeste Gasse und holst dir eine andere Katze? Da muß noch ein ganzes Dutzend herumlaufen.«

147

»Ich will aber diese Katze. Als meine Frau noch lebte, gehörte sie ihr.«

»Zum Teufel, Mann, eine Katze ist eine Katze!« erwiderte Monty.

Shavelson, der Besitzer des Drugstore, kam mit dem Besen in der Hand nach draußen. »Willst du dir einen halben Dollar verdienen und den Gehsteig fegen?« fragte er Monty, der ihn anschaute, als wäre er schwachsinnig, sich dann verächtlich abwandte und die Frage nicht einmal einer Antwort würdig hielt. Shavelson zuckte mit den Achseln und begann, den Abfall selber zum Straßenrand zu fegen. »Bist ja früh auf«, meinte er zu Ned.

»Meine Katze ist weg«, sagte Ned. »Vielleicht ist sie aus dem Badezimmerfenster entwischt, als ich gestern in der Innenstadt war.«

»Warum gehst du nicht einfach in die nächstbeste Gasse…«

Ned schüttelte bereits den Kopf. »Ich will *diese* Katze.«

»Vielleicht hat sie ja das Tierheim eingesammelt«, schlug Shavelson vor. »Gestern sind sie mit ihrem Laster im ganzen Viertel herumgefahren.«

Die Worte des Ladenbesitzers ließen Ned einen kalten Schauer den Rücken herunterlaufen. »Das Tierheim?«

»Ja. Das städtische Tierasyl, weißt du? Sie fahren mit einem Laster durch die Gegend …«

»Der war gestern hier? An diesem Häuserblock?«

»Ja.«

»Wohin bringen sie die gefangenen Tiere?« fragte Ned. Sein Mund wurde immer trockener.

»Ich glaube, ins Tierheim drüben auf der Zwölften Straße. Sie müssen sie dort für zweiundsiebzig Stunden aufbewahren, um zu sehen, ob jemand Anspruch auf sie erhebt.«

Durch diesen Gedanken viel zu sehr beunruhigt, um Shavelson zu danken, eilte Ned wieder zurück und ging ins Haus. Fünf Minuten später kam er wieder zum Vorschein, hatte einen Mantel übergezogen und hielt in einer Hand seine Busfahrkarte. Er überquerte die Straße und ging zur Bushaltestelle. Während er dastand, starrte er die Straße entlang, als könne er durch bloße Willenskraft einen Bus erscheinen lassen.

Monty, der seinen Hamburger aufgegessen und die Milch ausgetrunken hatte, setzte sich vor Shavelsons Laden an den Straßenrand, rauchte eine Zigarette und las eine der Morgenausgaben aus dem zum Laden gehörenden Zeitungsständer auf dem Gehsteig. Von Zeit zu Zeit blickte er zu Ned hinüber und wunderte sich, wie viele Mühen der Alte wegen einer Katze auf sich nahm. Monty kannte einige Hinterhöfe im Viertel, in denen es knietief von Katzen nur so wimmelte.

Ein leichter Regen setzte ein. Monty stand auf, faltete die Zeitung zusammen und reichte sie Shavelson, als dieser herauskam, um seine Zeitungen in den Laden zu holen.

»Bist du sicher, daß du sie durch hast?« fragte Shavelson. »Sind keine Gutscheine mehr drin oder etwas ähnliches, das du gerne rausreißen möchtest?«

Montys Augen verengten sich unmerklich. »Eines Tages wirst du das Falsche zu mir sagen, Mann«, warnte er. »Dann kommst du her, um deinen Laden aufzuschließen und findest nur noch einen Haufen Asche.«

»Das würdest du *mir* zuliebe tun?« entgegnete Shavelson schlagfertig.

Als der Ladenbesitzer wieder hineinging, hatte sich der Sprühregen zu einem Nieselregen gesteigert. Vom Eingang aus blickte Monty wieder zur Bushaltestelle hinüber. Ned stand immer noch da, sein einziges Zugeständnis an den Regen war ein hochgeklappter Kragen. Ist das denn die Möglichkeit mit diesem alten Narren? dachte Monty. Er nimmt wegen dieser Katze mehr Umstände in Kauf als die meisten Leute wegen ihrer Kinder.

Er warf die Zigarette in den Rinnstein, trottete den Block entlang und stieg in einen alten Chevrolet, in dem zwei überdimensionale Samtwürfel am Rückspiegel baumelten. Er brachte den Motor ein wenig auf Touren, horchte mit Genugtuung auf das Grollen des zerfressenen Auspufftopfes, wendete und fuhr zur Haltestelle.

»Steig ein, Alter«, sagte er und beugte sich zum Beifahrerfenster hinüber. »Ich fahre an der Zwölften Straße vorbei und nehme dich mit.«

Ned warf ihm einen mißtrauischen Blick zu. »Nein, danke! Ich warte auf den Bus.«

»He, Mann, in dieser Stadt in deinem Alter auf den Bus zu warten ist nicht besonders clever. Drüben in der Bates Street ist eine alte Dame letzte Woche an einer Bushaltestelle *gestorben*, weil sie so lange herumstand. Außerdem regnet es, falls du das noch nicht bemerkt haben solltest.« Montys Stimme wurde einen Hauch weicher. »Komm schon, steig ein.«

Ned blickte ein letztes Mal die Straße hoch, merkte, daß immer noch kein Bus zu sehen war, dachte an die im Tierheim eingesperrte Molly und stieg ein.

Während sie dahinfuhren, steckte sich Monty eine weitere Zigarette an und blickte zu seinem Beifahrer hinüber. »Du dachtest wohl, ich und meine Jungs hätten etwas mit deiner Katze angestellt, was?«

»Der Gedanke kam mir wohl«, gab Ned zu.

»Hör mal gut zu! Ich habe Besseres mit meiner Zeit zu tun, als mich mit irgendeiner Katze abzugeben. Weißt du, für dein Alter bist du nicht besonders schlau.«

Ned gab ein leises Grunzen von sich. »Ich will hier nicht mit dir streiten«, sagte er.

In der Zwölften Straße fuhr Monty vor dem Tierheim an den Straßenrand. »Ich muß hier ganz in der Nähe jemanden besuchen. Das dauert etwa eine Viertelstunde. Wenn du deine Katze bekommen hast, komme ich zurück und nehm dich wieder mit.«

Ned warf ihm für einen flüchtigen Augenblick einen prüfenden Blick zu. »Gibt es irgendeinen Preis für den Teenager des Jahres, von dem ich nichts weiß?«

»Sehr witzig. Du bist ein richtiger – wie hieß er doch gleich? – Jack Albertson, nicht wahr?«

Am Informationsschalter des Tierheims fragte eine Frau mit ausgesprochen konventionell zurechtgemachten Haaren und vornehmem Gehabe: »Hat das Tier eine Steuermarke am Halsband getragen?«

»Nein, es …«

»Hat das Tier eine Identifizierungsmarke am Halsbhand getragen?

»Nein, es hatte überhaupt kein Halsband an. Es ist eigentlich eine Katze, die sich nur in der Wohnung aufhält, wissen Sie …«

»Sir«, sagte die Frau, »unsere Vollstreckungsbeamten suchen keine Wohnung auf und nehmen Tiere mit.«

»Ich glaube, sie ist aus dem Badezimmerfenster entwischt.«

»Dadurch wird sie zu einem auf der Straße herumstreunenden Tier, ohne Steuermarke und nicht identifizierbar.«

»Oh, ich kann sie schon identifizieren«, versicherte Ned der Frau. »Und wenn ich sie rufe, kommt sie auch direkt zu mir. Können Sie mir nicht kurz die Katzen zeigen, die Sie gestern eingesammelt haben …«

»Sir, haben Sie eigentlich eine ungefähre Vorstellung davon, wie viele streunende Tiere wir jeden Tag mit unseren Lastwagen einsammeln?«

»Nein, wieso? Ich habe noch nie …«

»*Hunderte!*« sagte man ihm. »Und nur die Tiere mit Steuer- oder Identifizierungsmarken werden im Tierheim behalten.«

»Ich dachte, man müsse alle Tiere drei Tage dabehalten, damit ihre Eigentümer Zeit genug haben, um ihren Anspruch geltend zu machen«, sagte Ned. Er erinnerte sich noch gut an das, was ihm Shavelson erzählt hatte.

»Sie hören mir nicht zu, Sir. Nur die Tiere mit Steuer- oder Identifizierungsmarke werden für den gesetzlich vorgeschriebenen Zeitraum von zweiundsiebzig Stunden hierbehalten. Die Tiere ohne Marken werden direkt zur Verwertungsanstalt gebracht.«

Ned wurde weiß. »Ist das der Ort, an dem sie … an dem sie …?« Die Worte wollten ihm nicht über die Lippen kommen.

»Ja. Es ist der Ort, an dem streunende Tiere eingeschläfert werden.« Einen Herzschlag lang hielt sie inne. »Entweder das, oder sie werden verkauft.«

Ned runzelte die Stirn. »Verkauft?«

»Ja, Sir. An Labors. Um dazu beizutragen, daß sich die Arbeit unseres Amtes auch trägt.« Ihr Blick flog über Neds schäbige Kleidung. »Mit Steuergeldern läßt sich nicht *alles* bezahlen, wissen Sie.« Doch unwissentlich hatte sie Ned einen Funken Hoffnung vermittelt.

»Können Sie mir die Adresse dieser … Verwertungsanstalt geben?«

Die Frau kritzelte eine Adresse auf einen Zettel und schob ihn über die Theke zu ihm hin. »Wenn Ihre Katze gestern abend eingesammelt wurde, könnte sie noch da sein«, meinte sei. »Katzen werden zwischen eins und drei beseitigt. Wenn es ein Hund gewesen wäre, hätten sie Pech gehabt. Die Hunde beseitigen sie nachts zwischen acht und elf; von ihnen gibt es nämlich mehr. Das liegt daran, daß sie einfacher zu fangen sind. Sie vertrauen den Menschen. Katzen tun das nicht …«

Als Ned sich die Adresse schnappte und nach draußen eilte, redete sie immer noch.

Monty wartete am Straßenrand.

»Ich dachte nicht, daß du schon so schnell wieder da bist«, sagte Ned und stieg in den Wagen.

»Der Kerl, den ich besuchen wollte, war nicht da«, erzählte ihm Monty. Es war gelogen. Monty war lediglich einmal um den Block gefahren.

»Sie haben meine Katze mitgenommen, um sie zu vergasen«, sagte Ned drängend. »Wenn ich jedoch rechtzeitig da bin, kann ich sie vielleicht noch retten.« Er reichte Monty den Zettel. »Das ist die Adresse. Es ist ganz schön weit draußen am Stadtrand, aber wenn du mich hinbringst, werde ich dir das bezahlen.« Er zog eine bemitleidenswert abgenutzte Brieftasche aus seiner Tasche; es war eines dieser altmodischen Modelle mit Reißverschlüssen an drei Seiten. Als er sie öffnete, konnte Monty etliche ausgeblichene Zellophaneinlagen sehen, in denen Fotos steckten. Es waren alte Fotos. Bis auf ein Papierbild von June Allyson, das von Anfang an in der Brieftasche gewesen war, waren alles Schwarzweißfotos.

Ned zog ein paar Banknoten aus der Papiergeldtasche, alles Eindollarnoten. »Weil ich meinen Scheck noch nicht ein-

152

gelöst habe, habe ich nicht viel Geld dabei, aber zumindest kann ich dir etwas Sprit kaufen.«

Monty schob die Hand mit dem Geld beiseite und ließ den Motor an. »Ich *kaufe* doch keinen Sprit, Mann!« höhnte er. »Ich habe damit aufgehört, als die Gallone einen Dollar kostete.«

»Und wo bekommst du ihn dann?« fragte Ned.

»Ich sauge ihn ab. Aus den hinter der Bezirkswache abgestellten Polizeiwagen. Das ist die einzige Stelle, an der Autos auf einem unbewachten Parkplatz stehen.« Er warf ihm ein kurzes Lächeln zu. »Das liegt daran, daß es keiner *wagen* würde, aus einem Polizeiwagen Sprit abzusaugen, wenn du weißt, was ich meine.«

Sie kamen auf eine Schnellstraße und fuhren Richtung Stadtrand. Monty rauchte während der Fahrt und trommelte im Takt der aus dem Autoradio dringenden Rockmusik mit den Fingern auf dem Lenkrad herum. Ned blickte auf eine Narbe, die an der rechten Wange des jungen Mannes nach unten lief. Sie war dünn und gerade, machte einen fast chirurgischen Eindruck und war wahrscheinlich von einem Rasiermesser verursacht worden. Ned hatte sich schon seit langer Zeit über diese Narbe gewundert. Jetzt wäre ein passender Zeitpunkt, Monty danach zu fragen, wie er sich die Narbe zugezogen hatte, aber Ned sorgte sich viel zu sehr um Molly. Sie war eine überaus alte Katze, fast vierzehn Jahre alt. Er hoffte, daß sie nicht durch das Trauma des Einfangens und Einsperrens an Herzschlag gestorben war. Wenn sie noch lebte, würde sie so froh sein, ihn zu sehen, daß Ned daran zweifelte, ob sie jemals wieder aus dem Badezimmerfenster klettern würde.

Nach einer Fahrt von einer halben Stunde auf der Schnellstraße fuhr Monty ab und zu einem großen, einem Speicher ähnelnden Gebäude am Rand des städtischen Wasserwerks. Auf einem Schild über dem Eingang stand einfach nur: *Tierheim – Einheit E.*

E für Endstation, dachte Ned. Als Monty den Wagen mit einer Vollbremsung zum Stehen brachte, hatte Ned bereits die Tür aufgerissen.

»Willst du, daß ich mit dir komme?« fragte Monty.

»Wozu?« wollte Ned wissen und runzelte die Stirn.

Der Jüngere zuckte mit den Achseln. »Damit sie dich nicht schikanieren. Manchmal gibt es Leute, die das mit alten Menschen machen.«

»Ach, wirklich?« erwiderte Ned sarkastisch.

Monty wandte seinen Blick ab, schaute ins Leere. »Willst du jetzt, daß ich mit hineinkomme, oder nicht?«

»Ich kann selber damit fertig werden«, gab Ned ihm barsch zu verstehen.

Der Angestellte an diesem Schalter, ein dünner, kaugummikauender junger Mann mit einem halben Dutzend Kugelschreibern in einem Plastikhalter in der Hemdtasche überprüfte die Zettel an einem Wandbrett und sagte: »Nein, Sie kommen zu spät. Der ganze Haufen von gestern wurde heute morgen in aller Frühe an eines der Labors aus unserem Kundenkreis ausgeliefert.«

Ned wurde warm; er fühlte einen leichten Brechreiz. »Meinen sie, die würden mir meine Katze vielleicht wieder zurückverkaufen?« fragte er. »Wenn ich hinüberfahren würde?«

»Sie können da nicht hin«, sagte der Angestellte. »Es ist uns nicht gestattet, die Namen oder Adressen einer unserer Laborkunden weiterzugeben.«

»Ach!« Ned befeuchtete die Lippen. »Meinen Sie, Sie könnten vielleicht für mich dort anrufen und ihnen sagen, ich würde gerne irgendeine Vereinbarung treffen, um meine Katze zurückzukaufen?«

Der Angestellte schüttelte bereits den Kopf. »Für so etwas habe ich keine Zeit, Mister!«

»Ein einfacher Telefonanruf«, flehte Ned. »Das dauert doch nur ...«

»Schauen Sie, Mister, ich sagte nein. Ich bin eine sehr beschäftigte Person.«

Genau in diesem Augenblick trat neben Ned jemand an den Schalter. Überrascht sah Ned, daß es Monty war. Er legte seine Hände mit den Handflächen nach unten auf den Schalter und lächelte den Angestellten an.

»Wann haben Sie frei, Sie sehr beschäftigte Person?« fragte er.

»Der Angestellte begann nervös zu zwinkern. »Äh … Warum wollen Sie das wissen?«

»Ich bin einfach nur daran interessiert, zu erfahren, zu welchen Zeiten eine sehr beschäftigte Person arbeitet.« Montys Lächeln verflog und sein starrender Blick wurde eisig. »Wenn Sie nicht wollen, brauchen Sie es mir nicht zu sagen. Ich kann draußen warten und es selbst herausfinden.«

Der Angestellte hörte auf, seinen Kaugummi zu kauen. Er wurde blaß und wirkte auf einmal sehr ungesund. »Nanu, äh … Warum wollen Sie das tun?«

»Weil ich nichts Besseres zu tun habe«, antwortete Monty. »Ich *wollte* ja diesen alten Mann hier zu diesem Labor fahren und versuchen, seine Katze wiederzubekommen. Aber wenn er nicht weiß, wo das Labor ist, kann ich das nicht machen. Daher werde ich mich einfach hier ein wenig herumtreiben.« Ohne zu lächeln, zwinkerte er dem Angestellten zu. »Wir sehen uns, Mann!«

Monty ergriff Neds Arm und bewegte ihn auf die Tür zu.

»Nun … warten Sie einen Moment!« rief der Angestellte.

Monty und Ned drehten sich zu ihm um und sahen, wie er in einer Schublade unter dem Schalter herumwühlte. Er fand ein Blatt mit den Kopien dreier Namen und Adressen. Mit einem Kugelschreiber aus der Sammlung in seiner Hemdtasche kreiste er eine der Adressen ein. Monty ging zum Schalter zurück und nahm das Blatt Papier an sich.

»Wenn es sich herausstellt, daß sie uns erwarten«, sagte Monty, »werde ich wissen, wer sie gewarnt hat. Haben wir uns verstanden, Mann?«

Der Angestellte nickte. Er schluckte trocken, der Kaugummi war weg.

An der Tür sagte Monty mit einem Blick auf die Adresse mit dem Kreis darum: »Na, komm schon, Alter. Dieser Ort ist eindeutig auf der anderen Seite der Stadt. Bist du dir sicher, daß es nicht auch eine der Katzen aus der Gasse tun würde?«

Auf ihrem Weg zum Labor fragte Ned: »Warum hilfst du mir so?«

Monty zuckte mit den Achseln. »Es ist ein langweiliger Mittwoch, Mann.«

Ned musterte den Jüngeren eine ganze Weile, dann stellte er fest: »Wenn deine Gang nicht bei dir ist, bist du ganz anders.«

Monty warf ihm ein verächtliches Lächeln zu. »Du willst mich wohl – wie heißt das doch gleich? – analysieren, was, Alter? Wirst mir wahrscheinlich erzählen, ich hätte mir ›soziale Werte bewahrt‹ oder so was!«

»Ganz so weit würde ich nicht gehen«, entgegnete Ned trocken. »Jedenfalls hört sich das für mich so an, als *hätte* man dich bereits analysiert.«

»Viele Male«, erzählte ihm Monty. »Als sie mich damals von meiner Alten wegholten, weil es die ›ungeeignete Umgebung‹ für mich war, ließen sie mich von irgendeinem Psychiater analysieren. Als ich von den Pflegestellen weglief, in die sie mich steckten, analysierten mich andere Psychiater. Nachdem ich eingebuchtet wurde und wegen einiger Einbrüche auf das Verfahren vor dem Jugendgericht wartete, wurde ich wieder analysiert. Als sie mich in die Besserungsanstalt im Süden schickten, wurde ich ebenfalls analysiert. In diesem Staat stehen sie auf Analysieren.«

»Haben sie dir jemals gesagt, was bei diesen ganzen Analysen herausgekommen ist?«

»Klar. Ich bin unverbesserlich. Und irgendwann soll ich ein ›gesellschaftsfeindliches Element‹ werden. Weißt du eigentlich, was das ist?«

»Nicht genau«, gab Ned zu.

Monty zuckte mit den Achseln. »Ich auch nicht. Ich nehme an, wenn ich es bin, weiß ich es.«

Schweigend fuhren sie noch einige Augenblicke weiter. Dann sagte Ned: »Na ja, jedenfalls bin ich dir dankbar für deine Hilfe!«

»Vergiß es!« erwiderte Monty. Unverwandt starrte er nach vorne auf die Straße, würdigte Ned keines Blickes. Einige Sekunden später fügte er hinzu: »Erzähl bloß keinem davon!«

»In Ordnung«, willigte Ned ein.

Ihr Ziel auf der anderen Seite der Straße war ein großes, quadratisches, zweistöckiges Gebäude am Rand eines Waldschutzgebietes. Es wurde von einem Sicherheitszaun umgeben; das Eingangstor war mit einem Wachmann besetzt. Ein Schild über dem Eingang verkündete: *Verbraucherorientierte Labordienste.*

Monty parkte vor dem Tor und folgte Ned zum Posten des Wachmanns. Ned erklärte, was er wollte. Der Mann vom Sicherheitsdienst nahm seine Dienstmütze ab und kratzte sich am Kopf. »Ich weiß nicht recht. Dieser Fall kommt in meinem Handbuch nicht vor. Ich muß anrufen und herausfinden, ob sie Tiere auch wieder zurückverkaufen.«

Ned und Monty warteten, während der Wachmann telefonierte. Er sprach erst mit einer Person, wurde dann an jemand anderen durchgestellt und mußte seine Geschichte schließlich für einen Dritten noch ein weiteres Mal erzählen. Dann legte er endlich auf und sagte: »Mr. Hartley von der Abteilung Öffentlichkeitsarbeit kommt heraus und wird mit Ihnen sprechen.«

Mr. Hartley war ein freundlicher Mann, aber fest entschlossen, nicht mit den beiden zu kooperieren. »Tut mir leid, aber da können wir Ihnen nicht helfen«, sagte er, als Ned ihm von Mollys Misere erzählt hatte. »Wir haben hier mindestens einhundert Kleintiere – Katzen, Hunde, Kaninchen, Meerschweinchen –, die alle wissenschaftlichen Testverfahren unterzogen werden. Sogar bei den heute morgen angelieferten Tieren haben die Versuche bereits begonnen. Wir können das Verfahren unmöglich unterbrechen, um eine bestimmte Katze zu finden.«

»Aber es ist *meine* Katze«, beharrte Ned. »Sie ist nicht obdachlos oder ein streunendes Tier. Sie gehörte meiner verstorbenen Frau ...«

»Mr. Price, das verstehe ich«, unterbrach ihn Hartley, »doch das Tier befand sich nun einmal im Freien und trug weder eine Steuer- noch eine Identifizierungsmarke am Halsband. Es wurde ganz legal aufgegriffen und ganz legal an uns verkauft. Ich fürchte, es ist einfach zu spät.«

Während sie sich unterhielten, hielt ein Bus vor dem Tor.

Hartley winkte dem Fahrer zu, dann wandte er sich an den Wachmann. »Das sind die Leute von der Kosmetikfirma *Perlen und Diamanten*, Fred. Lassen Sie sie durch und rufen Sie dann Mr. Draper. Er wird sie auf einen Rundgang führen.«

Als der Bus durch das Tor fuhr, drehte sich Hartley wieder um und wollte die Diskussion mit Ned fortsetzen, doch Monty trat einen Schritt vor, um ein gutes Wort einzulegen.

»Wir verstehen Sie, Mr. Hartley«, sagte Monty in auffallend höflichem Ton. »Wir sind uns sicher, wenn Sie könnten, würden Sie uns helfen. Bitte akzeptieren Sie unsere Entschuldigung dafür, daß wir Ihre Zeit in Anspruch genommen haben.« Monty reichte ihm die Hand.

»Ist schon in Ordnung«, sagte Hartley und schüttelte ihm die Hand.

Ned starrte Monty ungläubig an. Der Macho hatte sich plötzlich in einen Duckmäuser verwandelt.

»Komm schon, alter Knabe«, sagte Monty und legte Ned einen Arm um die Schultern. »Wir gehen einfach in eine Tierhandlung und kaufen dir ein neues Kätzchen.«

Ned ließ sich in den Wagen zurückführen, wollte dann aber wissen: »Was zum Teufel ist denn in dich gefahren?«

»Mit diesem Typ verschwendest du doch nur deine Zeit«, sagte Monty. »Man hat ihm einprogrammiert, zu lächeln und nein zu sagen, ganz gleich, was du von ihm willst. Wir müssen einen anderen Weg finden, um deine Katze zu bekommen.«

»Welchen anderen Weg?«

Monty grinste. »So was wie durch die Hintertür, Mann.«

Sie fuhren vom Vordertor weg, und Monty fand einen Kiesweg, auf dem er langsam das eingezäunte Gelände des Labors umrundete. An jeder Seite der Anlage befanden sich hinter dem Zaun etliche Lagerhäuser und kleinere Fabrikgebäude. Auf der Vorderseite verlief hinter einer Zufahrtsstraße der Highway, das staatlich geschützte Waldgebiet wuchs bis direkt an den hinteren Zaun heran.

Monty drehte eine volle Runde um den Komplex, den das Labor und dessen Nachbargebäude bildeten. Dann sagte er: »Ich denke, wir gehen am besten so vor: Wir parken im

Wald, gehen bis vor den hinteren Zaun und schleichen uns von da aus hinein.«

»Du meinst, wir sollen uns unbemerkt hineinschleichen und meine Katze *stehlen*?« fragte Ned.

Monty zuckte mit den Achseln. »Sie haben das Tier doch auch dir gestohlen«, meinte er.

Ned starrte ihn an. »Ich bin zweiundsechzig Jahre alt«, sagte er. »Ich habe in meinem ganzen Leben noch nie gegen das Gesetz verstoßen.«

»Tatsächlich?« sagte Monty und runzelte die Stirn. Er konnte daran nichts Bedeutsames finden. Die Blicke der beiden Männer begegneten sich, der eine war jung, der andere alt, und beide waren so ungeheuer verschieden. Schweigend starrten sie sich an. Es kam ihnen sehr lange vor.

Sie parkten auf dem Seitenstreifen des Kiesweges und hatten die Fenster heruntergelassen. Die Luft, die in den Wagen drang, war vom Morgenregen noch ganz frisch. Ned verspürte den Geruch nasser Erde. Nur wenige Meter den Weg hoch lenkte eine Bewegung seine Aufmerksamkeit auf sich. Er beachtete Monty nicht weiter. Die Bewegung kam von einem grauen Eichhörnchen, das über den Weg in die Sicherheit des angrenzenden Waldes flitzte. Als Ned das Tierchen beobachtete, das wild und frei war, mußte er an die Tiere im Labor denken, die nicht frei waren – an die Hunde, die Kaninchen, die Meerschweinchen.

Und an die Katzen.

»Okay«, sagte er zu Monty. »Nehmen wir den Hintereingang!«

Monty parkte an einem der öffentlichen Picknickplätze, holte einen Bolzenschneider aus dem Kofferraum und hielt ihn mit einer Hand unter seiner Jacke fest.

»Wozu hast du denn das dabei?« fragte Ned und merkte sofort, daß seine Frage ziemlich naiv war.

»Um Gutscheine auszuschneiden, Mann«, antwortete Monty. »Gutscheine ersparen einem bei Artikeln des täglichen Bedarfs einiges an Geld.«

Die beiden Männer machten sich auf den Weg, gingen zwischen den Bäumen hindurch zum hinteren Teil des zum Labor gehörenden Sicherheitszauns. Sie kauerten sich hin und musterten die Rückseite des Komplexes. Montys Blick fiel sofort auf eine Laderampe, zu der eine einspurige Zufahrt führte, die an einer Seite des Gebäudes um die Ecke kam. »Dort kommen wir hinein«, sagte er. »Oben befestigte Schiebetüren sind leicht zu öffnen. Doch laß uns erst mal nachschauen, ob Saft auf dem Zaun ist.« Er achtete darauf, daß die Hände nur auf den mit Gummi überzogenen Griffen lagen, dann berührte er sachte mit der Spitze des Bolzenschneiders den Metallzaun. Der Kontakt ließ keine Funken überspringen. »An der Oberfläche ist nichts«, sagte er.

»Dann wollen wir mal nachschauen, wie es innen aussieht. Einige der neuen Sicherheitszäune haben da einen isolierten Stromkreis.« Schnell und erfahren spreizte er den Bolzenschneider und kniff ein Metallglied durch. Wieder entstanden keine Funken. »Das wird ja ein Kinderspiel.«

Mit geübtem Auge legte er fest, wie er vorgehen würde, und knipste rasch genau so viele Metallverbindungen durch, daß eine Öffnung geschaffen wurde, die groß genug war, um beide hindurchzulassen. Dann ergriff er den ausgeschnittenen Teil und bog ihn wie eine Tür etwa zwanzig Zentimeter weit auf. Den Bolzenschneider versteckte er in der Nähe im Unkraut.

»Also, das ist unsere Geschichte«, sagte er zu Ned. »Wir spazierten durch die öffentlichen Wälder und sahen das Loch, das in den Zaun geschnitten war. Wir dachten, es sei unsere Bürgerpflicht, jemanden davon in Kenntnis zu setzen, und sind daher nach innen gekrochen, um jemanden zu suchen. Wenn wir geschnappt werden, bleib bei dieser Geschichte. Kapiert?«

»Kapiert«, bestätigte Ned.

Monty zwinkerte ihm anerkennend zu. »Dann laß es uns tun, Alter.«

Vorsichtig bewegten sie sich durch die Öffnung. Monty bog den ausgeschnittenen Teil wieder an seinen Platz zurück. Dann gingen sie aufrecht und ohne den Versuch, sich zu beeilen oder zu verstecken, auf die Laderampe zu. Ned war nervös, Monty jedoch blieb ganz gelassen; er pfiff sogar leise eine kleine Melodie. Als er Neds Ängstlichkeit bemerkte, grinste er ihn kurz an.

»Entspann dich, Alter. Wir werden vierzig, vielleicht fünfzig Sekunden brauchen, um bis zu dieser Laderampe zu kommen. Die Chancen, daß uns jemand in dieser kurzen Zeitspanne sieht, sind ungeheuer winzig, Mann. Und selbst wenn sie uns sehen, was kann uns das schon anhaben? Wir haben doch unsere Geschichte, nicht wahr?«

»Ja, genau«, antwortete Ned und versuchte, zuversichtlich zu klingen.

Doch wie Monty vorhergesagt hatte, erreichten sie die Laderampe unbeobachtet und ohne von jemandem angerufen zu werden. Sobald sie auf ihr standen, spähte Monty durch ein kleines Fenster in einer der Türen. »Nur ein großer Raum mit einer Menge Arbeitstische«, sagte er ruhig. »Sieht so aus, als wenn keiner in der Nähe ist. Hey, diese Versorgungstür ist ja offen. Na, komm!«

Sie gingen hinein und kamen in einen großen Raum, der mit auf dem Fliesenboden befestigten und wie Schlachtbänke wirkenden Tischen ausgestattet war. Über jedem Tisch hingen eine ganze Reihe mit der Decke verbundener Schläuche. Als die zwei Männer dastanden und den Raum musterten, hörten sie plötzlich eine näherkommende Stimme. Rasch duckten sie sich hinter einen der Tische.

Eine Innentür öffnete sich, und ein Mann führte eine Gruppe von Leuten in den Raum. Er erzählte: »Das ist unser Empfangsbereich, meine Damen und Herren. Hierhin werden die Tiere, die wir kaufen, gebracht, und unsere Labortechniker benutzen diese Tische dazu, um die Tiere zu waschen und von Ungeziefer zu befreien. Dann werden sie in unser Testlabor nebenan gebracht, welches ich Ihnen als nächstes zeigen werde. Würden Sie sich bitte von dem Haufen dort einen Kittel nehmen, damit Sie Ihre Kleidung vor einem möglichen Kontakt mit irgendeiner der Substanzen schützen, die wir da drin benutzen?«

Ned und Monty spähten um den Tisch herum und beobachteten, wie die Leute Kittel überzogen und sich an der Tür wieder neu gruppierten. Als sie der Reihe nach herausmarschierten, gab Ned Monty einen Stups und sagte: »Los, komm schon!«

Monty grinste. »Allmählich begreifst du es, Alter!«

Die beiden zogen sich Kittel über und schlossen sich dem hinteren Teil der Gruppe an. Als sie durch den Flur hindurch in einen viel größeren Raum geführt wurde, folgten sie ihr. Lange Arbeitstische, auf denen Drahtgitterkäfige verschiedener Größen standen, bildeten eine Reihe von Gängen, die den Raum aufteilten. Jeder Käfig war numeriert und hatte eine kleine Einlaßöffnung, an deren Verschluß eine weiße Karte steckte. In jedem Käfig befand sich ein lebendes Tier.

»Unsere Testeinrichtung ist, wie wir glauben, die gegenwärtig beste ihrer Art«, sagte der Führer. »Wie Sie sehen können, haben wir eine ganze Reihe von Versuchstieren: Katzen, Hunde, Kaninchen, Meerschweinchen. Wenn wir bei einem bestimmten Versuch größere Tiere benötigen, können wir auch diese bekommen. Unsere Testverfahren können in jeder beliebigen Form durchgeführt werden. Wir können den Tieren die Testsubstanz durch Zwangsernährung einflößen, durch Zwangsbeatmung eingeben, sie zu einer Dermalform reduzieren und direkt auf die rasierte Haut des Tieres auftragen oder intravenös spritzen. Hier drüben werden beispielsweise Kaninchen dem sogenannten Draize-Test unterzogen. Dabei wird ihnen ein neues Haarspray direkt in ihre sehr empfindlichen Augen gesprüht, um so das Ausmaß der durch das Spray verursachten Reizungen zu messen. Direkt hinter den Kaninchen sehen Sie eine Gruppe junger Hunde, denen über eine Spritze mit einem an einer Handpumpe befestigten Schlauch Geschirrspülmittel direkt in den Magen gegeben wurde. Man nennt das einen inneren LD-50-Test. LD bedeutet tödliche Dosis, die Zahl fünfzig steht für eine Hälfte einer Gruppe von einhundert Tieren, an denen der Test durchgeführt wird. Wenn die Hälfte der Versuchsgruppe gestorben ist, haben wir ein genaues Meßinstrument für die Giftigkeit dieses Produktes. Dadurch bekommt die Firma, die das Produkt vermarktet, den Nachweis über eine Sicherheitsprüfung. Falls sie später gerichtlich belangt wird, weil irgendein Kind das Geschirrspülmittel verschluckt hat und daran gestorben ist, wird das wichtig. Im Verlauf dieser Versuche erfahren wir auch genau, wie sich eine bestimmte Substanz auf einen lebenden Körper auswirkt, indem wir beobachten, welche Symptome die Tiere zeigen: Krämpfe, Lähmungen, Zuckungen, Atemstillstand, Blindheit, wie es bei den Kaninchen dort der Fall ist ...«

Ned starrte auf die ihn umgebende Szenerie. Als er die hilflosen, in Käfige eingesperrten, gequälten Tiere betrachtete, bekam er eine Gänsehaut. Was waren hier eigentlich die Tiere, die Wesen in den Käfigen oder die Wesen außerhalb der Käfige? Als er einen Blick auf Monty warf, sah er, daß der jüngere Mann die gleiche Reaktion zeigte wie er – seine Augen waren geweitet, sein Gesicht hatte einen ungläubigen Ausdruck angenommen, seine Hände waren zu Fäusten geballt.

»Wir können praktisch jede Substanz oder jedes Produkt testen, das es gibt«, fuhr der Führer fort. »Wir testen alle Formen von Kosmetika und Schönheitshilfen, alle möglichen Waschmittel, Geschirrspülmittel und andere Putzmittel, jeden Nahrungsmittelzusatz, jeden Farbstoff, ferner alle Konservierungsmittel und alle neuen Chemikalien oder Arzneimittel – was immer Sie wollen. Zusätzlich zu den Diensten, die wir Privatfirmen anbieten, testen wir Pestizide für die Umweltbehörde, synthetische Substanzen für die Rauschgiftbehörde und eine ganze Reihe von Produkten für die Verbraucherschutzkommission, die sich um die Ungefährlichkeit von Konsumartikeln kümmert. Unsere Einrichtung ist so gut ausgestattet, daß fast keine Vorlaufzeiten erforderlich sind und wir unsere Kunden sofort bedienen können. Um ein Beispiel zu nennen: Ein Dutzend Katzen, die heute morgen zu uns gebracht wurden, befinden sich dort drüben bereits in einer Versuchsphase ...«

Ned und Monty folgten der Gruppe in einen anderen Gang, in dem der Führer auf die neu eingetroffenen Katzen hinwies und den Versuch erklärte, dem sie unterzogen wurden. Ned bemühte sich, über die Leute vor ihm hinwegzuschauen, und versuchte, Molly auszumachen.

Schließlich sagte der Führer: »Und wenn Sie mir jetzt folgen wollen, meine Damen und Herren, bringe ich Sie in unsere Cafeteria, in der Sie einige Erfrischungen genießen können, während unser für die Versuche zuständiges Personal Ihnen alle Fragen beantwortet, die Sie uns über die Art und Weise stellen, auf die wir *Perlen und Diamanten* Kosmetika helfen können, von kostspieligen Klagen bezüglich Ihrer Produkte befreit zu werden. Lassen Sie Ihre Kittel einfach auf dem Tisch vor der Tür liegen.«

Wieder duckten sich Ned und Monty hinter eine Werkbank, um sich zu verbergen, während die Leute der Reihe nach aus dem Raum marschierten. Als sich die Tür hinter der Gruppe geschlossen hatte, erhob sich Ned und eilte zu den Katzenkäfigen. Monty ging zur Labortür, um sie abzuschließen.

Ned fand Molly in einem der oberen Käfige. Sie lag auf der Seite und starrte mit großen Augen ins Leere. Der hintere Teil ihres Körpers war rasiert worden, und drei Nadeln für intravenöse Infusionen steckten in ihrer Haut und wurden mit Klebeband festgehalten. Die an den Nadeln befestigten Schläuche führten aus dem Drahtgitter heraus und zu drei kleinen Flaschen hoch, die über dem Käfig aufgehängt waren. An ihnen hingen die Schilder DUFTSTOFF, FARBSTOFF und POLYSORBAT 93.

Ned wischte sich mit dem Handrücken über die Augen. Er entriegelte die Drahtgittertür, griff in den Käfig und streichelte Molly. »Hallo, altes Mädchen«, sagte er. Molly öffnete den Mund, um zu miauen, aber kein Ton kam heraus.

»Diese dreckigen Schweine«, hörte Ned Monty flüstern. Als er sich umdrehte, sah er, wie der Jüngere die Karte an der Vorderseite von Mollys Käfig las. »Das ist irgendein Zeug, das als Haartönung benutzt wird«, sagte er. »Bei diesem Versuch will man sehen, ob die Katze fünf Stunden mit dieser Kombination von Stoffen in ihrem Körper leben kann.«

»Das kann ich beantworten«, sagte Ned. »Sie kann es nicht. Sie ist ja schon jetzt kaum noch lebendig.«

»Wenn wir sie zu einem Tierarzt bringen könnten, können wir sie vielleicht noch retten«, schlug Monty vor. »Man kann ja ihren Magen auspumpen oder so etwas.« Er deutete mit dem Kinn auf die Rückwand. »Durch eines dieser Fenster können wir wieder nach draußen kommen – sie liegen unserem Loch im Zaun genau gegenüber.«

»Mach eins auf«, sagte Ned. »Ich hole Molly da raus.«

Monty eilte zum Fenster hinüber, während Ned sanft das Klebeband löste und die in die Haut führenden Nadeln aus Mollys Fleisch zog. Noch einmal schaute ihn die alte Katze an und versuchte, einen Ton von sich zu geben, aber sie war zu schwach und dem Tod zu nahe. »Ich weiß, altes Mädchen«, sagte Ned leise. »Ich weiß, es tut weh.«

Als Monty das Fenster geöffnet hatte, bemerkte er in dessen Nähe etliche Käfige, in denen kleine Hunde aufgesprungen waren und herumliefen. Einige von ihnen bellten und wedelten mit dem Schwanz. Monty öffnete rasch ihre Käfige, nahm immer zwei von ihnen auf einmal heraus und ließ sie aus dem Fenster fallen.

»Führ diese Hündchen zum Zaun, Alter«, sagte er, als Ned mit Molly herüberkam.

»In Ordnung«, antwortete Ned. Er ließ Monty die sterbende Katze halten, als er seine arthritischen Beine mühsam über den Sims schob und sich auf den Erdboden sinken ließ. »Was ist mit dir?« fragte er, als Monty ihm die Katze herunterreichte.

»Ich werde noch ein paar andere Hündchen freilassen, und vielleicht auch einige von den Kaninchen, die sie blind machen. Geh schon mal zum Zaun, ich hole dich ein.«

Ned hinkte vom Gebäude weg, rief den Hündchen zu, sie sollten ihm folgen. Er führte sie zum Zaun, bog den ausgeschnittenen Teil wieder auf und ließ die Tiere hindurchhuschen. Als er selbst hindurchstieg, konnte er spüren, wie Molly in seinen Händen immer schlaffer wurde. Als er in den Schutz der Bäume gelangte, waren ihre Augen geschlossen, ihr Mund hatte sich geöffnet; sie war tot. Wieder kamen Ned die Tränen, er kniete sich hin, setzte die Katze aufrecht gegen einen Baumstamm und bedeckte sie mit einem alten, großen, roten Taschentuch, das er aus seiner Gesäßtasche zog.

Als er durch den Zaun spähte, sah er, daß Monty immer

noch Tiere aus dem Fenster hob. Zwei Dutzend Katzen, Hunde, Kaninchen und Meerschweinchen bewegten sich zaghaft auf dem Gras hinter dem Labor umher. Er muß jetzt da herauskommen, sonst wird er noch geschnappt, dachte Ned. Er kehrte durch die Öffnung im Zaun zurück und eilte wieder zum Fenster.

»Komm schon«, drängte er, als der Jüngere mit einem Kätzchen in jeder Hand ans Fenster trat.

»Nein ...« Monty warf die Kätzchen auf die Erde. »Ich lasse alle Tiere frei, die noch stehen können!«

Der alte und der junge Mann sahen sich in die Augen. Jeder Unterschied, den sie jemals zwischen sich verspürt hatten, löste sich auf.

»Dann reich mir deine Hand und hilf mir hoch«, sagte Ned.

Monty streckte seine Hand zu ihm herunter und zog ihn durch das Fenster hinauf.

Als sie verbissen daran arbeiteten, weitere Käfige zu öffnen und ihre Gefangenen aus dem Fenster zu schaffen, merkten sie auf einmal, daß jemand versuchte, die Labortür zu öffnen und merkte, daß sie verschlossen war. Einige Augenblicke später unternahm jemand einen zweiten Versuch. Eine Stimme von der Tür erwähnte einen Schlüssel. Die beiden im Innern des Labors arbeiteten noch schneller. Schließlich sagte Monty schwitzend: »Ich denke, das sind jetzt alle, die wir freilassen können. Der Rest ist dem Tod zu nahe. Laß uns zusehen, daß wir hier wegkommen!«

»Ich werde zuerst noch etwas anderes machen«, knurrte Ned.

Sich am offenen Fenster im Gleichgewicht haltend, fragte Monty: »Was?«

Ned ging auf ein Regal zu, in dem etliche große Plastikkannen mit Isopropylalkohol standen. »Ich werde diesen ganzen verdammten Kasten in Schutt und Asche legen!«

Monty raste zu ihm hin. »Und was ist mit den anderen Tieren?«

»Du hast doch selbst gesagt, daß sie fast tot sind. Zumindest wird sie das hier ohne weitere Qualen von ihren Leiden befreien.« Er öffnete eine Kanne und fing an, den Alkohol in den Raum zu schütten. Nach einem Moment der Unentschlossenheit tat es ihm Monty gleich.

Fünf Minuten später, im gleichen Augenblick, in dem jemand im Flur die Labortür aufsperrte, und etliche Leute hereinkamen, ließen sich Ned und Monty aus dem offenen Fenster fallen und warfen ein angezündetes Heftchen Streichhölzer hinter sich nach innen.

Das Labor verwandelte sich in einen einzigen Feuerball.

Während sich die Flammen ausbreiteten und das Gebäude brannte, schafften es Ned und Monty, die freigesetzten Tiere durch den Zaun zu bekommen und in die Wälder zu entlassen. Die Sirenen von Feuerwehr- und Polizeifahrzeugen durchdrangen die Stille des Nachmittags. Schreie und Rufe ertönten, als das in Flammen stehende Gebäude evakuiert wurde. Monty holte den Bolzenschneider und rannte auf den Wagen zu. Ned hinkte hastig hinter ihm her, blieb jedoch stehen, als er die Stelle erreichte, an der Molly unter dem roten Taschentuch lag. Ich kann sie hier nicht auf diese Art zurücklassen, dachte er. Sie war Neds Frau und nach ihrem Tod Ned selbst ein gutes und liebevolles Haustier gewesen. Sie hatte es verdient, begraben zu werden, sollte nicht neben einem Baum der Verwesung überlassen werden. Er ließ sich auf die Knie fallen und begann, mit den Händen ein Grab auszuheben.

Monty eilte zurück und sah, was Ned tat. »Die schnappen dich, Alter!« warnte er.

»Das ist mir egal!«

Als Monty davoneilte, grub Ned weiter.

Als er einige Minuten später Molly gerade unter die Erde gebracht hatte, war die Polizei da.

Weil Ned Ersttäter war und keiner in den Flammen verletzt wurde, verurteilte man ihn zu drei Jahren Gefängnis. Vierzehn Monate saß er davon ab. Als er wieder zu seinem Block zurückkehrte, wartete Monty auf ihn.

»He, Alter, ehemalige Strafgefangene geben einem Viertel einen schlechten Ruf«, tadelte Monty ihn.

»Du mußt es ja wissen«, erwiderte Ned schroff.

»Hast du die Wiener Würstchen und die Cracker und das ganze Zeug bekommen, das ich dir aus der Verpflegungsstelle geschickt hatte?«

»Ja.« Er machte sich nicht die Mühe, Monty zu danken; er wußte, es würde ihn nur peinlich berühren.

»Und wie hat dir der Laden gefallen, Alter?«

Ned zuckte mit den Achseln. »Hätte schlimmer sein können. Ein Zweiundsechzigjähriger mit einem lahmen Bein, da konnten sie mir nicht viel anhaben. Ich arbeitete in der Bücherei, kontrollierte die Ausgabe. Habe selber dazwischen viel gelesen. Meistens über Tiere.«

»Ist das dein Ernst?« Montys Augenbrauen fuhren in die Höhe. »Ich habe auch einiges über Tiere gelernt. Ich bin jetzt ein – wie heißt das doch gleich – freiwilliges Mitglied im ASPCA. Das ist diese Organisation, die sich um die Verhinderung von Grausamkeiten an Tieren kümmert.«

»Ich kenne sie«, sagte Ned. »Eine gute Organisation. Sag mal, ist eigentlich dieses Labor wieder aufgebaut worden?«

»Nein«, antwortete Monty. »Du hast ihnen richtig das Geschäft vermasselt, Alter!«

»Und verkauft das Tierheim immer noch an die anderen beiden Labors?«

»Soweit ich weiß, ja.«

»Hast du noch ihre Adressen?«

Monty lächelte. »Aber sicher!«

»Gut«, sagte Ned und nickte. Dann lächelte auch er.

Morde im Privatzoo

Edward D. Hoch

Die seltsame Kette von Ereignissen, die Sir Gideon Parrot und mich im Herbst letzten Jahres nach England brachte, braucht an dieser Stelle nicht wiedergegeben werden. Es mag genügen, zu sagen, daß wir in Zusammenhang mit dem kurz bevorstehenden Abschluß des Geschäftes dazu eingeladen wurden, einige Tage auf einer kleinen Insel vor der Küste Devons zu verbringen. Archibald Knore, der Erbe der Warenhauskette, der zehn Jahre und unzählige tausend Pfund dafür verwendet hatte, zu seiner eigenen Belustigung und der seiner Freunde einen Privatzoo zusammenzustellen, würde unser Gastgeber sein.

»Wie traf es sich eigentlich, daß du Knore kennengelernt hast?« fragte ich Gideon, als wir den schmalen Meeresarm überquerten, der das Festland von Placid Island trennte. Knore's war eine der größten Warenhausketten in Großbritannien, und die Einladung, einige Tage in derart illustrer Gesellschaft zu verbringen, hatte einen überaus starken Eindruck auf uns hinterlassen.

»Ich habe dem Mann einmal einen Gefallen getan«, erläuterte Gideon. »Es ist nicht gerade die Art von Gefallen, die man bei kultivierten Gesprächen erwähnt, und ich bezweifle, daß er das tun wird. Er besuchte eine junge Dame mit zweifelhaftem Ruf, und ich half ihm, aus ihrem Apartment zu flüchten, kurz bevor die Polizei dort eine Razzia machte. Doch das ist schon Jahre her. Ich glaube, Archibald ist jetzt seßhaft geworden und widmet seine ganze Energie seinem Privatzoo.«

Genau aufs Stichwort drang ein lautes Trompeten von der vor uns liegenden Insel. Das kleine Postboot tanzte heftig im Wasser auf und ab, als ob es von dem Geräusch erschreckt worden wäre, und ich hielt mich an Gideons Arm fest. »Was war das?«

»Für mich hörte es sich wie ein Elefant an. Es wird nicht lange dauern, und wir werden es selbst sehen – da vorne gerade vor uns ist die Anlegestelle.«

Ich hatte erwartet, daß Archibald Knore selbst am Hafenbecken auf uns warten würde, aber obwohl er nicht da war, war das keine Enttäuschung. Statt seiner stand dort eine reizende junge Frau, wie ich sie seit meiner Abreise aus New York nicht mehr getroffen hatte. Sie reichte uns eine sichere Hand, um uns auf die Hafenmauer zu helfen, dann stellte sie sich mit einem heiteren Lächeln vor. »Ich bin Lois Lanchester, die Sekretärin von Mr. Knore! Willkommen auf Placid Island, unserer ›gemütlichen Ecke‹.«

»Das klingt ja alles sehr vielversprechend«, sagte Gideon und verbeugte sich, um ihr die Hand zu küssen.

Sie lachte und warf ihre Flachshaarmähne mit einer Hand nach hinten. »Während der Winterstürme argwöhnen wir manchmal, daß die Vorbesitzer diesen Platz immer als ›gemütliche Ecke‹ bezeichnet haben, um den Wert der Liegenschaften zu vergrößern.«

»Dann ist die Insel also das ganze Jahr über bewohnt?« fragte ich.

Sie drehte sich um, als würde sie mich zum ersten Mal bemerken, und Gideon beeilte sich, mich vorzustellen. »Ja«, sagte sie. »Mr. Knore widmet heutzutage seine ganze Zeit dem Zoo. Um das Familiengeschäft kümmern sich andere.«

Sie führte uns den Weg zum Haus hoch und ging vor uns her; ihre Designer-Jeans über ihren vollendet geformten Hüften paßte wie angegossen. Als das große Haus direkt vor uns lag, wurde mein Blick abgelenkt. Es war ein herrlicher Platz zum Wohnen, ein weitläufiges englisches Landhaus, das einen die etwas beengte Insellage völlig vergessen ließ. Und auf dem Rasen begrüßte uns ein stolzierender Pfau und schlug mit steil aufgerichteten schillernden Schwanzfedern ein Rad.

»Was für ein Anblick!« bemerkte ich.

»King Jack ist unser offizieller Empfangschef. Doch Sie werden bald noch mehr Tiere zu Gesicht bekommen.« Wie zur Bestätigung ihrer Worte ertönte in der Ferne wieder das Trompeten eines Elefanten.

Wir betraten das Haus und gingen durch einen eichengetäfelten Korridor in ein unerbittlich männlich wirkendes Arbeitszimmer, in dem uns Archibald Knore erwartete. Ich hatte bereits ein- oder zweimal in der Zeitung Abbildungen von ihm gesehen, aber sie hatten mich nicht auf die überwältigende Erscheinung des Mannes selbst vorbereitet. Er war groß und breit, offensichtlich jedoch nicht übergewichtig, und seine Stimme schien durch das ganze Zimmer zu dröhnen. »Sir Gideon! Es ist mir ein Vergnügen, Sie wiederzusehen! Kommen Sie nur herein!«

Als Gideon mich vorstellte, schüttelte er mir lebhaft die Hand. »Er hat diese Woche einige Zeit in Ihrem Warenhaus in London verbracht«, sagte Gideon.

Knore lächelte breit. »Und wie ich hoffe, einiges an Geld dagelassen! Diese Tiere scheinen jedes Jahr mehr zu fressen!«

»Wir sind schon ganz gespannt darauf, Ihren Zoo zu sehen«, sagte ich ihm. »Doch ist heutzutage ein Privatzoo nicht etwas ungewöhnlich?«

»Nein. In etlichen Ländern gibt es Plätze für Wildtiere, die sich in Privatbesitz befinden. Mein Freund Gerald Durrell, der Schriftsteller, besitzt auf Jersey einen ausgesprochen schönen Zoo. Nur die staatlichen Auflagen verhindern, daß es noch viele andere Zoos dieser Art gibt. Ich bin der festen Überzeugung, daß der Aufgabe, bestimmte seltene Tierarten zu bewahren, viel effizienter nachgekommen werden könnte, wenn man sie Privatpersonen anvertrauen würde. Solange Zoos von öffentlichen Geldern abhängig bleiben, sind diese Gelder oft das erste, was bei knappen Finanzen gestrichen wird. Das Argument, Menschen zu ernähren sei wichtiger als Tiere zu füttern, läßt sich dafür viel zu leicht anführen.«

»Nun, ich denke, ich werde erst einmal dafür sorgen, daß Sie zwei hier gut unterkommen. Danach werden wir Sie herumführen und Ihnen alles zeigen«, schlug Lois Lanchester vor.

»Tu das, Lois«, pflichtete ihr Archibald Knore bei, »und bring sie dann nach unten, damit sie bei einigen Cocktails die anderen Gäste treffen können!«

Auf dem Weg hoch in ihre Zimmer stellte Gideon Fragen

über die anderen Gäste. »Mr. Knore hat oft Wochenendbesucher«, sagt Lois. »Dieses Wochenende ist ein Vetter von ihm da, Bertie Foxe, ferner dessen Frau und ein enger Freund von ihnen, der tschechische Geiger Jan Litost.«

Unsere nebeneinanderliegenden Zimmer ließen keine Wünsche offen; sie hatten komfortable Betten und Bleiglasfenster mit freiem Blick auf das Meer. Ich war dafür dankbar, daß sich der Zoo auf der anderen Seite des Hauses befand, wo die nächtlichen Laute der Tiere unseren Schlaf mit geringerer Wahrscheinlichkeit störten.

Wir hatten kaum Zeit zum Auspacken, als Lois Lanchester mit der Überschwenglichkeit einer Reiseleiterin auf einer Kreuzfahrt an unsere Türen klopfte. »Wenn Sie fertig sind, kann ich Sie vor den Cocktails einen kurzen Blick auf den Zoo werfen lassen«, teilte sie uns mit. »Sylvia Foxe möchte ebenfalls mitkommen.«

»Es wird uns ein Vergnügen sein«, sagte Gideon. »Ich war schon immer ein ausgesprochener Tierfreund.«

Wir trafen die Frau von Knores Vetter auf dem unteren Flur. Sie war eine große, dunkelhaarige Person und trug Reithose und Lederstiefel. Zweifellos war sie einmal hübsch gewesen, doch das fortgeschrittene Alter hatte ihr Gesicht hart und streng werden lassen. »Gibt es auf der Insel Reitwege?« fragte ich, nachdem Lois uns miteinander bekanntgemacht hatte.

»Nein«, antwortete Sylvia. »Ich finde diese Kleidung einfach nur passender, um zwischen den Tieren herumzustreichen. Ich hätte es nicht so gerne, wenn mir irgendein kleines Geschöpf etwas vom Bein abbeißt.«

»Die Gefahr besteht nun wirklich nicht«, versicherte ihr Lois freundlich.

Wir verließen das Haus durch die Hintertür und folgten einem überdachten Verbindungsweg zu einem niedrigen Gebäude aus Zinderblöcken. Bereits hier lag strenger Tiergeruch in der Luft, doch Lois erklärte, daß nur die kleinsten Tiere und die gefährlichsten Schlangenarten drinnen gehalten wurden.

Ich hatte noch nie etwas für Schlangen übrig und ging daher rasch an den Glaskäfigen mit dem üblichen Ast und einer Schlange darauf, die sich unter dem künstlichen Licht von oben sonnte, vorbei. Die Eidechsen fand ich ein wenig interessanter, insbesondere, wenn sie sich bewegten. »Für die Reptilien wird die Temperatur auf zweiunddreißig Grad Celsius gehalten«, erläuterte Lois, als sie uns durch das Gebäude führte. »Da drüben ist das Vogelhaus mit dem neuen Pinguinteich. Doch lassen Sie mich Ihnen zunächst einige der Großkatzen zeigen.«

Die Löwen und Tiger wurden in großen, offenen Gruben gehalten, die so weiträumig waren, daß die Raubkatzen dort herumstreifen konnten. Auch Bäume zum Klettern befanden sich darin. »Wenn es sehr kalt ist, nehmen wir sie nach drinnen«, erläuterte Lois.

»Wer kümmert sich um die Tiere?« fragte Gideon Parrot. Sein Blick ruhte auf einem großen Tiger, der sich offensichtlich gerade an seinem Nachmittagsmahl gütlich tat.

»Wir haben einen Tierpfleger als Vollzeitkraft im Personal. Er heißt Taupper. Sie werden ihn später noch kennenlernen. Er …« Sie hielt inne, beobachtete zusammen mit Gideon den Tiger. »Mein Gott. Das da unten in der Tiergrube sieht ja aus wie der Körper eines Menschen!«

»In der Tat«, bestätigte Gideon. »Sie sollten besser Hilfe holen!«

Wir standen jetzt genau oberhalb der Stelle, an der sich die Raubkatze aufhielt, und als der Tiger den Körper mit einer kraftvollen Pranke herumdrehte, keuchte Sylvia Foxe auf: »Es ist Jan! Unser Freund Jan Litost!«

Ein stämmiger Mann in Arbeitskleidung, den ich für den Tierpfleger hielt, kam auf Lois' Ruf hin herbeigerannt. Als er einen Leiter in die Grube hinabließ, zog mich Gideon beiseite und zeigte auf ein großes Blatt Papier, das an einem in der Nähe gelegenen Baum befestigt worden war. In großen, wie von Kinderhand geschriebenen Druckbuchstaben standen dort die Worte: ›HÜPF, KÄTZCHEN, HÜPF, GEIGENBOGEN FLITZ,‹

»Er wurde ermordet«, sagte Archibald Knore etwa zwanzig Minuten später. »Daran habe ich überhaupt keinen Zweifel.«

»Von irgend jemandem auf dieser Insel?« fragte Lois Lanchester.

Wir waren wieder zurück ins Haupthaus gegangen und hatten uns um den großen Steinkamin versammelt, an dem die Cocktails serviert werden sollten. Sylvia Foxes Mann Bertie hatte sich zu uns gesellt, eine schlanke Person mit gelichtetem Haar. »Es *kann* kein Mord sein«, beharrte er. »Wer auf dieser Insel könnte irgendein Motiv haben, Jan zu töten?«

»Der hintere Teil seines Schädels wurde zerschmettert«, argumentierte Knore. »Man hat ihm mit irgendeinem stumpfen Gegenstand einen sehr festen Schlag auf den Kopf versetzt. Und auf dem die Tigergrube umgebenden Geländer gibt es Blutflecke. Jemand hat ihn getötet und dann dort hineingeworfen. Es ist Aufgabe der Polizei, zu entdecken, wer dafür ein Motiv gehabt hätte.«

»Ist die Polizei gerufen worden?«, fragte Gideon.

»Ich werde es auf der Stelle tun.«

Doch sein Anruf auf dem Festland bewirkte nicht die rasche Reaktion, die wir uns wünschten. Der dortige Constable informierte Knore darüber, daß alle Boote durch eine Rettungsmission weiter unten an der Küste in Beschlag genommen waren, und da der Wind mit der beginnenden Dämmerung noch stärker wurde, würde der Polizeihubschrauber erst am nächsten Morgen zur Insel herüberfliegen können. »Rühren Sie nichts an«, krachte seine Stimme aus dem Hörer. »Morgen früh kommen wir als erstes zu Ihnen.«

Archibald Knore knallte den Hörer auf die Gabel. »Dieser alte Idiot! Wenn es einen Mörder gibt, der auf dieser Insel frei herumläuft, dann könnten wir morgen früh alle tot sein!«

»Der Wind draußen frischt auf«, bemerkte Sylvia Foxe. »Es sieht nach Sturm aus.«

»Es gibt keinen Sturm«, meinte der Tierpfleger. »Die Tiere sind zu ruhig dafür.« Seit Peter Taupper die Leiche Jan Litosts aus der Grube gehoben hatte, war es das erste Mal, daß er sich zu Wort meldete. Er war ein stämmiger, ungepflegter Mann, dem graue Haarbüschel aus den Ohren traten. Ich fragte mich, ob Knore ihm das gleiche bezahlte wie ein städtischer Zoo, obwohl ich keine Vorstellung von dem hatte, was ein guter öffentlich oder privat angestellter Tierpfleger verdiente.

An dieser Stelle räusperte sich Gideon Parrot und es wurde still im Zimmer. »In Abwesenheit offizieller Vertreter der Polizei kann ich vielleicht ein wenig zu Diensten sein«, verkündete er. »Ich wurde als Gast eingeladen, aber Archibald weiß, daß ich in solchen Dingen einiges an Erfahrung vorzuweisen habe. Ich schlage vor, daß wir uns einige Augenblicke lang die Zeit nehmen, zu überprüfen, was wir an Fakten haben.«

»Welche Fakten sind das denn?« fragte Lois.

»Nun ja, wenn jemand auf dieser Insel ein Mörder ist, müssen wir wissen, wie viele Menschen es genau auf dieser Insel gibt.«

»Das ist einfach«, antwortete sie und zählte sie an den Fingern ab. »Sie beide, ich selbst, Mr. Knore, Mrs. Knore …«

»Einen Augenblick!« unterbrach sie Gideon. »Befindet sich Ihre Frau auf der Insel, Archibald?«

»Harriett ist seit einigen Jahren behindert. Sie verläßt ihr Zimmer nie.«

»Verstehe. Bitte, fahren Sie fort, Miss Lanchester.«

»In Ordnung. Mrs. Knore, Mr. und Mrs. Foxe, Peter Taupper, sein Gehilfe Milo Lune, der sich auch noch um die Gartenanlagen kümmert, und natürlich der Butler, das Hausmädchen und die Köchin. Dann gibt es noch eine Krankenschwester, die Mrs. Knore pflegt, aber die hat heute ihren freien Tag.«

»Dann halten sich zum gegenwärtigen Zeitpunkt zwölf Menschen auf der Insel auf, wobei wir den unglücklichen Mr. Litost nicht mitgezählt haben.«

»Stimmt.«

»Wer kümmert sich um Mrs. Knore, wenn die Krankenschwester nicht da ist?«

Knore beantwortete die Frage. »Das Hausmädchen. Sie ist überaus tüchtig.«

»Mr. und Mrs. Foxe«, sagte Gideon, »Sie haben das Opfer mit auf die Insel gebracht. Ich denke, Sie sollten mir ein wenig über ihn erzählen.«

Bertie Foxe schnaubte verächtlich. »Über Jan Litost braucht man hier keinem etwas zu erzählen. Er war einer der herausragendsten Geiger Europas – und nicht einmal vierzig! Für die Welt der Musik ist das Ganze ein schrecklicher Verlust.«

»Hatte er eine Frau? Eine Geliebte?«

»Ich glaube, in seiner Jugendzeit war er einmal verheiratet, aber er lebte seit vielen Jahren allein. Wir trafen ihn in der letzten Saison in London und wurden unzertrennliche Freunde. Er war es auch, der andeutete, Archibalds Privatzoo besuchen zu wollen.«

»Wann kamen sie an?«

»Gestern nachmittag.«

Gideon wandte sich an Mrs. Foxe. »Und wie kommt es, daß Sie sich die Tiere erst heute angeschaut haben?«

»Bei meiner Ankunft fühlte ich mich nicht gut«, erklärte Sylvia Foxe. »Es war eine rauhe Überfahrt direkt nach dem Mittagessen, und mein Magen war darauf völlig unvorbereitet.«

»Aber Ihr Mann und der verstorbene Mr. Litost haben eine Runde durch den Zoo gedreht?«

»Ich habe sie gestern herumgeführt«, bemerkte Knore unaufgefordert. »Heute morgen hat Peter ihnen die Giraffe und die Zebras gezeigt. Diese Tiere werden weiter draußen und in größerer Entfernung zum Haus gehalten.«

Ein weiterer Mann in Arbeitskleidung, der etwas jünger war als Taupper, kam während des Gesprächs ins Zimmer. Taupper stellte ihn Gideon und mir vor. »Das ist mein Gehilfe Milo Lune!«

Der Mann wirkte ungewöhnlich schüchtern. Er rieb seine dreckigen Hände an den Beinen seiner Arbeitshose, als er Gideons Fragen beantwortete. »Ob ich Mr. Litost heute nachmittag gesehen habe? Nein – das heißt, doch, ich glaube, ich habe ihn gesehen, wie er an den Affenkäfigen vorbeispazierte, aber nur aus größerer Entfernung. Gesprochen habe ich nicht mit ihm.«

»Ist irgend etwas nicht in Ordnung?« fragte Gideon. »Sie scheinen nervös zu sein.«

»Nein, nein – ich mache mir nur Sorgen wegen der Tiere, das ist alles.«

Als nächstes holte Gideon den in plumpen Druckbuchstaben beschriebenen Zettel hervor, den er am Baum befestigt entdeckt hatte. »Hat jemand von Ihnen das schon mal gesehen?« Ich fand den Zettel in der Nähe des Tatorts an einem Baum.«

»Es sieht aus, als hätte das ein Kind geschrieben«, sagte Lois Lanchester.

»Gibt es auf Placid Island Kinder?«

»Nein.«

Archibald Knore trat einen Schritt nach vorne, um die Botschaft zu studieren. »Ein Kinderlied. Was soll das?«

»Das Kätzchen und der Geigenbogen, das könnte sich auf den Tiger und Jan Litost beziehen.«

»Es ist tatsächlich ein Kinderlied, und angeblich soll es sich auf Königin Elisabeth I. beziehen«, sagte Bertie Foxe. »Ich habe mich einmal eingehender mit alten Kinderliedern beschäftigt.«

»Beachten Sie, wie in der Botschaft die Kommata gesetzt sind!« sagte Gideon und hielt den Zettel wieder hoch.

›HÜPF, KÄTZCHEN, HÜPF, GEIGENBOGEN FLITZ,‹

»Was ist damit?« fragte Lois.

»Zwischen das ›Kätzchen‹ und das zweite ›Hüpf‹ würde nicht jeder ein Komma setzen, aber es ist die richtige Version dieses Liedes. Der Mensch, der das geschrieben hat, war kein Kind. Beachten Sie auch das Komma am Ende der Zeile. Was sagt es uns?«

»Daß es noch weitergeht«, antwortete Lois ruhig.

Es bestand immer noch die Möglichkeit, daß sich eine weitere Person auf der Insel aufhielt, vielleicht ein entlaufener Strafgefangener, der mit dem Boot vom Festland herübergekommen war und sich weiter hinten bei den Tieren verborgen hielt. Knore schlug vor, einen Suchtrupp zusammenzustellen, und bereitwillig schloß ich mich ihm an. Gideon, der bestenfalls langsam gehen konnte, entschied, zurückzubleiben und das Dienstpersonal zu befragen, ob es vielleicht irgend etwas Ungewöhnliches gesehen hatte.

So befand ich mich auf einmal bei Bertie Foxe, Peter Taupper und Milo Lune, und gemeinsam durchkämmten wir das andere Ende der Insel. Es gab dort ein dicht bewaldetes Gebiet, in dem nur ein hoher Zaun die äußeren Begrenzungen des Zoos markierte. »Hier ist keiner«, meinte Milo Lune. »Ich bin etliche Tage in der Woche hier, und hier ist nichts anders, als es vorher war. Wir vergeuden nur unsere Zeit.«

»Wir sollten uns verteilen«, schlug Foxe vor. »Dann würden wir das Gelände viel schneller abdecken.«

Taupper, der Tierpfleger, war sogleich damit einverstanden. »Warum verteilen wir uns nicht einfach und gehen dann entgegen dem Uhrzeigersinn weiter? Und treffen uns dann hinten am Haus?«

Ich stand auf der entfernteren Seite des Suchtrupps und war der felsigen Küste recht nahe, konnte sogar auf das Wasser schauen. Innerhalb weniger Minuten waren die anderen außer Sichtweite geraten. Unsicher schaute ich auf die sinkende Sonne und hoffte, daß ich den Rückweg schaffen würde, bevor es dunkel war. Doch die Insel war nicht so groß, wie ich befürchtet hatte; es dauerte lediglich eine Viertelstunde, und das große Haus war wieder zu sehen.

Doch nur drei von uns fanden sich dort ein.

Tauppers Gehilfe Milo Lune fehlte.

»Wo, zum Teufel, steckt er nur?« fragte Taupper und rief laut seinen Namen. Keine Antwort.

»Sollen wir zurückgehen?, schlug Foxe vor. »Es wird bald dunkel.«

»Er wird schon auftauchen«, meinte Taupper ein wenig verwirrt.

Unsicher über das, was wir als nächstes unternehmen sollten, standen wir da, als sich oben im Haus ein Fenster öffnete, und Sylvia Foxes Kopf zum Vorschein kam. »Da liegt jemand im Elefantengehege!« schrie sie. »Ich kann ihn von hier aus sehen!«

Ich holte tief Luft und lief rasch hinter den anderen her. Als wir das Elefantengehege erreichten, sah ich sofort, was Sylvia von ihrem Fenster aus entdeckt hatte: Milo Lune lag dahingestreckt am Zaun des Geheges, während einer der kleineren Elefanten seinem Körper mit dem Rüssel einen

Stups gab. Der Hinterkopf war zerschmettert und blutig, doch ich führte die Verletzung nicht auf einen Elefantenfuß zurück. Ich war nicht einmal besonders überrascht, als Gideon Parrot sich einige Minuten später zu uns gesellte und von einem Baum in der Nähe eine weitere Botschaft abriß.

»DIE KUH SPRINGT ÜBER DEN MOND HINWEG«, las er.

In gedrücktem Schweigen aßen wir rasch zu Abend, danach versammelten wir uns in Archibald Knores Arbeitszimmer, um uns über die wenigen Tatsachen, die uns bekannt waren, Klarheit zu verschaffen. Knore selbst hatte ein weiteres Mal versucht, das Festland zu erreichen, aber keinen Erfolg gehabt. »Das Telefon ist tot«, berichtete er. »Entweder hat das der Sturm bewirkt oder...«

»Oder die Leitung ist durchtrennt worden«, ergänzte Sylvia Foxe. »Mein Gott, wir sitzen mit einem Wahnsinnigen auf dieser Insel in der Falle!«

»Wir müssen unbedingt alle zusammen bleiben«, pflichtete ihr Knore bei. Er drehte sich zu Gideon Parrot um und sagte: »Ich glaube, sie und Ihr Freund sollten die Nacht besser in einem Zimmer verbringen. Bertie und Sylvia, ihr laßt euch ebenfalls nicht aus den Augen; ich bleibe bei meiner Frau.« Er hielt inne und versuchte, den Rest auszutüfteln. »Lois, Sie teilen sich besser mit dem Hausmädchen und der Köchin ein Zimmer. Und Peter, Sie können mit dem Butler zusammen auf ein Zimmer gehen.«

»Mit dem alten Oakes?« schnaubte der Tierpfleger verächtlich. »Der schnarcht doch so laut, daß er die Tiere wachhält! Nein, danke, ich werde das Risiko auf mich nehmen und alleine schlafen!«

Den Zeitpunkt von Milo Lunes Tod hatten wir bereits diskutiert, und alle waren sich einig, daß entweder Bertie oder Peter Taupper die Tat verübt haben konnten – oder, was diesen Aspekt anbelangte, sogar ich selbst. Doch es war genauso wahrscheinlich, daß jemand aus dem Haus oder ein Fremder, der sich versteckt hielt, ihn mit diesem fürchterlichen Schlag auf den Kopf überrascht hatte.

»Aber wie konnte er nach dem, was mit Jan Litost passiert

ist, jemand mit einer Keule oder einem ähnlichen Gegenstand so nah an sich herankommen lassen?« fragte Lois. »Das ergibt doch keinen Sinn!«

»Der Mörder könnte sich gut versteckt und zugeschlagen haben, bevor er überhaupt gesehen wurde«, gab Gideon zu bedenken.

»Aber dann muß er die Leiche immer noch ins Elefantengehege geschoben haben«, führte ich aus. »Da sich der Rest von uns nicht weit davon entfernt aufhielt, hätte ihn doch mit Sicherheit jemand gesehen!«

»Es hat ihn aber keiner gesehen«, antwortete Gideon. »Daher war es offensichtlich alles in allem doch nicht so riskant.« Er wandte sich an Sylvia Foxe. »Sie haben doch von Ihrem Fenster aus zugeschaut. Haben Sie irgend etwas gesehen?«

Sie schüttelte den Kopf. »Bevor ich die Leiche bemerkte, ist mir nichts aufgefallen. Doch ich habe auch nicht sehr lange am Fenster gestanden. Ich war gerade die Treppe hochgekommen und wollte nachschauen, ob Bertie irgendwo zu sehen war. Da entdeckte ich etwas, das wie ein menschlicher Körper aussah.«

Gideon wandte sich an Archibald Knore. »Wo waren Sie zur fraglichen Zeit?«

»Allein hier im Arbeitszimmer. Sie können doch unmöglich *mich* verdächtigen, die beiden umgebracht zu haben!«

»Ich verdächtige jeden. Anders geht es nicht. Tatsächlich muß ich auch Ihnen die gleiche Frage stellen, Miss Lanchester.«

Lois lief ziemlich rot an und stotterte ein wenig. »Nun, ich… Nun, ich benutzte gerade eines der Badezimmer im oberen Stockwerk. Seit Jans Leiche gefunden wurde, ist mein Magen ein einziger Knoten. Ich fühlte mich nicht gut.«

»Völlig verständlich«, pflichtete ihr Gideon bei.

Knore kam hinter seinem Schreibtisch hervor. »Der Mörder ist nicht unter uns. Es ist irgendein Wahnsinniger, der jeden umbringt, den er alleine antrifft. Jan und Milo hatten einfach Pech.«

Doch wie ein Professor, der einen eigensinnigen Studenten

verbessert, schüttelte Gideon den Kopf. »Nein, sie waren als Opfer vorgesehen. Das wissen wir durch das Kinderlied. Das Kätzchen war der Tiger, und der Geigenbogen war ein Verweis auf den Geiger Jan Litost.«

»Aber wo besteht eine Beziehung zwischen der letzten Botschaft und Lune und den Elefanten?« fragte Knore nachdenklich.

»Lune ist natürlich das französische Wort für Mond. Ich habe einige kleinere Elefanten in diesem Gehege bemerkt.« Er wandte sich an den Tierpfleger. »Mr. Taupper, wenn männliche Elefanten Bullen genannt werden, wie heißen dann die Weibchen?«

»Kühe«, antwortete Taupper ruhig. »Das ist allgemein bekannt.«

»Also sprang die Kuh über den Mond – und zerschmetterte dabei seinen Schädel.«

Für einen Moment herrschte Schweigen. »Wie geht das Lied weiter?« fragte Bertie Foxe. »Doch hoffentlich ohne irgend etwas über Füchse, oder?«

»Ja«, antwortete Gideon ernst. »In seiner frühesten Version geht das Lied so: ›Hüpf, Kätzchen, hüpf, Geigenbogen flitz; die Kuh springt über den Mond hinweg; der kleine Hund lacht über den Witz; Schüssel und Löffel rennen davon ...‹«

»Sie können sich an das ganze Lied erinnern?«

»Während der Suchaktion heute nachmittag schlug ich es in einem Liederbuch nach. In der Bibliothek steht ein sehr umfassendes Buch dazu.«

»Dort hätte es auch jeder andere nachschlagen können«, stellte ich fest. »Daher stammt auch die korrekte Zeichensetzung!«

»Vielleicht.«

»Der kleine Hund lacht über den Witz«, wiederholte Knore. »Ich sehe keine Möglichkeit, wie sich das auf eine Person hier anwenden läßt. Und es gibt auf der ganzen Insel keine Hunde.«

»Wir können hier auch keine Hunde halten«, erläuterte Taupper. »Mit ihrem Gebell würden sie die anderen Tiere völlig durcheinanderbringen.«

»Dann wird an dieser Stelle die Kette ja vielleicht unterbrochen«, meinte Lois. »Vielleicht hat der Mörder sein Werk vollbracht.«

Gideon Parrot sagte nichts. Er starrte auf ein Foto auf Knores Schreibtisch. Es handelte sich offensichtlich um ein Portrait von Knore und seiner Frau. Beide waren darauf um einiges jünger. »Ich denke, wir müssen mit Mrs. Knore sprechen«, sagte er ruhig.

»Sie weiß nichts«, protestierte Knore. »Sie verläßt ihr Zimmer nie.«

»Doch vom Fenster aus kann man etwas sehen. Sylvia Foxe hat von ihrem Fenster aus eine Leiche entdeckt. Vielleicht hat Ihre Frau ja den Mörder gesehen!«

Für einen Augenblick war Archibald Knore völlig still. Schließlich sagte er: »Nun gut. Sie und Ihr Freund können sie sehen. Doch nur für ein paar Minuten. Ich bringe Sie nach oben.«

Die oberen Bereiche des Hauses wirkten ungewöhnlich dunkel. Nur eine einzige, trübe Glühbirne am oberen Treppenabsatz beleuchtete den Weg. Das Hausmädchen, das bei Harriett Knore gesessen hatte, erhob sich, als wir eintraten; Archibald gab ihr mit einem Wink zu verstehen, daß sie entlassen war.

Die Frau im Bett schien ungefähr genauso alt zu sein wie Knore, war jedoch sehr dünn; ihre Gesten wirkten kraftlos. »Da hast du mir ja Besuch mitgebracht, Archie!«, sagte sie mit leiser Stimme. »Wie schön!«

»Das hier ist Sir Gideon Parrot, mein Schatz. Er untersucht die schlimmen Ereignisse, von denen ich dir erzählt habe.«

»Die Morde?«

»Genau.«

»Schreckliche Sache! Wir sind hierhin gezogen, um von den Verbrechen in den Städten wegzukommen. Nach meinem Unfall konnte ich nicht mehr laufen ...«

»Dürfte ich vielleicht fragen, wie das gekommen ist?« fragte Gideon.

»Ein Autounfall. Archie fuhr, und der Wagen kam von der Straße ab. Ich glaube, er war für einen Moment eingenickt, doch ich habe ihm das, was geschehen ist, nie vorgeworfen.«

»Mrs. Knore«, setzte Gideon an und sorgte dafür, daß seine Stimme genauso leise blieb wie die ihre, »ich fragte mich, ob Sie vielleicht heute ungefähr zu dem Zeitpunkt, an dem einer dieser Männer getötet wurde, von Ihrem Fenster aus irgend etwas gesehen haben könnten?«

»O nein. Ich verlasse das Bett nie. Die Schwester oder Winifred, das Hausmädchen, erzählen mir, was ich wissen muß, und das ist nicht sehr viel. Das Wetter hat keinerlei Einfluß auf mein Leben, und die Tiere sind Archibalds Hobby, nicht meines.«

»Sie sahen oder hörten also nichts?«

»Überhaupt nichts.«

Einen Moment lang schlossen sich ihre Augen, und Knore nahm das als Zeichen dafür, daß sie müde wurde. »Das ist alles«, sagte er.

Als wir uns dann wieder auf dem Flur befanden, fragte Gideon: »Wäre es für Ihre Frau nicht viel angenehmer, Mr. Knore, im Rollstuhl zu sitzen und mit den übrigen zusammen zu sein?«

»Nein, nein«, sagte ihr Mann. »Ihr geht es gut so. Sie will es nicht anders.«

Als wir unten waren, wurden bereits wieder Pläne bezüglich der für den Schlaf nötigen Vorkehrungen gemacht. Den Rest der Nacht über würden alle sicher sein, und am Morgen sollte ja die Polizei kommen.

Zumindest dachten wir das.

Doch als Gideon und ich am nächsten Morgen vor dem Frühstück aufstanden, berichtete uns Peter Taupper über die neueste Ungeheuerlichkeit: Das einzige Boot auf der Insel war an seiner Anlegestelle versenkt worden und lag jetzt im drei Meter tiefen Wasser. An einem der Pfähle für das Vertäuen war die erwartete Botschaft befestigt worden: ›DER KLEINE HUND LACHT ÜBER DEN WITZ.‹

Das Telefon war immer noch tot, immer noch herrschte starker Wind. Wir waren vom Festland abgeschnitten, und unter uns befand sich ein Mörder, der keinerlei Anstalten machte, mit dem Morden aufzuhören.

Beim Frühstück sagte Archibald Knore: »Zumindest ist dieses Mal keiner umgebracht worden.«

»Nein«, murmelte Lois Lanchester. »Noch nicht. Aber es fehlt immer noch eine Zeile des Kinderliedes.« Sie half beim Auftragen des Frühstücks und kostete einen Löffel von Knores heißem Porridge, bevor sie die Schüssel vor ihm hinstellte. »Schmeckt gut«, meinte sie.

Die Foxes saßen zusammen am Ende des Tisches und wirkten recht unglücklich. Taupper stand mit einer Tasse Kaffee in der Tür und erläuterte, wie er zufällig auf das beschädigte Boot gestoßen war. »Ich ging zur Anlegestelle hinunter, um nachzusehen, ob vom Festland Schiffe herüberkämen. Da sah ich, daß das Boot untergegangen war. Jemand hat mit der Axt ein Loch in die Seite des Bootes geschlagen – soweit ich das erkennen konnte, unterhalb der Wasserlinie. Wahrscheinlich ist es letzte Nacht passiert, bevor wir alle zu Bett gingen.«

»Doch welchen Sinn ergibt die Botschaft?« fragte Bertie Foxe. »Soweit ich sie verstehe, bezieht sich der Witz auf das Boot, aber dann gibt es immer noch keinen Hund auf der Insel.«

»Oder jemanden, dessen Name etwas mit einem Hund zu tun hat«, pflichtete Sylvia ihr bei.

Knore schaute unglücklich drein. »Und meine Frau Harriett? Immerhin beginnen sowohl *Harriett* als auch *Hund* mit H. Aber ich glaube, das ist sicher ziemlich weit hergeholt.«

»Das ist es sicherlich.« Lois war seiner Meinung. »Ihre Frau ist die einzige Person auf der Insel, die nichts damit zu tun haben kann. Sie verläßt das Zimmer ja nie.«

»Offenbar hat der Mörder die Absicht, das Lied zu vollenden«, sagte Gideon. »Es ist wichtig, daß wir seine Handlungen voraussehen und ihm zuvorkommen.«

»Wie ging das Lied noch mal? *Schüssel und Löffel rennen davon*, nicht wahr? Was könnte das nur bedeuten?« fragte ich.

»Ich denke, wir machen uns unnötige Sorgen«, meinte

Taupper. »Sobald der Sturm abgeflaut ist, wird der Hubschrauber vom Festland kommen.«

»Kann man das Boot noch reparieren?« fragte Knore.

»Sicher. Reparieren läßt sich alles.«

»Können Sie es reparieren?«

»Ich glaube schon. Ich kann es flicken und das Wasser abpumpen.«

»Dann machen Sie das. Und zwar schnell!«

Sylvia Foxe räusperte sich. »Ich würde vorschlagen, daß ihn jemand begleiten sollte. Wenn er ganz allein da unten ist, kommt der Mörder vielleicht wieder auf dumme Gedanken.«

»Gut nachgedacht«, sagte ihr Mann.

»Lois, wie wäre es mit Ihnen?« schlug Sylvia vor. »Oder wäre es Ihnen lieber, wenn ich gehe?«

Lois Lanchester trank ihren Morgenkaffee aus und drückte ihre Zigarette aus. »Ich würde gerne mitgehen, aber ich weiß nicht, ob ich ihm eine besondere Hilfe bin. Was meinen Sie dazu, Peter? Brauchen Sie mich?«

Taupper grinste. »Sie können mir das Werkzeug halten. Kommen Sie mit.«

Nachdem sie gegangen waren, machten Gideon und ich draußen einen Spaziergang. Das unbeständige Wetter hatte die Tiere unruhig werden lassen, und die Kamele schreckten vor uns zurück, als wir uns ihrem Gehege näherten. Dahinter tollte die junge Giraffe des Zoos durch das hohe Gras; nicht weit davon entfernt grasten zwei Zebras. »Ein friedlicher Ort«, meinte Gideon. »Auch wenn hier ein Mörder frei herumläuft, ist es ein Reich des Friedens.«

»Gideon«, sagte ich, »ich habe eine Theorie. Nehmen wir einmal an, in Wirklichkeit waren es die Tiere, die Litost und Lune getötet haben. Und nehmen wir weiter an, daß diese verrückten Zettel hinterher von Taupper geschrieben wurden, damit seinen kostbaren Tieren nichts geschieht.«

»Eine interessante Theorie, aber kaum von praktischem Nutzen. Das Lied paßt nicht in jedem Punkt zu den Ereignissen, doch irgendeine Verbindung ist vorhanden. Zum einen handelte es sich bei dem Lied ja wohl kaum um eine spontane Eingebung, und das zufällige Zusammentreffen mit einem zweiten Todesfall, der ebenfalls rein zufällig in ein solches Muster paßt, kommt eigentlich nicht in Frage.«

»Und was jetzt?«

Er drehte sich um und starrte auf das große alte Haus. »Ich denke, wir sollten einmal mit Bertie Foxe sprechen.«

Wir fanden Bertie und seine Frau oben auf ihrem Zimmer, das sie nach dem Frühstück aufgesucht hatten. Es war ein großes, sonniges Schlafzimmer, größer als das Zimmer, das Gideon und ich uns jetzt miteinander teilten, aber ganz ähnlich eingerichtet. Bertie saß auf dem Bett und rauchte, während Sylvia aus dem Fenster auf die Tiere starrte.

»Ich möchte mehr über Jan Litost erfahren«, sagte Gideon. »Er war das erste Opfer, und der Schlüssel zur Lösung dieses Rätsels muß bei ihm liegen.«

»Jan war extrem begabt«, sagte Bertie Foxe und nahm einen langen Zug aus seiner Zigarette. »Wir sind seit Jahren miteinander befreundet und es erschien uns nur natürlich, Archibalds freundliche Einladung zu akzeptieren, nach dem Konzert in London seinen Zoo zu besuchen.«

»Sind Sie drei häufig zusammen gereist?«

»Ziemlich häufig«, antwortete Sylvia vom Fenster her.

»Verzeihen Sie mir, aber ich muß Ihnen diese nächste Frage stellen. Gab es irgendeine wie auch immer geartete romantische Beziehung zwischen Ihnen und Jan, Mrs. Foxe, die Ihren Mann eifersüchtig hätte machen können?«

»Also, jetzt machen Sie aber einen Punkt!« bellte Bertie und sprang auf die Beine.

Doch Sylvia antwortete ruhig: »Mit Sicherheit nicht. Bertie und ich sind glücklich verheiratet und waren das die ganze Zeit.«

»Es war nichts zwischen ihnen!« grollte Bertie und trat einen Schritt nach vorne. »Gehen sie mit Ihren dreckigen, miesen Gedanken sonstwohin, Parrot!«

Gideon ging zum Fenster und starrte über das mit Ziegeln bedeckte Dach des Zoogebäudes hinweg nach draußen. Er schien die obersten Teile der Köpfe der Elefanten zu betrachten, die in ihrem Gehege kaum zu sehen waren, als er sagte: »Manchmal sind wir alle wie diese Tiere. Wir begegnen uns, paaren uns und manchmal töten wir uns. Es liegt in der Natur des Menschen oder an der animalischen Seite der menschlichen Natur, wenn die Männer wegen einer Frau aneinandergeraten ...«

Seine Worte wurden von einem schrillen Schrei unterbrochen, der irgendwo im unteren Stockwerk ertönte.

»Komm!« rief ich und stürzte zur Tür.

Am Fuß der Treppe stießen wir auf Archibald Knore, der das Hausmädchen Winifred festhielt. »Was ist los?« fragte Gideon fordernd, als wir heruntereilten und uns zu ihnen gesellten.

»Ich habe die Nerven verloren«, murmelte Knore und ließ das Hausmädchen auf der Stelle los. »Ich befragte sie, und sie log mich an. Als ich sie packte, schrie sie.«

»Angelogen? Inwiefern?«

Winifred schluchzte leise. »Er beschuldigte mich, mit Mr. Oakes, dem Butler, davonlaufen zu wollen. So etwas würde ich doch nie tun, Sir!«

»Sie haben es hinter meinem Rücken getrieben. Ich weiß das.«

»*Schüssel und Löffel rennen davon*«, zitierte Gideon. »Sie dachten, das bezieht sich auf Ihren Butler und das Hausmädchen?«

»Worauf könnte es sich denn sonst beziehen?« fragte Knore. »Sie haben es getan und jetzt wollen sie davonlaufen.«

»Sie meinen, der Butler hat es getan? fragte ich verblüfft nach.

»Sie haben doch Bücher über Kinderlieder in der Bibliothek. Lassen Sie uns die zu Rate ziehen«, schlug Gideon Knore vor. »Und lassen Sie diese junge Frau wieder ihrer Arbeit nachgehen.«

Die Bibliothek lag neben Knores Arbeitszimmer und war ein freundlicher Raum, in dem die Bücher vom Fußboden bis zur Decke reichten. Der Geruch nach Ledereinbänden lag in der

Luft. Gideon brauchte nur wenige Augenblicke, dann hatte er gefunden, wonach er suchte. »Schauen Sie: Der gleichen Theorie zufolge, die das Lied mit Königin Elisabeth in Verbindung bringt, war die Schüssel ein Höfling, der geehrt wurde, indem man ihm anvertraute, goldene Schüsseln in den Prunkspeisesaal zu tragen.«

»Mit anderen Worten: Es ist der Butler«, beharrte Knore.

»Oder zumindest jemand, dem etwas sehr Wertvolles anvertraut ist. Und der Löffel war eine schöne junge Frau am Hof, die bei den königlichen Mahlzeiten vorkostete, um sicherzugehen, daß die Königin oder der König nicht vergiftet wurden.«

»Das weiß ich doch alles«, knurrte Knore. »Und immer noch läuft das in diesem Haushalt auf den Butler und das Hausmädchen hinaus!«

»Entschuldigen Sie, aber das Hausmädchen Winifred läßt sich kaum als schöne Frau bezeichnen«, gab Gideon zu bedenken. »Und die Aufgaben einer Vorkosterin scheinen mir eher dem zu ähneln, was Ihre Sekretärin Lois tut. Ich habe erst vor wenigen Minuten gesehen, daß sie Ihren Frühstücksporridge probiert hat.«

»Das stimmt!« pflichtete ich ihm bei.

»Lois?« wiederholte Knore und runzelte verwirrt die Stirn.

Die Foxes waren wieder heruntergekommen, und als wir die Bibliothek verließen, sah ich, daß Sylvia aus der Küche kam und eine zusammengerollte Zeitung in ihrer mit einem Handschuh bekleideten Hand trug. »Ich gehe nach draußen und lese ein wenig«, sagte sie. »Ruf mich, wenn irgend etwas passieren sollte, Bertie!«

Bertie Foxe grunzte und sagte zu uns: »Wieso glauben Sie, daß Taupper bei den Bootsreparaturen Fortschritte macht?«

»Willst du, daß ich selber nachschaue«, fragte ich, doch Gideon ignorierte die Frage. Innerlich beschäftigte er sich immer noch mit dem Problem des Kinderliedes.

»Wenn sich ›Löffel‹ auf Lois Lanchester beziehen würde, könnte sich dann ›Schüssel‹ nicht anstelle des Butlers auf den Menschen beziehen, dem Ihr wertvollster Besitz anvertraut ist, Archibald?«

Knore wirkte verwirrt. »Ich habe kein Gold.«

»Die Tiere, Mensch! Peter Taupper ist doch derjenige, dem Ihre Tiere anvertraut sind! Er ist im Lied die Schüssel!«

»Taupper und Lois?« fragte ich. »Du denkst, sie würden zusammen durchbrennen?«

»Das ist die einzige Möglichkeit, auf die das Lied vollendet werden kann«, antwortete Gideon grimmig. »Kommt schnell – wir dürfen keine Zeit verlieren!«

Er lief voran! Knore, Bertie und ich folgten ihm. Wir eilten aus dem Haus und den Pfad zur Bootsanlegestelle hinab. Vage wurde ich mir der Tatsache bewußt, daß der starke Wind vom Morgen nachgelassen hatte, doch momentan hatten wir andere Sorgen als das Wetter.

Erst der Zettel an der letzten Kurve vor der Anlegestelle ließ uns anhalten. Wie die anderen auch, war er an einem Baum befestigt, und darauf stand: ›SCHÜSSEL UND LÖFFEL RENNEN DAVON‹. Dieses Mal stand der Punkt deutlich an seinem Platz am Ende der Zeile. Die Sache kam zum Abschluß.

»Wir kommen zu spät«, sagte ich.

»Vielleicht nicht!« Gideon stürzte davon, ich folgte ihm, die anderen blieben hinter uns zurück.

Als erstes sahen wir Peter Tauppers Körper lang ausgestreckt an der Anlegestelle liegen. Dann sahen wir Lois, die mit Sylvia Foxe rang. Sylvias Zeitung lag neben Taupper. Gideon und ich eilten herbei, zogen die beiden Kämpfenden auseinander. Ich rief: »Was ist passiert? Ist Sylvia über die beiden hergefallen, als sie sich gerade davonmachen wollten?«

»Ganz genau«, keuchte Sylvia und kämpfte gegen meinen Griff an. »Lassen Sie mich gefälligst los!«

Doch Gideon blieb vorsichtig. »Halte sie fest! Sie wollte ihrer Liste gerade zwei weitere Opfer hinzufügen! Sylvia Foxe ist unsere Kinderlied-Mörderin!«

Peter Taupper war durch den Schlag nur betäubt gewesen, und er und Lois konnten bestätigen, daß Sylvia sie angegriffen hatte. Sie hatte die zusammengerollte Zeitung dazu benutzt, die sie in Wasser getränkt und dann in die Gefriertruhe der Küche gelegt hatte, bis sie zu einer Eiskeule erstarrt war. Wenn die Opfer sahen, daß Sylvia mit einer Zeitung auf sie zukam, blieben sie völlig ahnungslos. Sylvia brauchte dann nur noch das erforderliche Maß an Kraft für den Schlag mit der Eiskeule aufzubringen, um ihnen den Schädel einzuschlagen. Und die Waffe konnte überall unbemerkt fallengelassen werden.

»Ich *sah* sie noch mit der Zeitung aus der Küche kommen«, bestätigte ich. »Aber warum wollte sie alle diese Menschen umbringen?«

»Ich vermute, daß uns Bertie etwas über den ersten Mord erzählen kann«, sagte Gideon.

Bertie Foxe ließ den Kopf hängen. »Ich hatte immer den Verdacht, daß Jan ein Verhältnis mit meiner Frau hat. Ich sprach ihn in London darauf an, von Mann zu Mann, und hatte den Eindruck, er wollte mit der Beziehung Schluß machen.«

»Ich denke auch, daß er das versucht hat«, stimmte Gideon ihm zu. »Darum hat sie ihn auch umgebracht. Als sie dabei sah, daß Milo Lune in der Nähe arbeitete, muß sie Angst bekommen haben, daß er sie gesehen hat. Daher mußte auch er sterben. Durch die Tatsache, daß Litost Geiger war, und Lunes Name ›Mond‹ bedeutete, fiel ihr dieses Kinderlied ein, das sie als Mittel benutzte, um uns auf eine falsche Fährte zu locken. In Wahrheit brachte uns dieses Lied jedoch auf die *richtige* Fährte. In der Originalversion des Kinderliedes und in ihren Botschaften gibt es acht Substantive mit großen Anfangsbuchstaben, von den Worten am Zeilenanfang einmal abgesehen: Kätzchen, Geigenbogen, Kuh, Mond, Hund, Witz, Schüssel und Löffel. Jedem Substantiv gab sie eine bestimmte Bedeutung; es stand entweder für eine Person, ein Tier oder einen Gegenstand. Das Kätzchen war der Tiger, der Geigenbogen war Litost, die Kuh war die Elefantenkuh, der Mond war Lune, der Witz war das versenkte Boot, die Schüssel war Taupper, und zwar aus den von mir bereits genannten Gründen, und der Löffel war Lois.«

»Und was ist mit dem kleinen Hund?« fragte ich.

»Das war ein Hinweis auf ihre eigene Identität. Der Fuchs

steht dem Hund ja tatsächlich nahe, und als sich keine andere Bedeutung erschloß, erkannte ich, was sie damit meinte. *Der kleine Hund lacht über den Witz* – Sylvia Foxe muß selbst ganz genauso gelacht haben, als das Boot unterging.«

»Sie wollte Taupper und Lois nur töten, um das Lied zu vollenden?« fragte Knore.

»Ich denke, sie hätte deren Leichen beschwert und sie über die Hafenmauer gestoßen. Wenn die beiden – wie im Lied – den Eindruck hinterlassen hätten, davongelaufen zu sein, hätten wir sie für die vorherigen Morde verantwortlich gemacht.«

Lois Lanchester konnte es immer noch nicht glauben. »Und darauf kamen Sie nur deswegen, weil der Fuchs mit dem Hund verwandt ist? Hätte nicht auch Bertie Foxe statt Sylvia der Mörder sein können?«

»Es gab noch weitere Hinweise«, gestand Gideon ein. »Sylvia überredete Sie, Taupper zur Anlegestelle zu begleiten, wo sie Sie beide umbringen konnte. Und erinnern Sie sich noch an gestern, als Sylvia von ihrem Fenster aus rief, sie habe Lunes Leiche am Zaun im Elefantengehege lehnend gesehen? Als ich diesen Morgen an genau jenem Fenster stand, konnte ich kaum die Köpfe der Elefanten erkennen. Das Zoogebäude versperrte die Sicht. Sie konnte von der Leiche nur gewußt haben, wenn sie sie selbst wenige Minuten zuvor dort hingelegt hatte.«

Ein lautes, pulsierendes Geräusch war am Himmel zu hören. Wir schauten hoch und sahen den Polizeihubschrauber, der gerade zur Landung ansetzte. Hinter dem großen Haus trompetete zur Begrüßung einer der Elefanten.

Die Tigerkatze

Dorothy L. Sayers

Es ist ungemein freundlich von Ihnen, mich hier zu besuchen, Harringay. Glauben Sie mir, ich weiß das zu schätzen. Nicht jeder vielbeschäftigte Strafverteidiger würde das für so einen hoffnungslosen Klienten tun. Ich wünschte nur, ich könnte Ihnen eine glaubhaftere Geschichte anbieten, aber ehrlich, ich kann Ihnen nur dasselbe sagen, was ich Peabody schon gesagt habe. Natürlich weiß ich, daß er mir kein Wort von allem glaubt, und ich kann es ihm nicht einmal verdenken. Er meint, ich müßte mir schon etwas Plausibleres einfallen lassen – könnte ich wohl auch, aber wozu? Wer auf eine Lüge schwört, fällt irgendwann ja doch auf die Nase. Was ich Ihnen also jetzt erzähle, ist die reine Wahrheit. Ich habe einen Schuß abgegeben, nur einen, und zwar auf die Katze. Es ist schon komisch, daß ein Mensch gehängt werden soll, nur weil er auf eine Katze geschossen hat.

Merridew und ich waren immer die besten Freunde gewesen. Schule, College und so weiter. Nach dem Krieg haben wir nicht mehr viel voneinander zu sehen bekommen, weil wir in entgegengesetzten Ecken des Landes wohnten; aber hin und wieder haben wir uns in London getroffen, und ab und zu haben wir uns auch geschrieben, und jeder wußte zumindest, daß es den andern noch gab, gewissermaßen im Hintergrund. Vor zwei Jahren schrieb er mir dann, er wolle heiraten. Er war gerade vierzig geworden, und die Frau war fünfzehn Jahre jünger, aber er war unheimlich verliebt. Mir hat es schon einen kleinen Ruck gegeben – Sie wissen, wie das ist, wenn Ihre Freunde heiraten. Man hat das Gefühl, daß sie nicht mehr dieselben sind wie früher, und ich hatte mich doch schon ganz an den Gedanken gewöhnt, daß Merridew und ich dazu bestimmt waren, als Hagestolze alt zu werden. Aber ich habe ihm natürlich gratuliert und ein Hochzeitsgeschenk geschickt, und ich wünschte ihm auch aufrichtig, daß er glücklich würde. Allem Anschein nach war er dann ja auch überglücklich; ich fand es, alles in allem genommen, schon fast bedenklich, wie glücklich er war. Aber abgesehen vom Altersunterschied war es eine durchaus passende Verbindung. Er erzählte mir, er habe sie in Norfolk auf einer Gartenparty kennengelernt – ausgerechnet im Pfarrhaus –, und sie sei ihr Lebtag noch nie aus ihrem Dorf herausgekommen. Ich meine das wörtlich – nicht einmal bis ins nächste Dorf! Damit will ich nicht andeuten, daß sie vielleicht nicht ganz richtig gewesen wäre, o nein! Aber ihr Vater war irgend so ein komischer Einsiedler, der das Mittelalter erforschte oder so – arm wie eine Kirchenmaus. Er ist kurz nach ihrer Heirat gestorben.

Im ersten Jahr ihrer Ehe habe ich beide überhaupt nicht gesehen. Merridew ist Tiefbauingenieur, und nach den Flitterwochen hat er seine Frau mit nach Liverpool genommen, wo er irgend etwas an der Hafenanlage zu arbeiten hatte. Nach der Einsamkeit in den Einöden von Norfolk muß das für sie eine große Veränderung gewesen sein. Ich war in Birmingham und steckte bis zum Hals in Arbeit, und so haben wir uns also nur hin und wieder geschrieben. Seine Briefe kann ich nur irrsinnig glücklich nennen, besonders zu Anfang. Später schien er sich gewisse Sorgen um die Gesundheit seiner Frau zu machen: Sie sei ruhelos, schrieb er; das Stadtleben bekomme ihr nicht; er sei froh, wenn er mit seiner Arbeit in Liverpool fertig sei und wieder mit ihr aufs Land könne. Wohlgemerkt, das soll alles nicht heißen, daß sie vielleicht nicht glücklich gewesen wären – er war ihr, wie man so sagt, mit Haut und Haaren verfallen, und soweit ich feststellen konnte, beruhte das auf Gegenseitigkeit. Das möchte ich ganz deutlich klarstellen.

Also, der langen Rede kurzer Sinn: Anfang letzten Monats schrieb Merridew mir, daß er eine neue Baustelle bekommen habe – ein Wasserkraftwerk irgendwo in Somerset –, und fragte mich, ob ich mich nicht ein paar Wochen losreißen und sie dort besuchen könnte. Er wolle noch einmal so gern mit mir plaudern, und Felice möchte mich auch so gern kennen-

lernen. Sie wohnten dort in einem Dorfgasthaus. Es sei ein
sehr abgelegenes Fleckchen, aber es gebe Gelegenheit zum
Angeln und eine sehr schöne Landschaft, und außerdem
könne ich Felice Gesellschaft leisten, wenn er am Staudamm
zu tun habe. Ich hatte ziemlich die Nase voll von Birmingham und der Hitze und so weiter, so daß der Vorschlag für
mich sehr verlockend klang; und da mir sowieso ein Urlaub
zustand, richtete ich es so ein. Ich hatte noch Geschäfte in
London, die mich etwa eine Woche aufhalten würden, und
so schrieb ich, daß ich am 20. Juni nach Little Hexham kommen würde.

Wie es sich so ergab, erledigten meine Geschäfte in London
sich schneller als erwartet, und so hatte ich schon am 16. Juni
absolut nichts mehr zu tun und saß nun in einem Hotel-
zimmer, vor dessen Fenstern Straßenbauarbeiten im Gange
waren und Preßlufthämmer und Teermischmaschinen für
Leben sorgten. Sie werden sich noch erinnern, was für ein
heißer Monat der Juni war – eine Bruthitze, kann man nur
sagen. Ich sah keinen Sinn darin, noch länger in London zu
bleiben, und so schickte ich ein Telegramm an Merridew,
packte meine Siebensachen und stieg noch am selben Abend
in einen Zug nach Somerset. Ich konnte kein Abteil für mich
allein bekommen, aber ich fand noch ein Raucherabteil in der
ersten Klasse, in dem nur drei Plätze belegt waren, und so
machte ich mir's froh und dankbar auf dem vierten Eckplatz
bequem. Meine Mitreisenden waren ein militärisch aussehen-
der älterer Herr, eine alte Dame mit allerlei Taschen und Kör-
ben und eine junge Frau. Ich freute mich auf eine angenehme, friedliche Reise.

Die hätte ich wohl auch gehabt, wenn ich nicht so eine un-
selige Veranlagung hätte. Anfangs war alles in bester Ordnung – ich glaube, ich war sogar halb eingeschlafen und
wurde erst wieder richtig wach, als um sieben Uhr der Spei-
sewagenkellner kam und ansagte, daß das Abendessen serviert werde. Meine Mitreisenden gingen nicht essen, und als
ich aus dem Speisewagen zurückkam, sah ich, daß der ältere
Herr nicht mehr da war, nur noch die beiden Frauen. Ich
nahm wieder in meiner Ecke Platz, und nach einer Weile be-

schlich mich das scheußliche Gefühl, daß sich irgendwo in diesem Abteil eine Katze befand. Ich gehöre zu den unglücklichen Menschen, die keine Katzen ausstehen können. Ich will damit nicht nur sagen – daß Hunde mir lieber sind – ich meine, daß die Anwesenheit einer Katze mit mir im selben Raum ein ganz grusliges Gefühl gibt. Ich kann dieses Gefühl nicht beschreiben, aber ich glaube, daß es etlichen Leuten genauso ergeht. Ich habe mal gehört, es hätte etwas mit Elektrizität oder so ähnlich zu tun. Irgendwo habe ich auch gelesen, diese Abneigung beruhe oft auf Gegenseitigkeit, aber das ist bei mir nicht der Fall. Die Biester scheinen von mir regelrecht fasziniert zu sein – jedenfalls schnurren sie mir immer sofort um die Beine. Es ist schon ein recht komisches Leiden, und bei alten Damen macht mich das gar nicht beliebt.

Jedenfalls wurde mir von Minute zu Minute unbehaglicher, und ich redete mir ein, die alte Dame in der andern Ecke auf meiner Seite müsse wohl eine Katze in einem ihrer unzähligen Körbe haben. Eine Zeitlang spielte ich sogar mit dem Gedanken, sie zu bitten, sie möge den Korb doch bitte auf den Gang stellen, oder den Schaffner zu rufen und die Katze entfernen zu lassen; aber ich wußte, wie dumm das geklungen hätte, und so entschloß ich mich durchzuhalten. Ich konnte ja nicht einmal sagen, daß sich das Tier schlecht benahm oder so etwas, und die alte Dame sah sehr nett aus; sie konnte ja nichts dafür, daß ich so komisch veranlagt war. Ich versuchte mich also abzulenken, indem ich die junge Frau mir gegenüber betrachtete.

Sie war durchaus ansehenswert – sehr schlank, dunkle Haare und eine Haut so weiß, daß man sich an Magnolienblüten erinnert fühlte. Und sie hatte ganz außergewöhnliche Augen – solche Augen hatte ich überhaupt noch nie gesehen; ganz hellbraun, fast bernsteingelb, weit auseinanderstehend und ein wenig schräg, und sie schienen so etwas wie eine eigene Leuchtkraft zu haben, wenn Sie verstehen, was ich meine. Vielleicht klingt das jetzt – ich möchte nicht, daß Sie meinen, ich hätte mich da in sie verguckt. Nein, nein, sie wirkte auf mich überhaupt nicht anziehend, aber ich konnte mir gut vorstellen, daß sie einem andern Mann den Kopf verdreht hätte. Sie war nur einfach ungewöhnlich. Aber so sehr ich mich auch bemühte, an anderes zu denken, ich wurde dieses unheimliche Gefühl nicht los, und schließlich ging ich hinaus auf den Gang. Ich erwähne das nur, weil es Ihnen vielleicht helfen wird, den Rest der Geschichte zu verstehen. Wenn Sie sich nur vorstellen können, wie entsetzlich ich mich fühle, wenn eine Katze in meiner Nähe ist – selbst wenn sie in einen Korb eingesperrt ist – werden Sie vielleicht besser verstehen, warum ich mir die Pistole gekauft habe.

Also, wir kamen nach Hexham Junction, der Bahnstation von Little Hexham, und da stand der gute Merridew schon auf dem Bahnsteig. Die junge Frau stieg auch aus – Gott sei Dank aber nicht die alte Dame mit der Katze – und ich reichte ihr gerade ihr Gepäck hinaus, als er angaloppiert kam und uns alle beide begrüßte.

»Hallo!« rief er. »Das ist ja ausgezeichnet! Habt ihr euch schon miteinander bekannt gemacht?« Und da ging mir schlagartig auf, daß die junge Frau Mrs. Merridew war, die eine Einkaufstour nach London gemacht hatte, und ich erklärte ihr, warum ich so plötzlich meine Pläne geändert hatte, und sie sagte, wie sehr sie sich freue, daß ich gekommen sei – das Übliche eben. Mir fiel auf, was für eine angenehm tiefe Stimme sie hatte und wie graziös ihre Bewegungen waren, und ich verstand – aber wohlgemerkt, ohne sie zu teilen – Merridews Vernarrtheit.

Wir stiegen in seinen Wagen – Mrs. Merridew setzte sich nach hinten, und ich setzte mich neben Merridew und war sehr froh, die Luft zu fühlen und dieses bedrückende elektrisierende Gefühl loszuwerden, das ich im Eisenbahnabteil gehabt hatte. Er sagte, es gefalle ihnen hier ausgezeichnet, und Felice habe gewissermaßen zum zweitenmal zu leben begonnen. Auch er fühle sich sehr wohl, sagte er, aber ich fand im stillen, daß er ein wenig ausgepumpt und nervös wirkte.

Diese Herberge hätte Ihnen gefallen, Harringay. So richtig schön altmodisch, und alles echt – nichts von dem, was sie einem in der Tottenham Court Road als Antiquitäten andrehen. Wir aßen alle zusammen zu Abend, und dann sagte Mrs. Merridew, sie sei müde, und ging früh zu Bett, während

Merridew und ich noch ein Gläschen miteinander tranken und einen Spaziergang durchs Dorf machten. Es ist ein winziges Nest irgendwo am Ende der Welt – kleine strohgedeckte Häuser mit spitzgiebligen Mansardenfenstern, die aussehen wie aufgestellte Ohren, und um zehn gehen alle Lichter aus. Der ganze Ort schlief selig. Merridews Arbeiter schliefen natürlich nicht dort – für sie waren an der Baustelle Baracken aufgeschlagen worden, eine Meile hinter dem Dorf.

Der Wirt schloß gerade die Bar ab, als wir zurückkamen – ein Klotz von einem Mann, mit völlig ausdruckslosem Gesicht. Er hatte eine magere Frau mit rotblondem Haar, die so unterdrückt wirkte, daß sie nicht einmal den Mund aufzumachen wagte. Aber später stellte ich fest, daß dies ein Irrtum war, denn als er eines Abends mal einen über den Durst getrunken hatte und sich offenbar anschickte, die Nacht durchzufeiern, schickte sie ihn mit einer Handbewegung und einem Blick nach oben, der ihm jeden Spaß vergehen ließ. An diesem ersten Abend saß sie auf der Veranda und würdigte uns kaum eines Blickes, als wir vorbeikamen. Ich fand diese Frau die ganze Zeit sehr ungemütlich, aber ihr Haus hatte sie tipptopp ordentlich und sauber.

Man hatte mir ein ganz vornehmes Zimmer gegeben, gleich unter der Dachtraufe, mit einem breiten, niedrigen Flügelfenster, durch das man in den Garten sah. Das Bettzeug duftete nach Lavendel, und kaum lag ich darin, war ich schneller eingeschlafen, als Sie bis zehn zählen können. Ich war nämlich einfach müde. Aber später in der Nacht wachte ich wieder auf. Mir war so heiß, daß ich ein paar Decken abnahm und ans Fenster ging, um etwas Luft zu schnappen. Der Garten war von Mondlicht überflutet, und auf dem Rasen sah ich etwas sich winden und die seltsamsten Bewegungen vollführen. Ich mußte erst eine ganze Weile hinsehen, bevor ich erkannte, daß es zwei Katzen waren. Auf diese Entfernung störten sie mich nicht, und ich schaute ihnen eine Zeitlang zu, bevor ich wieder zu Bett ging. Sie wälzten sich miteinander, sprangen dahin und dorthin, jagten ihre eigenen Schatten im Gras und waren ganz vertieft in ihrer geheimnisvollen Beschäftigung – nahmen sich selbst sehr ernst dabei, wie es der Katzen Art ist. Es sah fast aus wie eine Art ritueller Tanz. Aber dann schien etwas sie zu erschrecken, und sie huschten davon.

Ich ging wieder zu Bett, konnte aber nicht wieder einschlafen. Meine Nerven schienen zum Zerreißen gespannt zu sein. Ich lag da und beobachtete das Fenster und lauschte auf so etwas wie ein leises Rascheln in der großen Wistarie, die sich auf meiner Seite am Haus emporrankte. Und dann landete etwas mit einem sanften Plumps auf dem Fenstersims – eine große Tigerkatze.

Was sagten Sie? Nun, so eine schwarz-grau gestreifte Katze. Bei uns zu Hause sagt man Tigerkatze dazu. Und so ein Monstrum von einer Katze hatte ich noch nie gesehen. Sie stand da und schaute mit schräggelegtem Kopf ins Zimmer und rieb sich die Ohren am Fensterrahmen.

Das konnte ich natürlich nicht leiden. Ich habe das Biest weggescheucht, und sie verschwand ohne einen Laut. Hitze hin, Hitze her, ich machte das Fenster daraufhin zu. Ganz weit draußen im Gebüsch glaubte ich noch ein leises Miauen zu hören, dann war es still. Danach schlief ich dann sofort wieder ein und lag im Bett wie ein Stein, bis mich morgens das Mädchen wecken kam.

Am nächsten Tag fuhr Merridew uns mit seinem Wagen zur Baustelle, wo der Staudamm entstand, und da fiel mir zum erstenmal auf, daß Felice noch keineswegs von ihrer nervösen Unruhe geheilt war. Merridew zeigte uns, wo sie einen Teil des Flusses in einen schnell fließenden kleinen Bach umleiteten, um damit den Generator des Kraftwerks anzutreiben. Über den Bach waren ein paar Bretter gelegt, und er wollte uns hinüberführen und uns den Generator zeigen. Der Bach war nicht besonders breit und der Steg kein bißchen gefährlich, aber Mrs. Merridew weigerte sich entschieden, da hinüberzugehen, und wurde richtig hysterisch, als er darauf bestehen wollte. Schließlich gingen er und ich allein hinüber und schauten uns die Anlage an. Als wir zurückkamen, hatte sie sich dann wieder gefaßt und entschuldigte sich für ihr albernes Benehmen. Merridew nahm natürlich alle Schuld auf sich, und ich kam mir ein wenig überflüssig vor. Sie erzählte mir hinterher, daß sie als Kind einmal in einen Fluß gefallen und beinahe ertrunken sei, und seitdem habe sie eine – wie nennt man das noch? – eine Phobie vor fließendem Wasser. Aber abgesehen von dieser winzigen Episode habe ich die ganze Zeit, die ich dort war, nie ein scharfes Wort zwischen den beiden fallen hören, und eine ganze Woche lang habe ich auch sonst nichts bemerkt, was darauf hingedeutet hätte, daß Mrs. Merridews Gesundheitszustand zu wünschen übrig ließ. Im Gegenteil, je mehr es auf den Hochsommer zuging und je heißer die Tage wurden, desto mehr schien ihr ganzer Körper von Leben zu sprühen. Sie strahlte so richtig von innen heraus.

Merridew war den ganzen Tag fort und mußte hart arbeiten. Ich fand, er tat zuviel, und fragte ihn, ob er schlecht schlafe. Nein, sagte er, im Gegenteil, er schlafe immer sofort ein, sowie sein Kopf nur das Kissen berühre, und – was bei ihm besonders ungewöhnlich sei – er träume nie. Auch ich fühlte mich eigentlich ganz wohl, abgesehen davon, daß die Hitze mich träge machte und mir die Lust nahm, mich anzustrengen. Mrs. Merridew unternahm lange Autofahrten mit mir. Stundenlang saß ich dann neben ihr im Auto, halb eingelullt von der warmen Luft und dem Surren des Motors, und betrachtete meine Fahrerin, die aufrecht am Steuer saß und den Blick unverwandt auf die dahinjagende Straße geheftet hielt. Wir erkundeten die ganze Gegend südlich und westlich von Little Hexham, und das eine oder andere Mal fuhren wir in nördlicher Richtung bis hinauf nach Bath. Einmal schlug ich vor, wir könnten doch über die Brücke nach Osten fahren, denn die Waldlandschaft da drüben schien sehr schön zu sein, aber Mrs. Merridew hielt nichts von dieser Idee; es sei eine schlechte Straße, sagte sie, und die Landschaft auf der andern Seite sei ziemlich enttäuschend.

Alles in allem verbrachte ich eine angenehme Woche in Little Hexham, und wenn die Katzen nicht gewesen wären, hätte ich mich so richtig wohl gefühlt. Jede Nacht wimmelte es im Garten von ihnen – die Tigerkatze, die ich in der ersten Nacht meines Aufenthalts gesehen hatte, und eine kleine rote Katze sowie ein widerlicher schwarzer Kater waren besonders lästig, und eines Abends miaute ein verängstigtes weißes Kätzchen eine Stunde lang unter meinem Fenster. Ich warf mit Schuhen und Büchern nach meinen ungebetenen Besuchern, bis ich so recht von Herzen müde war, aber sie waren nicht davon abzubringen, in diesem Herbergsgarten ihre Treffen abzuhalten. Es wurde von Nacht zu Nacht schlimmer; einmal zählte ich fünfzehn Stück. Sie saßen auf ihren Hinterpfoten im Kreis herum, während die Tigerkatze in ihrer Mitte einen Schattentanz vollführte und wie ein Weberschiffchen hin und her flitzte. Mein Fenster mußte ich geschlossen halten, denn die Tigerkatze schien sich angewöhnt zu haben, in der Wistarie herumzusteigen. Auch die Tür, denn einmal, als ich noch hinuntergegangen war, um etwas aus dem Aufenthaltsraum zu holen, traf ich sie auf meinem Bett an, wo sie die Tagesdecke mit den Pfoten bearbeitete und mit geschlossenen Augen in sinnlicher Ekstase schnurrte. Ich jagte sie weg, und sie spuckte nach mir, während sie auf den dunklen Flur flüchtete.

Ich erkundigte mich bei der Wirtin nach der Katze, aber sie antwortete kurz angebunden, sie hielten keine Katzen in der Herberge; und es stimmt, ich habe tagsüber nie eines von den Biestern zu Gesicht bekommen. Doch eines Abends traf ich den Wirt draußen in einem der Schuppen an, und da hatte er die rote Katze auf der Schulter und fütterte sie mit etwas, das wie Leberstreifen aussah. Ich machte ihm Vorwürfe, daß er damit die Katzen anlocke, und fragte, ob ich ein anderes Zimmer haben könne, da mich das allnächtliche Gemaunze störe. Er öffnete halb seine Augenschlitze und brummelte, er werde seine Frau fragen; es geschah aber nichts, und ich glaube überhaupt, daß es in dem Haus gar kein anderes Zimmer mehr gab.

Und die ganze Zeit wurde das Wetter heißer und drückender; Gewitter kündigten sich an; der Himmel war wie Bronze und die Erde wie Eisen, und darüber flimmerte die Luft, daß einem die Augen schmerzten.

Ja, schon gut, Harringay – ich versuche bei der Sache zu bleiben. Und ich will nichts vor Ihnen verbergen. Ich sage Ihnen, daß meine Beziehungen zu Mrs. Merridew ganz gewöhnlicher Art waren. Natürlich sah ich sie sehr viel, denn wie gesagt, Merridew war ja den ganzen Tag weg. Wir fuhren morgens mit ihm zum Staudamm und brachten den Wagen zurück, und natürlich mußten wir einander dann bis zum Abend so gut wie möglich unterhalten. Meine Gesellschaft schien ihr angenehm zu sein, und ich konnte ja nun nichts gegen sie haben. Ich kann Ihnen nicht sagen, worüber wir uns unterhielten – nichts Bestimmtes. Sie war nicht sehr redselig. Stundenlang konnte sie in der Sonne sitzen oder liegen und kaum ein Wort sagen – nur den Körper dem Licht und der Wärme entgegenstrecken. Manchmal spielte sie einen ganzen Nachmittag mit einem Zweig oder Stein, während ich dabeisaß und rauchte. Geruhsam? Nein – nein, ich würde sie nicht unbedingt einen geruhsamen Menschen nennen. Für mich war sie das zumindest nicht. Abends wurde sie dann immer etwas lebhafter und redete mehr, aber meist ging sie früh zu Bett und überließ Merridew und mich unserm gewohnten Schwätzchen im Garten.

Ach ja, die Pistole! Ja, die habe ich in Bath gekauft, nachdem ich genau eine Woche in Little Hexham war. Wir waren morgens hinaufgefahren, und während Mrs. Merridew einiges für ihren Mann besorgte, sah ich mich in den Trödelläden um. Ich hatte vorgehabt, mir eine Luftpistole oder eine Erbsenschleuder oder dergleichen zuzulegen, doch da entdeckte ich die Pistole. Sie haben sie ja gesehen. Sie ist sehr klein – ›kaum mehr als ein Spielzeug‹, wie es in Büchern immer heißt –, aber durchaus tödlich. Der alte Mann, der sie mir verkaufte, schien nicht viel von Schußwaffen zu verstehen. Er sagte mir, er habe das Ding vor einiger Zeit als Pfand hereingenommen, und zehn Schuß Munition seien im Preis inbegriffen. Er fragte auch nicht nach dem Waffenschein – schien nur froh zu sein, das Ding loszuwerden, und wollte dem Kunden nicht noch Steine in den Weg legen. Ich sagte ihm, ich wisse damit umzugehen, und erwähnte halb im Scherz, ich wolle meine Schießkünste an Katzen ausprobieren. Das schien ihn ein wenig aufhorchen zu lassen. Er war ein verknöcherter kleiner Kerl mit dünnem grauem Bart und spindeldürrem Hals. Er fragte mich, wo ich wohnte, und ich antwortete, in Little Hexham.

»Nehmen sie sich lieber in acht«, sagte er. »Die Leute dort halten viel von ihren Katzen, und es soll Unglück bringen, sie zu töten.« Und dann sagte er noch etwas, was ich nicht ganz verstand – von einer Silberkugel. Er war ein zittriger alter Kerl und schien plötzlich Bedenken zu haben, mich mit meinem Einkauf gehen zu lassen, aber ich versicherte ihm, daß ich vollkommen in der Lage sei, auf die Pistole und mich selbst achtzugeben. Als ich ging, stand er an der Ladentür, zupfte an seinem Bart und schaute mir nachdenklich nach.

In dieser Nacht kam das Gewitter. Der Himmel war noch am Abend richtig bleiern geworden, aber die schwüle Hitze war noch drückender als der Sonnenschein. Beide Merridews schienen recht nervös zu sein – er schimpfte verdrießlich über das Wetter und die Fliegen, und sie war ganz aufgedreht und legte eine unnatürliche Erregung an den Tag. Manche Leute reagieren so auf Gewitter. Mir ging es nicht viel besser, und um alles noch schlimmer zu machen, überkam mich auch noch das Gefühl, das ganze Haus sei voller Katzen. Ich sah sie nicht, aber ich wußte, daß sie da waren, hinter Schränken lauerten und lautlos über die Gänge huschten. Ich war kaum in der Lage, im Salon sitzen zu bleiben, und war froh, in mein Zimmer fliehen zu können. Katzen hin und her, ich mußte das Fenster öffnen und setzte mich mit offener Pyjamajacke davor und versuchte, Luft zu bekommen. Aber es war wie im Innern eines Schmelzofens. Und stockdunkel. Ich konnte von meinem Fenster aus kaum sehen, wo das Gebüsch aufhörte und der Rasen begann. Aber die Katzen, die hörte und fühlte ich. Das war ein Geraschel und Gekratze in der Wistarie, und gegen elf Uhr begann eine von ihnen das Konzert mit einem lauten, häßlichen Gesang. Nach und nach fielen immer mehr darin ein – ich möchte schwören, es waren an die fünfzig. Und bald überkam mich dieses entsetzliche Gefühl der Übelkeit; die Muskeln zogen sich mir über den Knochen zusammen, und ich wußte genau, daß eine von ihnen sich im Dunkeln an mich heranschlich. Ich schaute mich rasch um, und da stand sie – die große Tigerkatze; stand unmittelbar neben meiner Schulter, mit glühenden Augen gleich grünen Lampen. Ich schrie auf und schlug nach ihr, und sie fauchte und sprang vom Fenstersims nach draußen. Ich hörte sie unten auf dem Gartenweg landen, und im selben Moment setzte im ganzen Garten das Geheule in voller Lautstärke wieder ein. Urplötzlich aber herrschte vollkommene Stille; ein bläuliches Flackern in der Ferne, dann ein zweites. Beim erstenmal sah ich die gegenüberliegende Gartenmauer; auf ihrer ganzen Länge saß eine Katze neben der andern, wie auf einem Wandfries im Kinderzimmer. Beim zweiten Blitz war die Mauer leer.

Um zwei Uhr morgens begann es zu regnen. Davor hatte ich drei Stunden dagesessen und die Blitze beobachtet, die über den Himmel zuckten, und mich über jedes Donnerkrachen gefreut. Das Gewitter schien die ganzen elektrischen Störungen aus meinem Körper abzuziehen; ich hätte schreien können vor Erregung und Erleichterung. Dann fielen die ersten schweren Tropfen; es goß, dann schüttete es. Die Tropfen prasselten auf den eisenhart gebackenen Garten wie Stahlsplitter. Betörende Erdgerüche stiegen zu mir auf, und der aufkommende Wind jagte mir die Regentropfen ins Gesicht. Am anderen Ende des Flurs hörte ich ein Fenster zugehen und den Riegel schnappen, doch ich beugte mich in das tosende Wetter hinaus und ließ mir das Wasser über Kopf und Schulter laufen. Immer noch grollte zwischendurch der Donner, doch leiser und weiter entfernt, und im Schein der gelegentlichen Blitze sah ich das weiße Gitter fallenden Wassers zwischen mir und dem Garten.

Und nach einem dieser fernen Donnerschläge hörte ich das Klopfen an meiner Tür. Ich öffnete, und da stand Merridew. Er hatte eine Kerze in der Hand, und sein Gesicht war angstverzerrt.

»Felice!« sagte er unvermittelt. »Sie ist krank. Ich bekomme sie nicht wach. Um Gottes willen, komm und hilf mir.«

Ich folgte ihm eilends über den Flur. In seinem Zimmer standen zwei Betten – ein großes Himmelbett, behängt mit rotem Damast, und ein kleines Klappbett neben dem Fenster. Das kleine Bett war leer und das Bettzeug zurückgeschlagen.

Offensichtlich hatte er es gerade verlassen. In dem Himmelbett lag Mrs. Merridew, nackt und nur von einem Leintuch zugedeckt. Sie lag lang ausgestreckt auf dem Rücken, die langen schwarzen Haare in zwei Zöpfen auf den Schultern. Ihr Gesicht war wachsweiß und eingefallen wie das Gesicht einer Toten, und als ich ihr den Puls fühlte, war dieser so schwach, daß ich ihn zuerst gar nicht fand. Ihr Atem ging sehr langsam und flach, und ihre Haut war kalt. Ich schüttelte sie, aber sie reagierte nicht. Ich zog ihre Augenlider hoch und sah ihre Augäpfel nach oben verdreht, so daß nur das Weiße zu sehen war. Auch als ich mit der Fingerspitze den empfindlichen Augapfel berührte, erfolgte keine Reaktion. Ich fragte mich sofort, ob sie irgendwelche Drogen nahm.

Merridew hielt es offenbar für nötig, Erklärungen abzugeben. Er redete unablässig von der Hitze – sie ertrage nicht einmal ein seidenes Nachthemd auf dem Körper – sie habe ihn gebeten, sich in das andere Bett zu legen – er habe tief geschlafen und das Gewitter gar nicht mitbekommen. Erst die Regentropfen in seinem Gesicht hätten ihn geweckt. Er sei aufgestanden und habe das Fenster geschlossen. Dann habe er Felice gerufen und sich erkundigen wollen, ob ihr nichts fehle – er habe geglaubt, das Gewitter könne sie erschreckt haben. Er habe keine Antwort bekommen und eine Kerze angezündet. Ihr Zustand habe ihn sehr erschreckt – und so weiter.

Ich sagte ihm, er solle sich zusammenreißen und versuchen, ihre Hände und Füße zu wärmen, um den Blutkreislauf anzuregen. Ich war im Innersten überzeugt, daß sie unter der Wirkung irgendeines Opiats stand. Wir machten uns gemeinsam an die Arbeit, rieben ihre Glieder, kniffen sie, schlugen sie mit nassen Handtüchern und riefen ihr laut ihren Namen ins Ohr. Es war, als hätten wir es mit einer Toten zu tun, außer daß ihre Brust, auf der ich – ziemlich überrascht, einen Makel auf der weißen Magnolienblüte zu sehen – unmittelbar über dem Herzen ein großes braunes Muttermal entdeckte, das sich ganz leicht, aber regelmäßig hob und senkte. In meiner gestörten Fantasie erschien mir dieses Mal wie eine Wunde, eine drohende Gefahr. Wir arbeiteten so schwer, daß uns der Schweiß in Strömen hinunterlief – als wir nach einer Weile plötzlich merkten, daß vor dem Fenster etwas los war – ein verstohlenes Klopfen und Kratzen an der Scheibe. Ich schnappte mir die Kerze und sah hinaus.

Auf dem Fenstersims saß die Tigerkatze und trommelte gegen das Fenster. Der durchnäßte Pelz klebte ihr am Körper, ihre Augen funkelten in die meinen, ihr Maul war protestierend weit geöffnet. Wütend bearbeitete sie den Riegel, während ihre Hinterpfoten auf dem Holz rutschten und kratzten. Ich schlug gegen die Scheibe und brüllte sie an, doch sie schlug nur wie besessen gegen die Scheibe zurück. Und während ich mich mit einem Fluch umdrehte, ließ sie einen langen, verzweifelten Schrei ertönen.

Merridew rief mir zu, ich solle die Kerze zurückbringen und das Vieh in Ruhe lassen. Ich kehrte zum Bett zurück, doch das gräßliche Geschrei hörte und hörte nicht auf. Ich riet Merridew, den Wirt zu wecken und Wärmflaschen und etwas Kognak aus der Bar zu besorgen und zu sehen, ob er nicht nach einem Arzt schicken könne. Er ging, um das zu erledigen, während ich mit der Massage fortfuhr. Ich hatte den Eindruck, daß der Puls immer schwächer wurde. Dann fiel mir plötzlich ein, daß ich ein kleines Fläschchen Kognak in meinem Koffer hatte. Ich lief, es zu holen, und im selben Moment hörte die Katze plötzlich mit ihrem Geheul auf.

Als ich in mein Zimmer trat, umfing mich wohltätig die frische Luft, die durchs Fenster hereinkam. Ich fand im Dunkeln meinen Koffer und kramte zwischen Hemden und Socken nach der Flasche, als ich ein lautes, triumphierendes Miauen hörte, und ich konnte mich gerade noch rechtzeitig umdrehen, um die Tigerkatze noch einen kurzen Moment auf dem Fenstersims kauern zu sehen, bevor sie an mir vorbei ins Zimmer sprang und zur Tür hinausjagte. Ich fand die Flasche und eilte damit zurück, gerade als Merridew und der Wirt die Treppe heraufgerannt kamen.

Wir traten alle zusammen ins Zimmer. Und im selben Moment regte sich Mrs. Merridew, setzte sich auf und fragte uns, was denn um alles in der Welt los sei.

Selten bin ich mir so sehr wie ein Narr vorgekommen.

Am nächsten Tag war das Wetter kühler; das Gewitter hatte die Atmosphäre gereinigt. Was Merridew seiner Frau gesagt hat, weiß ich nicht. Niemand von uns spielte jedenfalls auf die Ereignisse der Nacht an, und allem Anschein nach war Mrs. Merridew bei bester Gesundheit und ebenfalls bester Laune. Merridew nahm sich einen Tag frei, und wir machten alle zusammen einen weiten Ausflug mit Picknick. Wir verstanden uns bestens. Fragen Sie Merridew – er wird Ihnen dasselbe sagen. Er würde – und könnte – bestimmt nichts anderes sagen. Ich kann nicht glauben, Harringay, kann einfach nicht glauben, daß er sich vorstellen … daß er mich verdächtigen könnte – es gab nichts zu verdächtigen. Gar nichts.

Ja – das war das entscheidende Datum – der 24. Juni. Ich kann Ihnen sonst nichts Näheres berichten; es gibt nichts zu berichten. Wir kamen zurück und aßen wie üblich zu Abend. Wir waren alle drei den ganzen Tag zusammen gewesen, bis es Zeit zum Zubettgehen wurde. Bei meiner Ehre, ich habe an diesem Tag mit niemandem allein gesprochen, weder mit ihm noch mit ihr. Ich war der erste, der zu Bett ging, und die andern hörte ich etwa eine halbe Stunde später heraufkommen. Sie unterhielten sich gutgelaunt.

Es war eine helle Mondnacht. Zur Abwechslung störte mich einmal kein Katzenkonzert. Ich machte mir nicht einmal die Mühe, das Fenster oder die Tür zu schließen. Vor dem Zubettgehen legte ich die Pistole neben mich auf den Stuhl. Ja, sie war geladen. Ich verfolgte keine bestimmte Absicht damit, daß ich sie neben mich legte; außer daß ich vorhatte, auf die Katzen zu schießen, wenn sie wieder mit ihren Spielchen anfingen.

Ich war todmüde und dachte, ich würde sofort einschlafen, aber daraus wurde nichts. Ich muß wohl übermüdet gewesen sein. Ich lag wach im Bett und schaute hinaus ins Mondlicht. Und da, gegen Mitternacht, hörte ich, was ich wohl halb erwartet hatte: ein verstohlenes Rascheln in der Wistarie und ein leises Miauen.

Ich richtete mich im Bett auf und griff nach der Pistole. Ich hörte das leise ›Plopp‹, als die große Katze aufs Fenstersims sprang; ich sah ihre schwarz-silberne Flanke und den Umriß

ihres runden Kopfes mit den gespitzten Ohren und dem aufgerichteten Schwanz. Ich zielte und schoß, und das Vieh gab
einen fürchterlichen Schrei von sich und sprang in mein Zimmer.

Ich sprang aus dem Bett. Der Schuß hatte furchtbar in dem
stillen Haus widergehallt, und von irgendwoher hörte ich
leise eine Stimme rufen. Ich verfolgte die Katze auf den Flur,
die Pistole in der Hand – wohl in der Absicht, sie ganz zu erledigen. Und als ich am Zimmer der Merridews vorbeikam,
sah ich da Mrs. Merridew stehen. Sie hielt sich mit beiden
Händen rechts und links an den Türpfosten fest und
schwankte vor- und rückwärts. Und dann fiel sie hin, mir
genau vor die Füße. Ihre nackte Brust war über und über mit
Blut befleckt. Und wie ich noch so mit der Pistole in der
Hand dastand und auf sie hinunterstarrte, kam Merridew
aus dem Zimmer und sah uns – so.

Also, Harringay, das ist meine Geschichte, genau wie ich
sie Peabody erzählt habe. Ich fürchte, sie wird vor Gericht
nicht sehr überzeugend klingen, aber was kann ich sonst
sagen? Die Blutspur führte von meinem Zimmer zu ihrem;
die Katze muß diesen Weg gelaufen sein; ich *weiß*, daß es die
Katze war, auf die ich geschossen habe. Eine andere Erklärung habe ich nicht anzubieten. Ich weiß nicht, wer Mrs.
Merridew erschossen hat, oder warum. Ich kann auch nichts
daran ändern, daß die Leute aus der Herberge sagen, sie hätten die Tigerkatze nie gesehen; Merridew hat sie in der einen
Nacht gesehen, und ich weiß, daß er das sicher nicht abstreiten wird. Durchsuchen Sie das Haus, Harringay – das ist das
einzige, was zu tun ist. Nehmen Sie das Ding auseinander,
bis Sie den Kadaver der Tigerkatze finden. Darin werden sie
dann auch meine Kugel finden.

Der Kater von der Trinitatiskirche

Ellis Peters

Als ich am Heiligabend durch das Tor zum Kirchhof ging, saß er ganz oben auf einem der hinteren Torpfosten, pflegte sich auf seine vornehme Art und hatte dabei eins seiner schwarzen Beine um den Nacken geschlungen. Sein zerbissenes Ohr stand wie üblich in einem Winkel von fünfundvierzig Grad vom Kopf ab. Ich schätze, einer der Kater, mit denen er sich in seinen wilden Jahren auf einen Kampf einließ, hat ihm das versteifte Stück aus dem Ohr herausgerissen. Das andere Ohr stand ganz deutlich hoch. Schnee lag auf dem Boden, alles war wie mit einem dünnen Schleier bedeckt; die weiße Schicht fing gerade an zu krachen. Das ließ noch vor Beginn des Abends Frost erwarten. Dem Kater standen mindestens drei warme Zufluchtsorte in der Nähe zur Verfügung, wann immer ihm danach war, sich zu verkriechen. Außerdem hatte er noch seine beiden Häuser, die er allerdings nur für Besuche und zum Schnorren nutzte. Er ist in unserem Dorf jetzt seit drei Jahren eine wohlbekannte Gestalt. Damals kam er scheinbar aus dem Nichts und machte sich beim Vikar und beim Küster schnell beliebt. Da er die Unterkunft behaglich und die Essensreste gut fand, ernannte er sich zum ständigen Bewohner der Trinitatiskirche und übernahm dort alle Aufgaben, für deren Bewältigung Menschen zu langsam sind, wie beispielsweise Ratten zu fangen oder eindringende Hunde wegzujagen.

Keiner weiß, wie alt er ist, aber ich glaube, er war unmöglich älter als zwei Jahre, als er sich hier niederließ, ein dürrer, mit allen Wassern gewaschener schwarzer Bandit, hager wie ein Drahtgestell. Nachdem er jedoch über drei Jahre hinweg von Joel Woodward und Miss Patience Thomson verwöhnt und verhätschelt worden war, hatte er das Doppelte seiner ursprünglichen Größe erreicht. Joel Woodward lebte im Trinity Cottage, dem traditionellerweise vom Küster bewohnten und an einer Seite an das überdachte Friedhofstor stoßenden Haus; Miss Patience Thomson wohnte auf der anderen Seite im Church Cottage.

Das Fell des Katers glänzte mittlerweile wie Samt, das schlaff herunterhängende Ohr und ein kleiner Knick etwa fünf Zentimeter vor der Schwanzspitze waren jedoch geblieben, und immer noch sah er aus wie ein Straßenräuber, allerdings wie ein ausgesprochen wohlhabender Straßenräuber. Niemand hat ihm jemals einen Namen gegeben, aber er war auch nicht der Typ, dem man irgendeinen anspruchslosen oder vertrauten Namen gibt. Nur Miss Patience wagte es, ihm mit säuselnder Stimme etwas zu erzählen, und er nahm das überaus wohlwollend entgegen. Miss Patience war schon etwas älter, arglos, und bezüglich kleiner Aufmerksamkeiten wie roher Leber, in die er vernarrt war, überaus freigebig. Von welcher Seite man es auch betrachtete, er hatte es geschafft. Meistens lebte er im Freien, nie blieb er über Nacht in einem der Häuser. Im Winter konnte er eine eigene kleine Bodenöffnung nutzen, die in den Heizkeller der Kirche führte. Kameradschaftlich teilte er sein Quartier mit einem Igel, der sich als Gehilfe beim Vertilgen von Ungeziefer auf dem Gebiet des Kirchhofs qualifiziert hatte und es vorzog, den Winter im Koks zu sitzen, anstatt wie normale Igel in einen Winterschlaf zu fallen. Aus irgendeinem Grund tauchen diese Individualisten immer wieder in unserem Tal auf.

Ich war nur deswegen an diesem Nachmittag in die Kirche gegangen, weil ich mit dem Vikar etwas bezüglich des Läutens der Weihnachtsglocken regeln wollte. Man hatte mich immerhin dazu bewegt, mich dem Team anzuschließen, das für das Läuten der Glocken zuständig war. In abgelegenen Gegenden wie der unseren wird die ortsansässige Polizei in alle möglichen Aktivitäten hineingezogen, und wenn sich in einem solchen Gebiet Veränderungen abzeichnen und plötzlich neue Probleme auftauchen, dann wird die Polizei, wenn sie auch nur über einen Funken gesunden Menschenverstandes verfügt, sich nicht lange bitten lassen, sondern bereitwillig darauf eingehen. Ich habe schon so manchen erstaunten

Halbstarken, der dachte, er könnte mit seinem kleinen Einbruch ungestraft davonkommen, dingfest gemacht, indem ich einfach nur während eines Dartspiels oder der Chorprobe die Ohren aufgehalten habe.

Als ich gegen halb drei über den Kirchhof wieder zurückging, kam Miss Patience gerade mit einer Einkaufstasche am Handgelenk aus ihrem Tor heraus und auf die Straße zu. Ein Stück des Weges schlenderten wir gemeinsam nebeneinander her. Sie ging auf die siebzig zu und war kaum größer als ein Vogel, aber sehr eigen. Da sie nie geheiratet und nie das Tal verlassen hatte und sich um eine Mutter gekümmert hatte, die fast neunzig Jahre alt geworden war, hatte sie nie die Zeit gehabt, sich auf neue Ideen bezüglich des Kleidungsstils, der sich für ältere Damen schickt, einzulassen. Alles wurde immer so gemacht, wie es ihre Mutter gemacht hatte, und Mode, Musik und Moralvorstellungen waren in einer Zeitepoche steckengeblieben, in der die Mutter ihre sorgfältige Erziehung genossen, als Mädchen die für den Haushalt notwendigen Fähigkeiten gelernt und sich auf eine tugendhafte Ehe vorbereitet hatte. Und das hatte durchaus seine Qualitäten! Miss Patience jedoch war dadurch zu einer gebrechlichen kleinen Dame geworden, die lange schwarze, graue oder marineblaue Röcke trug und sich ohne Hut und Handschuhe nicht richtig angezogen fühlte. Und das in einem Alter, in dem beispielsweise Mrs. Newcombe oben an der Kneipe scheußliche rosafarbene Hosenanzüge und rotgoldene Haarteile bevorzugte. Miss Patience bot das Bild einer charmanten kleinen alten Dame, sehr aufrecht und überaus adrett. Es war ein Vergnügen, ihrem Gang zuzuschauen. Und das läßt sich über Mrs. Newcombe in ihrem Hosenanzug nicht sagen, insbesondere, wenn man sie von hinten sieht!

»Frohe Weihnachten, Sergeant Moon!« zirpte sie, als sie mich erblickte. Und ich wünschte ihr das gleiche und verlangsamte meinen Schritt auf ihr Tempo.

»Es wird gegen Abend glatt werden«, sagte ich. »Seien sie beim Gehen nur vorsichtig.«

»Ach, ich bin nur etwa eine Stunde oder so unterwegs«,

sagte sie gelassen. »Ich werde zu Hause sein, lange bevor der Frost einsetzt. Ich mache gerade meine letzten Weihnachtseinkäufe und muß noch eine Strickjacke für Mrs. Downs abholen.« Mrs. Downs war ihre Putzfrau, sie kam dreimal in der Woche morgens bei ihr vorbei. »Ich habe die Jacke schon vor einiger Zeit bestellt, aber heutzutage dauert es ja mit den Lieferungen so ungeheuer lange. Und dann suche ich noch eine Schallplatte für meinen kleinen Laufburschen.« Der Laufbursche hieß Tommy Fowler und gehörte zu den Sopranstimmen im Kirchenchor. Er sah rosig und gesund aus und war überdies auch noch sehr geschickt. »Und unsere stummen Freunde darf man ja auch nicht vergessen, nicht wahr?« meinte Miss Patience fröhlich. »Auch sie sind alle wichtig.«

So wie ich das verstand, bezog sie sich mit dieser Äußerung auf einige Päckchen mit irgendeinem neuen Produkt, mit dem sich Wildvögel in den Garten locken ließen. Die Drosseln vom Church Cottage waren so fett, daß sie kaum noch fliegen konnten, und bei Frost stellte Miss Patience drei- bis viermal am Tag frisches Wasser nach draußen.

Wir kamen auf unsere kurze Ladenstraße, und weg war die alte Dame. Ihre große, in tiefem Schwarz und Gold gehaltene Brosche glänzte in ihrem Schal auf. Miss Patience besaß ein paar Schmuckstücke aus der Zeit Königin Viktorias und König Eduards, die ihr ihre Mutter hinterlassen hatte, und fast immer legte sie eins davon an. Sie war noch der Auffassung, eine Dame müsse sich nicht nur sonntags, sondern jeden Tag mit peinlicher Sorgfalt kleiden. Ich drehte derweil eine flotte Runde durch das Dorf, um nach dem Rechten zu schauen, und ging dann zu Molly nach Hause, um ein frühes Abendessen einzunehmen. Dankbar legte ich dort die Stiefel ab.

Das war Heiligabend. Am ersten Weihnachtstag fehlte Miss Thomson beim Abendmahl um acht Uhr, und das war noch nie dagewesen. Der Vikar sagte, er wolle nach der Morgenliturgie einmal bei ihr vorbeischauen und sich davon überzeugen, daß ihr nichts passiert war und sie sich nicht beim Herumlaufen im Schnee erkältet hatte. Doch jemand anderes kam uns beiden zuvor: Tommy Fowler! Er war ganz gespannt auf seine Pop-Schallplatte, aber auch er fand erst nach dem Gottesdienst eine Gelegenheit, zu ihr zu gehen, denn in unserem Dorf ist es üblich, daß der Chor vor dem Hauptgottesdienst zum Vikar geht und ihm ein Morgenständchen bringt und sich dabei über die Tatsache hinwegsetzt, daß er bereits seit vier Stunden auf den Beinen ist und zweimal ein Abendmahl geleitet hat. Und Tommy Fowler hatte bei diesem Choral auch noch einen Solo-Auftritt! Es war Viertel nach zwölf, als er sich davonmachte und den Gartenweg zur Tür des Church Cottage entlangflitzte.

Es dauerte keine Minute, da kam er in noch schnellerem Tempo wieder zurückgerast. Ich war gerade auf dem Nachhauseweg, als er aus dem Tor herausschoß und mit voller Wucht gegen mich prallte. Seine Augen waren aus ihren Höhlen getreten, als hätten sie Stiele bekommen; sein Mund stand weit offen. Tommy stand so sehr unter Schock, daß er nur noch einen gedämpften, klagenden Ton von sich gab. Er klammerte sich an mir fest und zeigte nach hinten auf Miss Thomsons Haustür, die er halb hatte offenstehen lassen, als er geflüchtet war. Er nahm drei Anläufe – bevor er krächzend die Worte hervorbringen konnte: »Miss Patience… Sie liegt auf dem Fußboden – es geht ihr nicht gut!«

Im Laufschritt rannte ich ins Haus. Ich dachte, sie hätte vielleicht ganz allein dort einen Herzinfarkt erlitten und würde jetzt hilflos daliegen. Die Haustür führte in einen winzigen Flur; durch eine weitere Tür mit eingesetzter Glasscheibe gelangte man ins Wohnzimmer. Auch diese Tür stand offen, und dort lag Miss Patience mit dem Gesicht auf dem Teppich. Immer noch trug sie Mantel und Handschuhe; ihre Einkaufstasche lag neben ihr. Ein Beistelltisch war durch ihren Sturz umgerissen worden und hatte eine Blumenvase und ein Buch auf den Boden geschleudert. Ihr Hut hing ihr schief über einem Ohr und war nach innen eingebeult wie ein zertretener Pilz. Ihre zu einem ordentlichen grauen Knoten zusammengesteckten Haare hatten sich gelöst und hingen jetzt über ihre Schultern herab. Das Haar war nicht länger grau, sondern hatte einen schmierigen bräunlichschwarzen Farbton angenommen. Tot und steif lag sie da.

Das Zimmer war so kalt, daß die Türen die ganze Nacht über angelehnt gewesen sein mußten.

Der Junge war mir gefolgt, und hing mit klappernden Zähnen an meinem Ärmel. »Ich habe die Tür nicht aufgemacht – sie war schon offen! Ich habe sie auch nicht angerührt, habe auch nichts anderes angerührt. Ich wollte nur sehen, ob mit ihr alles in Ordnung ist und meine Schallplatte abholen.«

Die Schallplatte lag unversehrt da und war halb aus der neben ihrem Arm liegenden Einkaufstasche gerutscht. Sie war für ihn gedacht gewesen, und ich versicherte ihm, daß er sie auch bekommen würde, aber jetzt noch nicht, denn es konnte ein Beweisstück sein, und wir durften hier ohnehin nichts entfernen. Rasch beförderte ich ihn nach draußen und übergab ihn in die Obhut des Vikars. Nachdem ich telefonisch die erforderlichen Kräfte angefordert hatte, ging ich zu Miss Patience zurück. Wir hatten es immerhin mit einem Mordfall zu tun.

Das war also das Ende einer sanften, harmlosen alten Frau, einer von vielen in diesen Zeiten, die nur deswegen totgeschlagen werden, weil sie auf einen Eindringling stoßen, der in Panik gerät. Meiner Einschätzung nach war sie höchstens eine Stunde nach unserem Zusammentreffen auf der Straße auf ihren Mörder gestoßen. Alles an ihr war genauso wie zum Zeitpunkt unserer Begegnung: die Einkaufstasche, der Mantel, der Hut, die Handschuhe. Der einzige Unterschied bestand darin, daß sie jetzt tot war. Nein, es gab noch einen weiteren Unterschied! Die Handtasche war verschwunden, es sei denn, sie lag unter ihrem Körper. Als wir sie später bewegen konnten, war ich nicht weiter überrascht, zu sehen, daß die Handtasche nicht da war. In Handtaschen tragen alte Damen immer ihr Geld mit sich herum. Der Gelegenheitsdieb, der in Panik geraten war und auf sie eingeschlagen hatte, war noch so habgierig und geistesgegenwärtig gewesen, daß er sich auf seiner Flucht die Handtasche schnappte. Ich kannte die Tasche gut; sie war aus weichem, schwarzen Leder, hatte eine altmodische vergoldete Schnalle und einen kurzen Griff; sie war ziemlich klein und ganz anders als diese Reisetaschen, die die Leute heutzutage mit sich herumschleppen.

Miss Patience lag mit dem Kopf zur Tür auf der anderen Seite des Zimmers hin, die ebenfalls offenstand und zur Treppe führte. Auf dem Schreibtisch neben dieser Tür standen zwei schwere Kerzenleuchter aus Messing. Ein weiterer Leuchter lag neben Miss Thomsons Leiche auf dem Fußboden, und obwohl der Haarknoten und der Filzhut verhindert hatten, daß viel Blut verspritzt worden war, befand sich an der viereckigen Unterseite des Leuchters genügend Blut, um diesen als Waffe zu kennzeichnen. Wer immer sie damit erschlagen hatte, er war gerade die Treppe heruntergeschlichen und bereit gewesen, das Haus zu verlassen. Sie war fünf Minuten zu früh gekommen.

Ein Stockwerk höher war es dem Täter nicht schwergefallen, im Schlafzimmer der alten Dame ihre Schmuckstücke zu finden. Sie hatte sich nie für jemanden gehalten, der im Besitz besonderer Wertgegenstände war, und hatte auch nie daran gedacht, daß andere Menschen das, was sie besaß, begehren könnten. Ihre goldenen, türkisfarbenen und tiefschwarzen Schmuckstücke, die Liebesschleife aus Gold und Opalen, die Verlobungs- und Heiratsringe ihrer Mutter und ihr kleiner, mit Staubperlen besetzter Uhranhänger aus der Zeit König Eduards hatten einfach in der kleinen oberen Schublade ihres Toilettentisches geruht. Miss Patience gehörte zu einer ehrlichen Epoche, und diese Epoche war vorbei. Jetzt war sie ihr nachgefolgt. Ging sie einkaufen, hatte sie nicht einmal ihre Tür abgeschlossen. Kein Knirschen eines Schlüssels im Schloß hätte den Täter warnen können, nur das Öffnen der Tür.

Vor zehn Jahren gab es in diesem Tal nicht einen einzigen Menschen, der sich anders verhielt als Miss Patience. Keiner schloß seine Türen ab, manchmal nicht einmal über Nacht. Einige von uns machten zwei Wochen Urlaub und ließen die Türen unverschlossen. Jetzt können wir, bevor der Milchmann persönlich an die Tür klopft, nicht einmal das Milchgeld draußen hinlegen. Wenn diese Generation sich gerne ihres Fortschritts brüstet, soll sie nur! Was mich betrifft, dachte ich plötzlich, daß die Arglose jetzt vielleicht gut daran war, all das hier hinter sich gelassen zu haben.

Wir machten das Übliche, fotografierten den Leichnam und den Tatort; der Arzt untersuchte sie und verfügte ihren Abtransport. Er bestätigte auch, was ich bereits bezüglich des ungefähren Zeitpunkts ihres Todes vermutet hatte. Und die Jungs von der Spurensicherung förderten eine Menge unsauberer Fingerabdrücke zutage, die keinem irgend etwas nutzen würden, da sie mit einiger Wahrscheinlichkeit von einer Million zu eins nicht zu jemandem gehörten, der irgendwann aktenkundig geworden war. Die ganze Sache stank nach einem Amateur. Auch wenn sie noch Prachtexemplare finden sollten, würde es schwierig werden, Fingerabdrücke miteinander zu vergleichen. Miss Patience taten wir noch einen letzten Gefallen: Wir läuteten am Weihnachtsabend die Totenglocke für sie, mit sechs schweren, gedämpften Schlägen. Sie war Jungfrau gewesen. Keiner mußte sich dafür verbürgen, wir wußten es alle. Und lassen Sie mich darauf hinweisen, daß es sich dabei um einen Ehrentitel handelt, dem man den entsprechenden Respekt entgegenbringen sollte.

Wir hatten die arme Frau kaum aus dem Haus geschafft, da spazierte der Kater von der Trinitatiskirche herein. Er hatte die paar Minuten ausgenutzt, in denen die Haustür offengestanden hatte, und ging bis zu dem Platz auf dem Teppich, an dem die alte Dame gelegen hatte. Sein Fell sträubte sich, die Schnurrbarthaare standen ab. Sogar sein herunterhängendes Ohr fuhr senkrecht in die Höhe. Er legte seine Nase auf den Wiltonteppich an die Stelle, an der die Einkaufstasche und die Handtasche von Miss Patience gelegen haben mußten, und begann interessiert im Kreis herumzulaufen, den Boden zu beschnuppern und dabei leise, kehlige Laute von sich zu geben, die Kummer hätten ausdrücken können, aber eher nach Vergnügen klangen. Auf jeden Fall war er ganz aufgeregt. Die Jungs von der Spurensicherung waren immer noch bei der Arbeit, und sie wollten den Kater nicht zwischen ihren Füßen herumlaufen haben, daher hob ich ihn hoch und nahm ihn mit, als ich zum Trinity Cottage hinüberging, um mit dem Küster zu sprechen. Der Kater hatte es nie gemocht, hochgehoben zu werden. Nach einer Minute begann er, mit den Krallen um sich zu schlagen und heftig zu protestieren, und ich ließ ihn wieder herunter. Er schlich sich sofort davon, ging an der Stelle vorbei, an der die Leute ihre vertrockneten Blumen wegwerfen, durch das überdachte Friedhofstor nach draußen und auf dem kürzesten Weg zu Miss Thomsons Haus, wo er sich vor die Haustür auf die Treppe setzte. Nun, immerhin war er daran gewöhnt, dort gefüttert zu werden, und fühlte sich vielleicht bei diesem komischen Kommen und Gehen sehr unwohl. Und es heißt ja auch nicht umsonst ›neugierig wie eine Katze‹.

Ich muß wohl nicht erwähnen, daß Joel Woodward nichts mit dem Geschehen zu tun hatte. Er war aber der nächste Nachbar von Miss Patience und seit Jahren ein guter Freund von ihr gewesen, und vielleicht hatte er ja etwas Ungewöhnliches gehört oder gesehen. Joel war ein kleiner, drahtiger Bursche, knorrig wie eine Baumwurzel, und er gehörte zu den Menschen, die bis in ihre Neunziger munter und aktiv sind und dann beschließen, daß es reicht und über Nacht dahingehen. Seine Frau war schon vor langer Zeit gestorben, und seine Tochter war zurückgekommen, um ihm den Haushalt zu führen, nachdem ihr Mann sie verlassen hatte, bis sie bei einem Busunfall ums Leben kam. So gab es jetzt nur noch den alten Joel, und den Enkel, den sie ihm hinterlassen hatte, den jungen Joel Barnett, neunzehn Jahre alt und an den Maßstäben seines Großvaters gemessen ein richtiger Rabauke. Ich hielt ihn für relativ harmlos. Er war ein finsterer, lasterhafter Typ, aber er arbeitete und blieb bei dem alten Mann, und manch anderer wäre in dieser Situation schon lange sonstwohin verschwunden.

»Eine schlimme Sache«, sagte der alte Joel und schüttelte den Kopf. »Ich wünschte mir nur, ich könnte dabei helfen, den Kerl zu fassen, der das getan hat. Erst gestern morgen gegen zehn habe ich sie noch gesehen, als sie die Milch hereinholte. Ich war dann den ganzen Nachmittag über im Gemeindesaal mit den Vorbereitungen für den Jugendabend beschäftigt, der gestern abend stattfand, und es war dunkel, als

216

ich zurückkam. Das Licht in ihrem Wohnzimmer kann man von hier aus nicht sehen, daher gab es nichts, was einen hätte stutzig werden lassen können. Der Junge war den ganzen Nachmittag über hier gewesen. Heiligabend arbeiten sie nur bis eins. Dann gingen sie, wie ich vermute, für etwa eine Stunde in die Kneipe. Ich weiß also nicht genau, um wieviel Uhr er zurückbekommen ist, aber als ich wieder nach Hause kam, war er da und hatte einen Tee aufgesetzt. Wenn sie in etwa einer Stunde wiederkommen, sollte er hier sein. Er ist gerade unterwegs, um seine Flamme abzuholen. Irgendwo ist heute abend eine Party.«

Ich kam zur angegebenen Zeit wieder vorbei, und der junge Joel war da. Mit seinen schulterlangen Haaren, dem Rüschenhemd, den überdimensionalen Aufschlägen und ähnlichem mehr war er nicht zu übersehen. Kurzum, er hatte sich mächtig herausgeputzt, und das alles nur für das Mädchen, das sein Großvater erwähnt hatte. Wie es sich herausstellte, handelte es sich dabei um Connie Dymond aus dem vergleichsweise angesehenen Zweig der Familie Dymond, der am Kanal wohnte. Sie hatte noch drei Cousins, die zwar nicht viel Unheil anrichteten, bei denen es sich aber lohnte, sie im Auge zu behalten. In ihrer Familie war Connie das einzige Kind. Sie sah gut aus, zumindest schienen die meisten jungen Kerle dieser Meinung zu sein, und sie hatte ein gutes Dutzend von ihnen am Bändel gehabt, bevor sie sich mit dem jungen Joel einließ. Sie war ziemlich von sich eingenommen, hatte ihren malvenfarbenen Lidschatten dick aufgetragen und den Mund mit Perlmutt geschminkt, kam in riesigen Schuhen mit Plateausohlen daher und trug den gerade modernen düsteren Omamantel. In Gegenwart des alten Joel benahm sie sich jedoch sehr anständig.

»Als ich nach Hause kam, war es halb drei«, sagte der junge Joel. »Großpapa war im Gemeindesaal, und ich wäre auch dorthin gegangen, um ihm zu helfen, wenn ich nicht einiges an Bier getrunken hätte. Nachdem ich gegessen hatte, bin ich eingeschlafen; als ich wieder aufwachte, lohnte es sich nicht mehr, hinzugehen. Das wird ungefähr gegen vier gewesen sein. Von da an habe ich Fernsehen geguckt und weder etwas gesehen noch etwas gehört. Da aber sonst keiner da war, könnte ich Ihnen so gesehen natürlich alles erzählen.«

Er hatte eine besondere Art, es darauf anzulegen, Ärger zu bekommen, bevor sonst jemand auf den Gedanken kam. Das war nicht neu. Und dennoch, der Ärger war da. Der junge Mann war nicht weit vom Tatort entfernt gewesen und hatte kein Alibi. Es würde noch viele andere geben, denen es ähnlich ging.

Abends war er auf der Kirchenveranstaltung gewesen. Miss Patience hätte man dort nicht erwartet; es war eine überwiegend für Jugendliche gedachte Veranstaltung; und Miss Patience ging abends sowieso nur sehr selten aus.

»*Ich* war da mit Joel«, sagte Connie Dymond. »Er hat mich um sieben angerufen und ich war den ganzen Abend über mit ihm zusammen. Als die Veranstaltung beendet war, gingen wir nach Hause, und er ist bis fast Mitternacht geblieben.«

Sie war sich dessen sehr sicher und setzte sich nach besten Kräften für ihn ein. Sie konnte kaum wissen, daß uns gar nicht interessierte, wo er abends gewesen war, weil Miss Patience zu dieser Zeit schon einige Stunden tot gewesen war.

Als ich die Tür öffnete, um zu gehen, spazierte der Kater von der Trinitatiskirche ins Zimmer und mit zielgerichteten Schritten an mir vorbei. Er schaute sich kurz um, streifte uns alle mit seinem Blick, ging auf das Mädchen zu, streckte seine Vorderpfoten zu ihren Knien hoch und saß auf ihrem Schoß, bevor sie ihn wegscheuchen konnte, obwohl sie nicht so wirkte, als wären ihr seine Aufmerksamkeiten willkommen. Er war ungeheuer höflich, schnurrte und rieb sich an ihrem Mantelärmel, stieß sein Gesicht mit den Schnurrbarthaaren gegen ihr Gesicht. Diese Überschwenglichkeit war für ihn ganz ungewöhnlich, wenn er sich jedoch dazu entschlossen hatte, dann war es immer bei jemandem, der keine Katzen leiden konnte. Sie werden bestimmt bemerkt haben, daß Katzen diese Eigenart haben.

»Schubs ihn doch weg«, sagte der junge Joel, der sah, daß sie überhaupt nichts dafür übrig hatte, für diese Liebesbezeugungen erkoren worden zu sein. »Das macht er nur, um Leute zu ärgern.«

Sie tat es, aber es hatte lediglich zur Folge, daß der Kater ein weiteres Mal auf sie zusprang. Ich bemerkte es, als ich die Tür zu den beiden schloß und ging. Bei den Dymonds gab es eine Party, und die wollten sie besuchen. Die Älteren feierten oben an der Tankstelle. Es hatte nicht viel Zweck zu versuchen, Connies Verwandte und Verehrer zu überprüfen, wenn sie sich gerade zu einem Saufgelage zusammenfanden. Morgen, wenn ihr Kater nachließ, konnte es wesentlich einfacher werden. Ich hatte zwar keinen besonderen Grund, gerade auf sie ein besonderes Augenmerk zu legen – sie waren einfach ein extrovertierter Haufen, der eher zu schwerer Körperverletzung bei Straßenschlägereien neigte als zu irgend etwas Heimlichem –, aber noch war alles offen.

Wir faßten unsere bisherigen Erkenntnisse zusammen. Keiner der aufgenommenen Fingerabdrücke fand sich in den Akten, das einzige, was wir in dieser Hinsicht noch unternehmen konnten, war das Aussortieren aller Fingerabdrücke von Miss Thomson selbst. Erst seit relativ kurzer Zeit war ein von einem dreckigen kleinen Abstauber begangener Einbruch Bestandteil der Erlebniswelt der Dorfbewohner geworden, und obwohl ein solcher Vorfall mittlerweile nichts Neues mehr darstellte, hatte er noch nie zuvor zu einem Tod geführt. Es gab kein anderes Motiv als den Impuls der Habgier, daher existierten auch keinerlei Spuren, die zur Tat selbst hinführten, und keine Spuren, die von der Tat wegführten. Die meisten Leute im Dorf und jeder, der etwas mit der Kirche zu tun hatte, wußte von dem Schmuck, den die alte Dame besessen hatte, aber noch nie zuvor hatte ihn jemand als begehrenswertes Beutegut angesehen. Gegenstände aus der viktorianischen Zeit haben momentan einen übertrieben hohen Wert und sind gefragt, aber das Ganze machte immer noch nicht den Eindruck eines Verbrechens, das aus Berechnung, sondern einfach aus Böswilligkeit heraus begangen worden war. Es war das Verbrechen eines Halbwüchsigen, eines Teenagers. Oder das Verbrechen eines ewigen Teenagers. Mit zwölf Jahren werden sie jetzt Teenager, aber es gibt auch den faulen Flegel, der nie über dieses Alter hinauskommt, auch wenn er bereits vierzig ist.

Wir überprüften alle für ein solches Verbrechen offensichtlich in Frage kommenden Personen: den Gärtner der alten Dame, der halbtags bei ihr tätig gewesen war, aber sich zur fraglichen Zeit nachweislich woanders aufgehalten hatte, und seinen Sohn, der es liebte, sich ziellos treiben zu lassen, und kein Alibi vorweisen konnte, aber wortreich dazu Stellung nahm, ferner den Fensterputzer, einen verqueren Typen, der seine Krankheiten hochspielte und an der alten Dame recht gut verdient hatte, sowie alle Zusteller und Verkaufsfahrer. Etliche von ihnen waren von jedem Verdacht frei, einer oder zwei hätten in der Nähe sein können, hatten aber keinen besonderen Anlaß dazu. Dann hefteten wir uns auf die Fersen von allen Jugendlichen, die ihren Akteneintragungen zufolge in Frage kamen. Es gab drei Burschen, die schon einmal wegen Einbruchsdelikten verurteilt worden waren; wären sie es allerdings gewesen, hätten sie Handschuhe übergezogen. Etliche andere, denen man Kleindiebstähle zur Last gelegt hatte, hatten ebenfalls keine Alibis. Am Ende dieser recht umfangreichen Überprüfungen hatten wir ein breites Feld von Verdächtigen, aber keiner der Kandidaten hatte einen Vorsprung vor dem Rest, und wir befanden uns immer noch auf der Suche. Keiner der gestohlenen Gegenstände war bis dahin wieder aufgetaucht.

Bis zu diesem Samstag. Ich war gerade wieder vom Church Cottage gekommen und ging über den Friedhof, als ich mich der Ecke näherte, an der die vertrockneten Blumen weggeworfen wurden, und in dem Schleier aus gefrorenem Schnee, der den Boden immer noch bedeckte, ein unregelmäßiges Loch bemerkte, eine spiegelglatte, schwarze Stelle. Man konnte sie gar nicht übersehen, sie hob sich von der Umgebung ab wie ein schwarzes Auge. Zum Teil bestand der Fleck aus Erde und vermodernden Blättern, die an dieser Stelle zum Vorschein kamen, der schwärzeste Teil war jedoch der Kater von der Trinitatiskirche, der mit gesenktem Kopf und gekrümmtem Rücken wie ein Terrier, der hinter einer Ratte her ist, eifrig etwas ausgrub. Das gekrümmte

Ende des Schwanzes peitschte beständig hin und her, während die restlichen zwanzig Zentimeter steil aufgerichtet waren. Falls der Kater wußte, daß ich dastand und ihn beobachtete, störte er sich zumindest nicht daran. Nichts war imstande, ihn von dem, was er gerade tat, abzulenken. Und ein paar Minuten später zerrte er seine Beute ins Freie, förderte kratzend eine kleine schwarze Handtasche aus Leder mit einer vergoldeten Schnalle zutage. Der Fund war eindeutig, auch wenn überall Dreck und modrige Blätter an ihm klebten. Und der Kater liebte die Tasche, tätschelte sie, spielte damit herum, rieb seinen Kopf an ihr und schnurrte wie eine Dampfmaschine. Er protestierte jedoch heftig, als ich ihm die Tasche wegnahm, lief immer weiter um mich herum, schlug mit den Tatzen, schimpfte und gab mir und der ganzen Welt zu verstehen, daß er die Tasche gefunden hatte und sie ihm gehörte.

Sie hatte nicht lange an diesem Platz gelegen. Ich war oft genug diesen Weg entlanggegangen, um zu wissen, daß noch am Tag zuvor keine Lücke im Schnee gewesen war. Außerdem fiel die ganze Erde recht schnell und sauber von der Tasche ab und hinterließ fast keine Flecken. Ich hielt den Fund mit meinem Taschentuch fest und ließ den Verschluß aufschnappen. Das Innere der Tasche war sauber und leer, das Futter vom langen Gebrauch ein wenig abgenutzt. Die Katze von der Trinitatiskirche stand senkrecht auf ihren Hinterbeinen und protestierte lauthals gegen das Geschehen. Und sie hatte eine Stimme, mit der sie jede Siamkatze in den Schatten stellen konnte.

Plötzlich fragte jemand neugierig hinter mir: »Was in aller Welt haben Sie denn da gefunden?« Es war der junge Joel, der mit offenem Mund dastand und mich anstarrte; Connie Dymond hing an seinem Arm, begaffte den Fund des Katers und erkannte entsetzt, um was es sich handelte.

»O nein! Mein Gott, das ist doch die Handtasche von Miss Thomson, nicht wahr? Ich habe hunderte Male gesehen, wie sie sie getragen hat.«

»Hat *er* sie ausgegraben?« fragte Joel ungläubig. »Glauben Sie, daß der Kerl, der – na, Sie wissen schon, *er* eben! – die

221

Tasche dort vergraben hat? Das könnte ja jeder gewesen sein, jeder kommt doch auf diesem Weg hier durch.«

»Mein Gott!« entfuhr es Connie, die gebannt und erschreckt an seiner Seite zusammenschrumpfte. »Schau dir nur den Kater an! Man sollte meinen, er *wüßte* ... Er jagt mir einen Schauer nach dem anderen über den Rücken! Was ist nur in ihn gefahren?«

Ja, tatsächlich, was hatte er nur? Nachdem ich die beiden losgeworden war und die Tasche mitgenommen hatte, dachte ich immer noch über diese Frage nach, ging mit seiner Beute davon, und er folgte mir den ganzen Weg durch die Straße hinunter, heulte und schimpfte. Sobald ich die Tasche auf den Boden gestellt und geöffnet hatte, um zu sehen, was er tun würde, stürzte er sich auf sie und begann erneut damit herumzuspielen und sich mit ihr zu vergnügen, bis ich sie ihm wieder wegnahm. Was in aller Welt war es nur, das ich nicht sehen konnte, und das ihn so übermäßig und zweifelsfrei in Entzücken versetzte. Ich begann, diesem sich rächenden Spürkater gegenüber einen gewissen Aberglauben zu entwickeln und fragte mich, was er wohl als nächstes ans Tageslicht bringen würde.

Ich weiß, daß ich die Handtasche zum Gerichtslabor hätte bringen müssen, aber irgendwie wollte ich sie die Nacht über noch nicht hergeben. Ganz weit hinten in meinem Kopf gärte etwas, das ich noch nicht fassen konnte.

Am nächsten Morgen hatten wir neben den regelmäßigen Kirchengängern zwei weitere Besucher in der Morgenandacht. Der junge Joel war fast nie in die Kirche gegangen, und ich habe meine Zweifel, ob irgend jemand jemals Connie Dymond an diesem Ort gesehen hat. Doch jetzt saßen beide in voller Lebensgröße und todernst in einer der mittleren Bankreihen. Der Junge wirkte schwermütig und finster, als ob man ihn dazu gedrängt hätte, hier zu erscheinen, was auch bestimmt der Fall gewesen war. Connie machte einen sehr zahmen Eindruck und schaute mit großen Augen vor sich hin. Sie trug fast kein Make-up und hatte einen ungewöhnlich ernsten und nachdenklichen Gesichtsausdruck. Ein plötzlicher Todesfall konfrontiert die Menschen mit beängstigenden Möglichkeiten, oft kommt Reue dabei heraus. Der junge Joel kam sich dämlich vor, aber er war einfach verrückt nach diesem Mädchen, das war deutlich zu sehen, und sie konnte ihn dazu bringen, zu tun, was immer sie wollte. Und sie wollte diese Geste von ihm. Sie folgte allen Bewegungen der Andacht; er saß einfach da, stand auf und kniete nieder, wie es gerade erforderlich war, und starrte unverwandt mit finsterem Blick geradeaus.

Als wir nach draußen kamen, blies ein bitterkalter Ostwind. Auf den Stufen, die zum Vorbau der Kirche führten, zog jeder seine Handschuhe hervor und schlug den Kragen hoch, um sich gegen den Wind zu schützen. Der junge Joel tat das ebenfalls, und als er seine Handschuhe aus seiner Manteltasche zog, kam mit ihnen zusammen ein kleiner, glänzender Gegenstand zum Vorschein, der vor uns allen die Treppenstufen hinunterkullerte und in einem Spalt zwischen den Steinplatten des Weges zum Stehen kam. Das Ding schimmerte in blassem Blau und Gold. Ein Dutzend Kirchgänger mußten den Gegenstand erkannt haben. Mrs. Downs informierte mit einem schrillen Aufschrei auch diejenigen darüber, die ihn nicht gesehen hatten.

»Der gehörte doch Miss Thomson! Es ist einer ihrer Türkisohrringe. *Wie sind Sie denn an den gekommen, Joel Barnett?*«

Die Frage war berechtigt. Alle standen da und starrten auf den winzigen Gegenstand. Dann wanderten die Blicke zum jungen Joel, der kreidebleich und stumm auf den Steinplatten stierte. Im nächsten Augenblick hatte Connie Dymond ihren Arm von ihm weggezogen und war vor ihm zurückgeprallt, bis ihr Rücken gegen die Mauer stieß. Sie schlich sich von ihm weg wie jemand, der versucht, vor einer Flutwelle oder einer Feuersbrunst Reißaus zu nehmen. Ihr Gesicht bot eine seltene Mischung aus völliger Verständnislosigkeit und starrem Entsetzen.

»Du!« sagte sie im Flüsterton. »Du warst es also! O mein Gott, *du* hast das getan – *du* hast sie umgebracht! Und ich leiste dir auch noch Gesellschaft! Wie konnte ich nur! Wie konntest *du* das tun!«

Sie stieß einen gellenden Schrei aus und begann heftig zu

schluchzen. Bevor irgend jemand sie aufhalten konnte, drehte sie sich um, nahm die Beine in die Hand und rannte wie eine Verrückte nach Hause.

Ich ließ sie laufen. Sie würde mir erhalten bleiben. Den jungen Joel und den einzelnen Ohrring entführte ich der Sonntagsgemeinde jedoch und brachte beide zum Trinity Cottage, bevor die Hälfte der Anwesenden wußte, was geschehen war. Bis auf den alten Joel, der keuchend und zitternd einige Minuten nach uns eintraf, sperrte ich alle aus.

Es dauerte lange, bis der Junge seine Stimme wiedergefunden hatte, und als es soweit war, hatte er nichts anderes zu sagen, als hoffnungslos immer wieder zu beteuern: »Ich habe es nicht getan! Ich habe sie nie angerührt. Das würde ich doch nie tun. Ich weiß auch nicht, wie das Ding in meine Tasche gekommen ist. Ich habe es nicht getan. Ich würde nie ...«

Menschen sind nicht besonders erfinderisch. Unter ähnlichen Umständen neigen sie dazu, einem immer mit derselben Formel zu kommen. Und die Regel, ›alles abzustreiten und nichts anderes zu sagen‹, ist auf alle Fälle eine sehr gute Regel, wenn man in die Enge getrieben wird.

Ich fragte: »Wo ist der Kater? Sehen Sie doch mal, ob Sie ihn hereinholen können.« Woraufhin mich die beiden für völlig übergeschnappt hielten.

Der alte Joel wunderte sich über nichts mehr. Er ging nach draußen und klapperte mit einer Untertasse gegen die Stufen. Es dauerte nicht lange, und der Kater von der Trinitatiskirche kam hereinspaziert. Er war alles andere als aufgeregt, wollte nichts, war gefüttert worden, faul und gerade neugierig genug, um zu kommen und zu sehen, warum man ihn herbeirief. Ich ließ ihn los und auf den Mantel des jungen Joel zulaufen; er hätte nicht weniger Interesse für irgendeine Sache zeigen können. Die Tasche, in der der Ohrring gewesen war, hatte ebenfalls eine äußerst geringe Anziehungskraft auf ihn. Er kümmerte sich auch nicht um irgendeines der Kleidungsstücke an der Garderobe oder an den Kleiderhaken im kleinen Flur. Was ihn anbetraf, war dieser neue Fund eine völlige Pleite.

Ich ließ den Constable und einen Wagen kommen und nahm den jungen Joel mit auf die Wache. Das ganze Dorf sah uns entweder vorbeifahren oder hörte nur sehr kurze Zeit später davon. Ich blieb nicht da, um eine Stellungnahme von ihm entgegenzunehmen, sondern ließ ihn einfach sitzen, nahm den Wagen, fuhr zu Mary Meltons Wohnung. Sie züchtet Siamkatzen, und ich lieh mir bei ihr eines der Katzenkörbchen aus, mit denen sie immer ihre Königinnen zum Tierarzt bringt. Wozu in aller Welt ich denn das Körbchen brauche, wollte sie wissen. Als ich sagte, ich wolle darin den Kater von der Trinitatiskirche im Auto mitnehmen, wollte sie sich ausschütten vor Lachen.

»Nun, *er* ist alles andere als eine Königin«, sagte sie. »Er ist auch kein König, ja nicht einmal ein Bube! Nie im Leben bekommen Sie dieses wilde Tier in ein Körbchen!«

»O doch, das werde ich«, sagte ich. »Und wenn er schon keine der anderen Bilderkarten ist, wird er sich wahrscheinlich als Joker entpuppen.«

Es war ein sehr hübsches Körbchen, und gar nicht so offensichtlich für eine Katze gedacht. Und es war kein Kunststück, den Kater von der Trinitatiskirche hineinzubekommen; ich brauchte lediglich Miss Thomsons Handtasche hineinfallen zu lassen, und einen Augenblick später war er hinter ihr her und ebenfalls im Körbchen. Er grollte, als er merkte, daß man ihn eingeschlossen hatte, aber da war es zu spät für irgendwelche Klagen.

Am Haus am Kanal öffnete mir Connie Dymonds Mutter. Sie war jedoch nicht besonders erfreut, als sie hörte, daß ich Connie sehen wollte, bis ich ihr erklärte, daß ich eine Aussage von ihr benötigte, um die Aktivitäten des jungen Joel in diesen Weihnachtstagen lückenlos nachverfolgen zu können. Natürlich hatte ich Verständnis dafür, daß das Mädchen fürchterlich durcheinander war, aber sie war noch einmal mit einem blauen Auge davongekommen, und je schneller alles aufgeklärt war, um so besser für sie. Und es würde auch nicht lange dauern.

Es dauerte tatsächlich nicht lange. Als ihre Mutter sie rief, kam Connie unverzüglich die Treppe heruntergelaufen. Sie war ganz fleckig, blaß und verweint, hatte sich aber ein wenig erholt und war sogar schaudernd ein wenig stolz auf ihre bedeutsame Position. Ich habe das schon vorher bei einigen Leuten beobachten können. Es gibt Menschen, die beziehen ihre Kraft daraus, daß sich alle Aufmerksamkeit auf sie konzentriert, selbst wenn sie sich dabei wünschen, ganz woanders zu sein. Man hätte sogar sagen können, Connie eilte förmlich herunter. Vom Licht her zu urteilen, das auf den oberen Treppenabsatz fiel, hatte sie die Tür ihres Schlafzimmers hinter sich offengelassen.

»Oh, Sergeant Moon!« sagte sie mit zitternder Stimme auf der drittletzten Stufe. »Ist das nicht *schrecklich*? Ich kann es immer noch nicht glauben! *Kann* da nicht ein Irrtum vorliegen? Gibt es irgendeine Chance, daß es *nicht* so war?«

Beruhigend sagte ich, ja, es gebe immer eine Chance. Mit einer Hand löste ich dabei den Schnappriegel des Katzenkörbchens, so daß die Klappe auffiel. Ein Satz, und der Kater war draußen. Wie ein schwarzer Blitz raste er die Treppe hoch und erschreckte Connie so sehr, daß sie die letzte Stufe fast herunterfiel. Mit einem leisen Aufschrei stützte sie sich an der Wand ab. Bevor sie ihr Gleichgewicht wiederfinden konnte, stammelte ich irgendwelche Entschuldigungen dafür, daß ich ihn zufällig freigelassen hatte, lief vor ihr die Treppe hoch und nahm dabei drei Stufen auf einmal.

Der Kater hatte sich in ihrem puppenhaften kleinen Zimmer voller Kinkerlitzchen mit Pop-Plakaten an den Wänden und grellen Farben auf die Hinterbeine gestellt, bearbeitete mit den Pfoten die zweite Schublade ihrer Frisierkommode und gab dabei ein lautes, freudiges, ungeduldiges, melodisches Singen von sich. Als ich in das Zimmer stürzte, schaute er mich sogar über die Schulter hinweg an und stellte auch seine Vorderpfoten wieder auf den Teppich, als ob er wüßte, daß ich die Schublade für ihn öffnen würde. Das tat ich auch, und im Nu saß er oben zwischen ihrer modischen Unterwäsche und grub sich mit seinen Vorderpfoten hinein.

Im gleichen Augenblick, als er fand, was er gesucht hatte, kam Connie zur Tür herein. Mit einem heftigen Ruck zerrte der Kater seinen Fund zwischen ihren Büstenhaltern und Slips hervor, warf ihn in die Luft, und Sekunden später war er damit auf den Fußboden gesprungen, kullerte ihn umher, kämpfte damit, jonglierte ihn wie bei einer Zirkusnummer auf seinen vier Pfoten und schnurrte wie verrückt, ein Kater in Ekstase. Es war ein winziger kleiner Gegenstand, den er da hatte, eine Maus aus Musselin mit einem geflochtenen grünen Nylonfaden als Schwanz, gelben Perlen als Augen und weiteren Nylonfäden als Schnurrbarthaare, die knisterten und einen streng riechenden Dufthauch verströmten, als er das Ding mit kräftigen Schlägen hin und her stieß und ihm etwas vorsang. Eine nach Katzenminze duftende Maus, die Miss Thomson in letzter Minute in der Tierhandlung für ihren stummen Freund gekauft hatte. Wenn man den Kater von der Trinitatiskirche überhaupt je stumm hätte nennen können! Von den Dingen, die Miss Patience an jenem Tag gekauft hatte, war es der einzige Gegenstand, der so klein war, daß sie ihn in ihre Handtasche statt in die Einkaufstasche hatte stecken können.

Connie stieß einen gellenden Schrei aus und war so schnell durch das Zimmer geflitzt, daß ich ihr nur knapp zuvorkam und als erster an der offenen Schublade war. Und da lagen sie: der kleine Uhranhänger, das Medaillon, die Broschen, die Liebesschleife, die Geldbörse, ja sogar der andere Ohrring. Das war ein Fehler, denn den hätte sie nun wirklich verschwinden lassen sollen. Aber sie war zu habgierig gewesen. Dabei waren die Ohrringe sowieso für durchstochene Ohrläppchen gedacht; Connie konnte gar nichts mit ihnen anfangen.

Ich hielt alles in meiner ausgestreckten Handfläche, es war eine ganz schön ansehnliche Beute – und ließ sie sehen, was sie geraubt und weswegen sie einen Menschen getötet hatte.

Wenn sie einen kühlen Kopf behalten hätte, hätte sie sich sogar zu diesem Zeitpunkt noch entscheiden können, zu kämpfen. Sie hätte behaupten können, der junge Joel habe sie gezwungen, das Diebesgut für ihn zu verstecken; sie habe Angst gehabt, ihn direkt zu verraten, und diesen öffentlichen Akt an der Kirche inszeniert, um ihn in sicherem Gewahrsam zu wissen, bevor sie alles gestand. Doch sie wurde wild. Sie tat das einzige, das ihr Schicksal endgültig besiegeln konnte: Sie drehte sich um und ging außer sich vor Wut brüllend auf den Kater los und trat nach ihm. Der wirbelte wie ein Brummkreisel um seine Achse, und sie erwischte nur den Knick in seinem Schwanz. Das Tier schnellte herum und riß mit der Kralle durch das Nylon hindurch eine rote Spur an ihrem Bein herab. Sie stieß einen weiteren Schrei aus, und begann mit hysterischem Schluchzen zu stammeln, sie habe nie gewollt, daß der alten Schachtel etwas zustieß, und es wäre nicht ihre Schuld gewesen! Seit sie sich mit dem jungen Joel zusammengetan hatte, hätte sie mitbekommen, daß die alte Schlampe ein und aus ging und sich mit ihrem Goldschmuck behängte. Was zum Teufel wollte eine alte Hexe wie sie nur mit Schmuck? Dazu hatte sie kein *Recht!* In ihrem Alter!

»Aber ich wollte ihr nie etwas antun! Sie kam zu früh herein!« jammerte Connie. Immer noch war sie die Benachteiligte, und das würde jetzt für immer so bleiben. »Was hätte ich denn tun sollen? Ich mußte doch da abhauen, oder nicht? *Sie stand zwischen mir und der Tür!*«

Die alte Dame war nur halb so groß wie sie und fast viermal so alt gewesen! Ach ja! Was die Gerichte mit Connie machen würden, ging mich Gott sei Dank nichts an. Ich nahm das Mädchen einfach mit, erhob Anklage gegen sie und nahm ihre Aussage zu Protokoll. Sobald wir ihre Fingerabdrücke abgenommen hatten, war die Sache erledigt, denn auf jenem Kerzenleuchter aus Messing hatte sie mit ihrer schweißnassen Hand jede Menge deutlicher Abdrücke hinterlassen. Doch wäre der Kater von der Trinitatiskirche nicht gewesen und wäre er nicht so zielstrebig hinter der nach Katzenminze duftenden Maus hergejagt, was sie so sehr einschüchterte, daß sie diesen unklugen Versuch unternahm, uns den jungen Joel als Sündenbock zu präsentieren, hätte sie vielleicht, nur vielleicht, ungestraft davonkommen können. Zumindest der Junge konnte wieder nach Hause gehen und dankbar für das Geschehene sein.

Sie war natürlich auch nicht besonders klug gewesen, denn nur eine dumme Nuß, die viel zuviel billiges Parfüm benutzte und flitterhaften Träumen nachhing, behielt sogar die nach Katzenminze duftende Maus, verwechselte sie mit einem Duftkissen und legte sie zwischen ihre Unterwäsche.

Den Kater von der Trinitatiskirche sah ich nur noch diesen Morgen. Er saß im Vorbau der Kirche und pflegte sich. Er ist jetzt sehr eingebildet, als ob er wüßte, daß er eine Berühmtheit darstellt, obwohl er ja die ganze Zeit über nur das Eine wollte, wie alle Kater. Jetzt, wo der Duft verflogen ist, hatte er bereits das Interesse an seiner Maus verloren.

Kleine Wunder

Kristine Kathryn Rusch

Wir wollten das Haus gerade versiegeln, da fanden wir die Katze. Ihre Kehle war aufgeschnitten, das Fell von Blut verklebt. Das Fell war noch warm, und der Körper kämpfte mit flachen Atemzügen. Leben im Gemetzel.

Ich schnalzte mit den Fingern, damit die Sanitäter herkamen. Sie blickten sich an und rührten sich nicht vom Fleck.

»Meine Herrschaften, könnten Sie Ihren Hintern in Bewegung setzen und einmal hier herüberkommen«, sagte ich.

»Aber, Sir, das ist eine Katze.«

»Und sie atmet noch. Kommen Sie schon!«

Sie bückten sich über die Katze, legten ihr einen Verband um den Hals und erleichterten ihr die Atmung. Ich schickte sie zu einem Tierarzt weiter unten in der Straße, dann konzentrierte ich mich wieder auf das Blutbad vor meinen Augen. In der Küche lag die Leiche einer Frau, die sich in Embryohaltung zusammengekrümmt hatte und ein Messer umklammerte, mit dem sie sich anscheinend verteidigen wollte. Im Schlafzimmer lagen zwei ermordete Kinder. Und im großen Badezimmer war ein Mann über der Badewanne zusammengebrochen und ebenfalls tot. Der Fernsehschrank im Wohnzimmer war leer. Im Eßzimmer stand die Tür zum Schrank mit der Stereoanlage offen, er war ebenfalls leer; an den Wänden fehlten Bilder.

Das Ganze sah nach der Verzweiflungstat eines bei seinem Vorhaben überraschten Einbrechers aus. Die Katze jedoch deutete auf etwas anderes hin. Sie war auf dem Weg nach draußen nur zum reinen Vergnügen aufgeschlitzt worden. Katzen bellen nicht. Sie stellen für Mörder keine Bedrohung dar. Katzen verbergen sich, wenn ihnen die Umstände Angst einjagen. Der Killer scheuchte die Katze auf und schnitt ihr die Kehle durch, nur um Blut zu sehen.

Ich schrieb einen vorläufigen Bericht und ging nach Hause, wusch mir den Blutgestank von der Haut. Es regnete, und man hatte das Gefühl, es würde immer regnen. Oregon: Land der nichtvorhandenen Sonne.

Das Haus war ein einziges Durcheinander – im Spülbecken lag das Geschirr, schmutzige Wäsche türmte sich im Schrank. Es gab einfach nicht die Zeit, um sauberzumachen, vor allem nicht jetzt, wo ein weiterer Irrer frei herumlief. Ich öffne den Kühlschrank, suchte nach einem Bier und hörte Delilahs Stimme: *Ich weiß nicht, wie du nach Hause kommen kannst und annimmst, ein normales Leben zu führen, ganz so, als ob nichts passiert wäre.* Früher hatte sie es gemocht, wie ich meine Arbeit hinter mir zurücklassen konnte. Sie brachte das nie fertig. Sie wollte immer die Einzelheiten wissen und schwelgte im Jargon, als wäre es eine neue Sprache. »Ist das Blut überall hingespritzt?« hätte sie bei diesem Fall gefragt.

Im ganzen Haus, hätte ich geantwortet. *Insbesondere im Badezimmer und in der Küche. Der Mann muß als erster tot gewesen sein; die Frau hat noch erbitterten Widerstand geleistet.*

Daß sich das spritzende Blut auf eine so eigenartige Weise verteilt hatte, hätte ich ihr nicht erzählt. Es wies darauf hin, daß der Mörder eine scharfe Waffe benutzte, vielleicht ein Messer, aber jedenfalls kein normales Küchenmesser. Das hätte ich ihr nicht mehr anvertraut.

Ich machte die Kühlschranktür wieder zu, ohne das Bier herausgenommen zu haben. Die Arbeit ließ ich nie im Büro. Sie war immer da, eine Ecke meines Kopfes war unaufhörlich damit beschäftigt, das Beweismaterial einzuschätzen und nach dem Hinweis zu suchen, der uns zum Widerling der Woche führen würde. Vielleicht war das ja auch der Grund gewesen, warum Delilah gegangen war. Vielleicht waren ihre Worte schon immer bloßer Sarkasmus und ihre Fragen die Medizin gewesen, die das Gift neutralisieren sollte.

Ein kurzer Griff nach den Autoschlüsseln, und ich ging durch die Hintertür nach draußen. Das Auto war das einzige, was sie mir gelassen hatte; ein '88er Saab. Auf dem abschüssigen Parkplatz beim Tierarzt hielt ich an. Seit ihr Hund fast am Kauen eines Steakknochens gestorben war, war ich hier nicht mehr gewesen. Ich zog die Tür auf und trat ein. Der Geruch nach Desinfektionsmitteln, verfilztem Pelz und verängstigten Tieren lag in der Luft. Die Frau hinter der Rezeption erkannte mich nicht. Gut so, ich konnte mich auch nicht daran erinnern, daß ich sie jemals zuvor gesehen hatte.

Ich zückte meine Dienstmarke. »Einige meiner Sanitäter haben heute früh eine Katze vorbeigebracht.«

Ein leichtes Schaudern überkam sie. Nur einmal, aber es war mir nicht entgangen. »Wie kann man einem Tier nur so etwas Schlimmes antun«, meinte sie.

Sie hätten sehen sollen, was mit den Menschen passiert ist, hätte ich beinahe gesagt, aber da die Sanitäter der üblichen Vorgehensweise gefolgt waren und nichts gesagt hatten, tat ich das auch nicht. »Ich würde gerne wissen, ob einer von Ihnen die Katze jemals zuvor gesehen hat.«

»Ich nicht, aber lassen Sie mich das mit dem Doktor abklären.« Sie erhob sich. Sie war eine schmucke Frau, trug ein grünes Kleid, ihr Alter war schwer zu schätzen. Ich schaute mich um. Der Raum war jetzt leer, aber ich hatte ihn schon voller besorgter Leute gesehen, die über ihren Tieren hingen, als wenn diese so kostbar wären wie Kinder. Etwas im hinteren Teil des Raumes machte die Hunde lebendig; einer von ihnen heulte auf, ein weiteres schloß sich ihm an. Die Frau kam mit dem Tierarzt zurück. An ihn konnte ich mich erinnern; es war ein grobknochiger Rotschopf mit einer besonderen Art, der sogar das scheueste Tier Vertrauen entgegenbrachte.

»Frank«, sagte er und hielt mir eine gründlich blankgescheuerte Hand entgegen. Ich schüttelte sie.

»Doug.« Wir haben nie besonders viel gemeinsam gemacht und sahen uns nur in diesem kleinen Gebäude, aber die Ungezwungenheit nahm mir jegliche Befangenheit, wobei ich nicht einmal gemerkt hatte, daß ich mich unbehaglich fühlte. »Haben Sie die Katze vorher schon einmal gesehen?«

»Nein«, antwortete der Tierarzt. »Und sie hat unverwechselbare Kennzeichen. Ich hätte mich an sie erinnert.«

»Sie gehörte einer Familie namens Torgenson, die nur ein kleines Stück weiter unten im gleichen Häuserblock wohnt. Haben Sie jemals Tiere von ihnen behandelt?«

Er nickte, wirkte nachdenklich und war zu höflich, um zu fragen, warum die Familie Torgenson etwas mit dieser Katze zu tun hatte. »Sie hatten einen Hund, der vor etwa einem Monat an Altersschwäche starb. Der Mann war es immer, der den Hund brachte. Die Frau war allergisch gegen Katzen. Um den Hund einschläfern zu lassen, kamen beide her, und als sie wieder gingen, war die Frau völlig fertig. Und das, obwohl wir diesen Ort so frei von Allergenen halten, wie es die moderne Technik erlaubt.«

Die Nachricht verblüffte mich. Die Katze war neben der Frau gefunden worden.

»Er ist wach. Wollen Sie ihn sehen?«

Es dauerte einen Moment, bis ich begriff, daß der Tierarzt von der Katze sprach. »Sicher«, sagte ich und fühlte nicht nur leises Unbehagen. Diese Szene hatte ich schon etliche Male in Krankenhäusern durchgestanden, hatte den Überlebenden gesehen und vorläufige Fragen gestellt. Die Katze allerdings konnte ich nicht fragen, warum sie hier lag und was sie gesehen hatte.

Der Tierarzt führte mich durch den engen Flur in einen großen Raum voller Stahltische. Hinten säumten Käfigreihen die Wände. Katzen starrten mich in unterschiedlichen Stadien des Leidens an. Hunde sah ich gar nicht. Ich schätzte, daß sie woanders untergebracht waren.

Der Tierarzt zeigte mir einen Käfig am anderen Ende der Wand. Ein weißer Kater mit orangefarbenen Schnurrbarthaaren starrte uns durch das Maschengitter hindurch an. Seine Augen waren infolge der Wirkung der Medikamente immer noch geweitet; eine Mullbinde war mit Klebeband an seinem Hals befestigt. Er sah mich, rollte sich auf den Rücken und knetete mit den Pfoten die Luft.

»Unglaublich, nicht wahr?« sagte der Tierarzt. »Eine derart freundliche Katze habe ich noch nie gesehen, insbesondere nicht, wenn sie unter Einwirkung von Medikamenten steht und verwundet ist.«

»Wir er leben?«

»Er hat wahrscheinlich acht seiner neun Leben aufgebraucht, aber, ja, er kommt durch.« Der Tierarzt öffnete die

Tür, griff hinein und kraulte den Bauch der Katze. »Was haben Sie denn mit ihm vor?«

Ich hatte gar nicht gemerkt, daß ich an den Kater irgendeinen Gedanken verschwendet hatte. »Ich nehme ihn mit nach Hause«, sagte ich.

Die Polizeiwache war in schmutzigem Grau gehalten. Die Wände bestanden aus Stahlbeton und waren in der Vietnamära hochgezogen worden, als alles bombensicher sein mußte. Die Lüftung war schlecht, und der ganze Ort stank nach alten Zigaretten, abgestandenem Kaffee und Schweiß. Mein Schreibtisch war der einzige makellose Platz hier, größtenteils deswegen, weil ich alles in die Schubladen schob. Als ich am Morgen nach den Morden jedoch ankam, türmten sich die Schriftsachen auf der Schreibtischoberfläche bestimmt fünfzehn Zentimeter hoch.

Ich setzte mich und ging sie durch. Autopsien, Blutanalysen, Bitten um DNA-Untersuchungen, Ergebnisse der Gerichte, Fotos von allem, was sich im Haus befunden hatte ... erstaunlich, wieviel Lesestoff in einer Nacht produziert werden konnte. Ich zog die Autopsieberichte und die Fotos vom Tatort aus dem Haufen.

Die ganze Nacht hatte ich über den Kater nachgedacht. Teufel auch! Ich hatte sogar am Lebensmittelladen angehalten und Katzenstreu, eine kleine Schale und ein paar Futterschüsseln für ihn gekauft. Der Tierarzt sagte, er würde mir Futter mitgeben, wenn Rip – so nannten sie den kleinen Kerl – nach Hause entlassen werden konnte.

Doch das war nicht alles, worüber ich mir Gedanken machte. Ich dachte darüber nach, was für eine Person das wohl war, die einer Katze die Kehle aufschlitzte. Ich dachte an die Frau, die tot auf dem Küchenboden lag. Ich dachte an das Messer in ihrer Hand.

Es wäre für sie ein leichtes gewesen, ihren Mann im Badezimmer zu überraschen. Ein kurzer Kampf, und er hätte am Boden gelegen. Dann über die schlafenden Kinder herfallen, in der Küche ein schneller Schnitt durch die Kehle einer streunenden Katze, und dann die letzte Handlung – sich selbst das Messer in die eigenen Eingeweide stoßen, so oft, daß man verblutete.

Eine häusliche Tragödie – ich hatte so etwas so oft gesehen, daß mir dabei nicht mehr übel wurde. Die Zeitungen würden es aufbauschen, und die Staatsanwaltschaft würde gerade soviel Einblick in ihr Leben nehmen, bis sie ein Motiv hatte, bevor der Fall vollständig zu den Akten gelegt wurde.

Ich zog die Bilder heraus, studierte sie und merkte, daß meine Theorie falsch war. Mrs. Torgenson war weder auf der Brust, noch im Gesicht, noch am Hals verletzt. Nur am Rücken. Man hatte ihr Stiche in den Rücken versetzt; sie war in ihrer eigenen Küche überrascht worden, das Messer in der Hand. Keine Selbstverteidigung, wie ich ursprünglich gedacht hatte. Sie war dabei überrascht worden, wie sie gerade eine Zwiebel für das Abendessen der Familie kleinschnitt.

Und dann war da noch Rip mit seinem auf dem Fell festgeklebten Blut, das vorne an ihm heruntergelaufen war, wie es bei einer Halswunde auch der Fall sein sollte. Unter seinem Körper hatte es jedoch keine Blutlache gegeben. Sein Rücken, sein Schwanz, seine Ohren, alles war voller Blut gewesen. Das Blut mußte von jemand anderem stammen. Ich nahm die Bilder hoch, drehte sie um. Handabdrücke. Der Kater war bewegt worden.

Ich legte die Fotos wieder auf den Tisch, vergrub mein Gesicht in den Handflächen. Erstaunlich, wie viele Details mir entgangen waren. Normalerweise näherte ich mich einem Tatort, als wäre es ein Puzzle, bei dem nichts fehlte. Alle Hinweise waren vorhanden; ich mußte sie nur wahrnehmen und sie in die richtige Ordnung bringen. Auf diese Weise wanderte jede kleine Einzelheit ins Gehirn, von der tagealten Zigarettenkippe auf der Auffahrt bis zu den Mustern der Blutflecken an der Wand. Damals hätte ich die Zwiebeln auf der Anrichte gesehen, den zerfetzten Rücken der Frau bemerkt und Anmerkungen zu den Rip bedeckenden Handabdrücken gemacht.

Auf der metallenen Oberfläche meines Schreibtisches

klirrte Porzellan; der Duft frischen Kaffees drang mir in die Nase. »Frühstück, Frank?«

Es war Denny, einer der wenigen Männer, die genauso lange wie ich auf der Wache waren. Fünfzehn Jahre klingt nach einer langen Zeit, aber ich konnte mich noch gut an die Tage erinnern, in denen wir Begeisterung für unsere Arbeit empfanden, in denen wir uns darauf konzentrierten, diese Kriecher zu fangen, um uns dann nach einem rauhen Tag ein paar warme Getränke zuzubereiten. Ich konnte mich nicht mehr daran erinnern, wie lange wir keine Zeit mehr miteinander verbracht hatten.

Um nicht zu zeigen, daß ich mit mir gehadert hatte, tat ich so, als ob ich meine Augen entspannt hätte und bewegte lässig die Hände wieder nach unten. Er hatte eine Tasse Kaffee auf eine meiner Akten gestellt. Ich nahm sie und nippte daran.

»Harter Fall, was?« Er setzte sich halb hin, halb lehnte er sich über meinen Tisch. »Ich hasse es, derart aufgeschlitzte Kinder zu sehen.«

Ich starrte ihn an, doch ich sah nicht ihn, sondern das kleine Mädchen, das ihren Stoffhasen umklammert hielt und die Augen noch geschlossen hatte, als würde sie schlafen. Ihre ältere Schwester hatte vor Entsetzen weit aufgerissene Augen gehabt...

Rip hatte mich mehr beschäftigt als die Kinder. Doch Rip war auch das gewesen, was am Tatort aus dem Rahmen fiel.

»Ja«, sagte ich.

Denny warf mir einen seltsamen Blick zu. Einmal hatte er mich vor einem Verbrecher weggerissen, der dabei erwischt worden war, wie er ein fünfjähriges Mädchen belästigte. Dann dieser Mordfall, bei dem ich alles daran setzte, um ihn weiter zu bearbeiten, weil ich wußte, daß die Mutter versucht hatte, ihre Töchter zu erwürgen, und weil ich nicht wollte, daß sie wieder das Sorgerecht für sie bekam.

»Alles in Ordnung mit dir?« fragte er.

»So wie immer.«

Er nickte einmal, als ob meine Bemerkung das Gespräch beendet hätte, und verschwand um die Ecke zu seinem eigenen Schreibtisch. Als Delilah gegangen war, hatte er mich wochenlang zu sich zum Abendessen eingeladen, bis deutlich wurde, daß ich nie hingehen würde. Ich wollte ihn und Sheila, vollkommene Beispiele des Eheglücks, nicht sehen. Ich wollte mit niemandem etwas zu tun haben.

Ich seufzte und zog meinen Notizblock hervor. Es gab folgende Möglichkeiten: Der Mörder war (1.) jemand, den die Opfer gekannt hatten; (2.) irgendein kranker Krimineller am Beginn seiner Laufbahn; (3.) irgendein kranker Krimineller mit einem bestimmten Handlungsmuster; (4.) ein Einbrecher, der auf frischer Tat ertappt worden war; (5.) ein Familienmitglied.

Ich schob die Liste zur Seite; füllte die DNA-Formulare aus und schickte eine Meldung über den Mordfall durch die Leitung, um zu sehen, ob irgendein anderer darin zufällig ein bekanntes Muster erkennen würde. Dann las ich die Akten, strich das Familienmitglied durch – bei diesem Blutbad war immerhin die gesamte Familie ums Leben gekommen – und betreute einen meiner Männer mit der Aufgabe, die Hehler in der Stadt zu überwachen. Ich bereitete gerade eine Liste von Interviews vor, als McRooney neben mir stehenblieb.

»In meinem Büro, Frank!«

Ich legte meinen Kugelschreiber hin und folgte ihm durch das Labyrinth an Schreibtischen zum einzigen Büro auf der ganzen Wache, das durch Wände abgetrennt war. Das Büro McRooneys hatte eine große Glastür, durch die er auch wahrhaftig fast alles mitbekam. Falsche Pflanzen hingen von den Leuchtstoffröhren herunter, wie Soldaten standen die Aktenschränke hinter seinem Schreibtisch.

Er zog die Sichtblende an der Tür herab.

»Setzen wir uns«, sagte er.

Ich tat wie geheißen. McRooney war in Ordnung – politisch wach, ehrgeizig und mit einem ungeheuren Geschick im Umgang mit anderen Menschen. Ich erinnere mich noch an die Zeit, in der er ein unerfahrener Neuling war und sich bei seinem ersten Mordfall am Tatort übergab. Das ist lange her.

»Hörte, Sie haben einige Sachen im Haus der Familie Torgenson übersehen?«

»Einige zuviel!« sagte ich. Es hatte keinen Zweck, den Mann anzulügen. Er wußte Bescheid.

»Die Jungs vom kriminaltechnischen Labor haben einiges davon gesichert. Die vom Gericht noch einiges mehr. Normalerweise haben Sie doch die Nase vorn, Frank.«

»Ich weiß«, sagte ich.

»Die letzten sechs Monate lassen Sie nach. Sie haben sich auch gar keine Zeit für sich genommen, als die Frau Sie verlassen hat. Das hätten Sie aber gebraucht.«

»Ich kann es ja tun, wenn der Fall abgeschlossen ist.«

»Also!« McRooney saß hinter seinem Schreibtisch und sah aus wie ein Politiker in einem Film aus den dreißiger Jahren. »Ich werde den Fall neu vergeben. So eine Sache ist einfach zu wichtig.«

»Um sie einem Kerl anzuvertrauen, der sie vermasseln wird.«

»Das haben Sie gesagt Frank.« McRooney zog ein Blatt Papier hervor, stempelte es ab und schob es zu mir herüber. »Bezahlter Urlaub. Solange Sie ihn brauchen.«

Ich ignorierte das Stück Papier. »Dann werde ich doch nur zu Hause herumhocken und mich besaufen. Geben Sie mir eine Woche. Wenn ich bis dahin den Fall nicht zum Abschluß gebracht habe, gehe ich.«

»Bis dahin ist die Sache nicht mehr aktuell.«

»Sie meinen, wenn ich weiter Mist baue?«

»Sie waren noch nie so sehr in der Defensive.« Er lehnte sich in seinem Sessel zurück, der unter seinem Gewicht ächzte.

»Ich habe auch noch nie meine eigenen Fehler wahrgenommen«, seufzte ich und rückte meine Hosenbeine zurecht. »Ich glaube nicht, daß es für mich das Richtige wäre, zu Hause zu bleiben. Ich habe in diesem Fall einen Hoffnungsschimmer, und habe ein Interesse an seiner Lösung wie schon lange nicht mehr. Lassen Sie es mich versuchen.«

Er zog das Blatt Papier zurück, betrachtete es, zerknüllte es, verfehlte den Papierkorb mit seinem Hakenwurf. »Drei

Tage. Auf diese Weise verlieren wir nicht so viel an Boden.«

Drei Tage. Als ob er sich von meiner Arbeit nichts versprechen würde. Ich stand auf. Ich würde mir auch nicht viel von meiner Arbeit versprechen. Ich griff nach dem Türknauf.

»Frank?«

Ich blieb stehen, wartete mit gesenktem Kopf, drehte mich nicht um.

»Ist sie das alles wert?«

Ein Freund. Die Bemerkung eines besorgten Freundes. Langsam atmete ich aus und fühlte, wie mit dem Ausatmen die Wahrheit kam. »Ich glaube nicht, daß sie es ist. Ich glaube, das hat sich über eine lange Zeit hinweg aufgebaut. Daß sie mich verlassen hat, ist nur ein Symptom.«

»Studen ist ein guter Psychiater.«

Meine Wangen liefen rot an – Wut ließ die Wahrheit verlöschen. »Sie haben mir drei Tage gegeben«, sagte ich und ging hinaus.

Um fünf hatte ich nicht einen einzigen halbwegs gut ausgeformten Fingerabdruck. Die Nachbarn hatten nichts gehört. Nein, die Familie war ruhig, blieb unter sich. Der Hund war laut gewesen, aber vor Monaten gestorben.

Ich rief den Tierarzt an. Rip ging es besser, er konnte in einigen Tagen die Praxis verlassen. Der einzige Überlebende, wie? Diese Bemerkung faßte ich so auf, daß der Tierarzt in die Zeitungen geschaut hatte und begriff, was mit der Katze geschehen war.

Ein kleines Wunder, antwortete ich, als ich auflegte.

Die Akten wurden zugeklappt. Ich ging zum Steelhead hinunter, trank ein Bier, aß einen Hamburger. Innen war es voll, aber nicht zu voll, gerade so, daß ich anstelle einer Sitzgruppe mit einem Tisch vorlieb nehmen mußte. Auf drei Bildschirmen liefen Nachrichten, die plärrende Country- und Westernmusik war für ein Yuppie-Lokal ungewöhnlich. Ich blickte flüchtig auf die Speisekarte, blickte flüchtig auf das Gebräu in winzigen Bechern, an denen an den Tischen um mich herum genippt wurde. Drei Tage! Und Tag eins war fast vorbei.

Als die Kellnerin auftauchte, bestellte ich einen Hamburger mit Schinkenspeck und Cheddar-Käse, Fritten und einen kleinen Energiestoß in Form von Kaffee. Mit Koffein als bevorzugter Droge würde ich mehr Arbeit bewältigen können.

Eine Frau setzte sich mir gegenüber an den Tisch. Allein. Blond, langbeinig, Nagelpolitur, Lippenstift. Normalerweise nicht mein Typ. Sie lächelte, ich lächelte zurück, und es fühlt sich gut an. Doch der Hamburger kam, bevor ich aufstehen und mich neben sie setzen konnte. Dann tauchte der Freund auf, dreiteiliger Anzug und Seidenkrawatte, und ich lehnte mich zurück, war weit aus dem Rennen geworfen.

Allzu große Enttäuschung darüber wollte sich bei mir allerdings nicht einstellen. In diesem Lokal hatte ich vor und nach Delilah einfach zu viele Frauen aufgerissen, nie zur Konversation, immer zur Übung und manchmal zu nur unzureichender Übung. Ich konnte mir nicht vorstellen, zum gegenwärtigen Zeitpunkt eine Frau in meine Wohnung mit dem ganzen alten Geschirr und den ungewaschenen Bettlaken mitzunehmen. Ich schätze, das ist jetzt auch schon lange so. Um die Wäsche hatte ich mich kurz nach Delilahs Auszug gekümmert, und das ist schon Monate her.

Der Hamburger machte mich ruhig, der Kaffee gab mir einen Kick. Ich wanderte zur Polizeiwache zurück und wünschte fast, der Kater wäre gestorben, damit wir seine Leiche dem Labor hätten schicken können, um nach Fingerabdrücken zu suchen. Ein liebloser Gedanke – wenn ich mich daran erinnere, wie der kleine Kerl auf dem Rücken lag und mit vertrauensvollen Pfoten die Luft knetete, wenn ich an die Katzenbox denke, die bei mir zu Hause steht und wartet. Auch im Haus meiner Eltern hatten wir Katzen gehabt; sie lebten in der Scheune und setzten sich auf meine Schultern, wenn ich um fünf Uhr in der Frühe die Kühe melkte. Zwei Katzen waren es gewesen; beide kamen eines Morgens ums Leben, als sie im Kuhstall frei herumliefen. Ich weinte, bis meine Mama mich beschämte.

Männer weinen nicht, sagte sie. Männer werden wütend.

Ja, Mama, dachte ich. Und was passiert, wenn auch die Wut verraucht ist und man nur noch eine große, schwerfällige Hülle ist?

Darauf wußte auch sie keine Antwort. Ich kniff die Augen zusammen und fragte mich, wann wir zuletzt miteinander gesprochen hatten. Ich war mir nicht einmal sicher, ob ich ihr erzählt hatte, daß Delilah gegangen war.

Ich öffnete die Tür zur Wache, trat in den vertrauten Lärm und Gestank hinein. Dieser Ort veränderte sich nie, Tag und Nacht war es hier immer geschäftig, immer verrückt. Überall gab es Probleme, selbst in einer kleinen Stadt wie dieser.

Auf meinem Schreibtisch lagen drei neue Dokumente; per Fax waren Informationen über andere Fälle gekommen, eins kam aus Washington, eins aus Kalifornien, eins aus Utah. Ich setzte mich hin und las. Der Täter wurde nie gefaßt. An einem Tatort ließ er einen Hund mit aufgeschlitzter Kehle zurück, man hielt ihn für einen streunenden Hund. An einem anderen Tatort hatte man einer Katze, die den Nachbarn gehörte, die Kehle aufgeschlitzt. Und noch eine Katze, schwarz, in einer Tierhandlung gekauft, aufgeschlitzte Kehle.

Kalifornien, Nevada übergangen, Utah, Idaho übergangen, Washington, und jetzt Oregon. Ein neues Handlungsmuster? Oder wurde der Täter nachlässig? Bei einem wahllos zuschlagenden Verrückten war das schwer zu sagen.

Ich legte den Kopf auf den Schreibtisch. Ein wahllos zuschlagender geisteskranker Mörder! Das sind die allerschlimmsten.

Der neue Bericht war fertiggetippt. Er bekam eine Markierung für McRooney, und ich erinnerte ihn daran, das FBI zu benachrichtigen. Der Fall war jetzt ihre Sache, was allerdings nicht bedeutete, daß nicht auch ich daran arbeiten konnte.

Auf der Fahrt nach Hause merkte ich, daß ich mich fragte, was der Verrückte wohl denken würde, wenn er wüßte, daß der Kater lebte. Der erste Überlebende. Der Gedanke quälte mich, ließ mich fast das Lenkrad herumschwenken und den Tierarzt aufsuchen, doch ich zwang mich dazu, meine Heimfahrt fortzusetzen. Dummer Gedanke. Die Katze war in Sicherheit. Als ob das wichtig wäre.

Ich öffnete die Tür, schaltete die Lichter ein, ließ Tschaikowsky auf CD erdröhnen und arbeitete mich in das schmutzige Geschirr ein. Zur Entspannung Dreckarbeit. Ich mußte mir den Fall aus dem Kopf schlagen. Die beste Ermittlungsarbeit vollzog sich im Bereich des Unterbewußten – dort wurden Details miteinander verglichen, Einzelteile passend zusammengesetzt. Das Unterbewußte funktionierte noch, das wußte ich. Der Weg zum Bewußten jedoch war blockiert. Ich hatte am Ort des Mordes alles gesehen, konnte mich aber erst dann an das Gesehene erinnern, wenn ich einen entsprechenden Anstoß bekam. Gar nicht gut. Ganz und gar nicht gut.

Das Geschirr überließ ich dem Einweichen, ging ins Wohnzimmer und ließ mich auf die Couch plumpsen. Ich schloß die Augen und wanderte innerlich noch einmal durch das Haus der Familie Torgenson.

Das erste, was ich wahrnahm, war abgestandener Tod, Blutgeruch, noch bevor wir durch die Tür traten. Wir kamen in das vertieft angelegte Wohnzimmer, Modulbauweise, in weiß gehalten, Chromlampen, dekorative Bücher. Ein unbenutzter Raum. Und nichts Ungewöhnliches außer einem bißchen Dreck, die Treppe hoch. Halbmondförmiges Muster. Ein Männerschuh.

Das gemütliche Zimmer. Schlampig, voller Spielzeug, angelesene Bücher, eine weitere Stereoanlage. Sie war noch vorhanden. Der Fernsehschrank ist leer, der Videorecorder ist verschwunden. Keine Anzeichen, daß jemand nach etwas gesucht hat, keine Anzeichen für ein anderes Durcheinander als das besichtigte.

In das offizielle Eßzimmer. Die Tür des HiFi-Schranks steht offen, die Anlage ist weg. Sonst wurde nichts angerührt. Keine Fingerabdrücke auf dem Glas des Schrankes.

Die Küche. Mit Blut bespritzt. Die Frau liegt auf der Seite in Embryohaltung, das Messer in der Hand. Geschnittene Zwiebeln auf der Anrichte, ungeschlagene Eier in einer Schüssel, angebranntes Fleisch auf dem Herd. Der Geruch von Hamburgern vermischt sich mit dem Geruch nach frischem Blut. Die Katze wurde wie eine Visitenkarte neben der Hintertür zurückgelassen. Das Blut bildet auf den mit Teppichboden belegten Treppenstufen ein ganz bestimmtes Muster – es muß heruntergetropft sein, Spritzer auf dem kleinen Teppich, aber nicht an der Wand.

Die gewundene Treppe in den zweiten Stock hoch. Keine Handabdrücke, überhaupt keine Spuren an den weißen Wänden. Seltsam bei Leuten mit Kindern. Frische Farbe?

Blutspuren führen ins Badezimmer. Ein Mann liegt gekrümmt über der Badewanne, mit aufgeschnittener Kehle, das Blut fließt durch den Abfluß. (Wurde der Abfluß gereinigt? Ist darin noch etwas verborgen? Irgendein fehlendes Beweisstück?) Auf dem Spiegel, um den Ausguß herum und zur Toilette hin Spuren von verspritztem Blut. Warum hatte er den Täter nicht im Spiegel sehen können? Der Spiegel war ungewöhnlich hoch angebracht. War der Täter zu klein gewesen? Oder zu schnell? Mit aufgeschnittener Kehle kann ein Mensch nicht schreien. Das erste Opfer also. Die Kinder haben vielleicht geschrien, zumindest das zweite Mädchen. Die Frau hat nichts gehört – warum?

Zurück in die Küche, suchen, suchen, die Erkenntnis, daß die Antwort auf die Frage im Eßzimmer gestanden hatte und jetzt weg war. Wahrscheinlich laute Musik aus der Stereoanlage. Wie hatten dann die Kinder schlafen können? Und warum kochte die Frau?

Zwiebeln, Hamburger, Eier auf der Anrichte. Sie machte Frühstück.

Wieder die Treppe hoch. Das Schlafzimmer des Hausherrn, wieder ganz in Weiß. Ein überdurchschnittlich großes Bett im Armeestil – wahrscheinlich von ihm, dem pensionierten Colonel, wahrscheinlich seine letzte Amtshandlung. Noch mehr dekorative Bücher in Wandschränken. Fernseher in der Nähe der Kopfkonsole aufgestellt. Ein weiterer Videorecorder, noch mehr Filme. Ich mußte nicht nachschauen, um einzuschätzen, um welche Art von Filmen es sich handelte. Der Fernseher war noch da, der Videorecorder ebenfalls. Die halbmondförmigen Fußabdrücke führten zum Badezimmer, Dreck- und Blutspuren führten nach draußen. Es wurde bestätigt: Der Mörder blieb an dieser Stelle das erste Mal stehen. Er kannte den üblichen Ablauf eines Morgens gut genug, um der Frau aus dem Weg zu gehen, den Mann zu erwischen. Dann waren die Kinder dran und zum Schluß in der Küche die Frau, allein und verängstigt.

Den Fußabdrücken folgend in das Mädchenzimmer. Das jüngste Kind kam zuerst an die Reihe, es war der Tür am nächsten. Ein schneller Schritt, wieder durch die Kehle. Er tötete sie, bevor sie aufwachen konnte. Das Blut rinnt vom Bett auf den Fußboden. Keine Fingerabdrücke. Der Täter ging um das Bett herum, um ihre Schwester zu töten. Sie war wach, hatte die Augen geöffnet, den Körper zusammengekrümmt. Die Schwester versuchte, zu entkommen, wurde in den Armen des Mannes festgehalten, sah, wie er sie umbrachte.

Ich öffnete meine Augen, stieß einen tiefen Seufzer aus. Mein Körper zitterte. Es erleichterte mich, daß ich mich in meinem eigenen Wohnzimmer befand. Endlos wiederholte die CD den *Slawischen Marsch*. Ich nahm die Fernbedienung hoch und schaltete die Musik ab, war zu der Überzeugung gelangt, daß Stille passender war als jedes Geräusch.

Er war am frühen Morgen angekommen und hatte sich nicht an den gewohnten Ablauf gehalten. In den anderen Bundesstaaten war das nicht anders gewesen. Sie hielten ihn für jemanden, der zur Nachtzeit mordet, aber das stimmte nicht. Er hatte eine festgesetzte Zeit für den Angriff und einen festgelegten Plan, und diesen führte er durch. Rip leben zu lassen war kein Zufall gewesen. Er brauchte den Kitzel, geschnappt werden zu können. Jede Serie von Morden barg größere Gefahren als die vorherige, als ob er auf der Suche nach dem letzten Adrenalinstoß war, auf der Suche nach der letzten Gelegenheit …

Ich beugte mich über die Armlehne der Couch, hob das Telefon hoch und befahl dem Trupp vom Gericht, wieder zum Haus zurückzukehren, den Abfluß zu überprüfen und die Fingerabdrücke auszuwerten, legte auf und rief mir die Details aus den anderen Berichten ins Gedächtnis zurück. An jedem Ort hatte der Täter etwas Großes und immer etwas anderes mitgenommen: in Kalifornien eine Mikrowelle, in Utah einen Computer, Porzellan und Silbergeschirr in Washington. Er war kein Hehler und tat auch nicht so, als sei er ein Einbrecher. Er richtete sein Zuhause ein. Es waren Souvenirs.

Und Rip. Keine Visitenkarte, aber ein Hinweis. Ein streunender Hund, die Katze eines Nachbarn. Die Tiere gehörten dem Täter nicht, standen aber irgendwie mit ihm in Verbindung. Vielleicht brachte ihn eine Arbeitstätigkeit morgens zu bestimmten Zeiten in bestimmte Viertel und erlaubte es ihm, herumzureisen und Tagesabläufe zu beobachten. Die Arbeit selbst brachte ihn bestimmt nicht mit den Tieren in Kontakt. Solche Jobs gab es in der Großstadt, und es waren feste Jobs, weil sie sich gut auszahlten. Es war unwahrscheinlich, daß für eine derartige Tätigkeit ein unsteter Mensch genommen wurde. Ein Tierarzt vielleicht? Wäre möglich, aber auch da war Stabilität der Schlüssel zum Erfolg. Man brauchte Beständigkeit, um eine Praxis aufzubauen und gute Referenzen zu bekommen.

Ein Tierarzt. Ich nahm das Telefon hoch, rief wieder auf der Wache an und bat Vinnie, die Akten in dieser Hinsicht genau zu überprüfen. Ja, in der Nähe jeder ermordeten Familie gab es einen Tierarzt.

Ich blätterte das Telefonbuch durch, fand die Privatadresse von Doug, dem Tierarzt, schnappte mir meinen Mantel und ging. In manchen Vierteln mag ja zehn Uhr abends zu spät sein, um noch bei jemandem vorbeizuschauen, aber in meinem Viertel war das nicht so.

Nachdem ich bei ihm geklopft hatte, damit er zur Tür kam, brauchte er noch fünf Minuten. In seinem Kittel sah er jünger aus – ich schätze, sein zerzaustes Haar unterstützte diesen Eindruck. Ich hatte fast erwartet, daß eine weibliche Stimme Fragen stellte oder mahnte, die Kinder nicht aufzuwecken. Statt dessen stand ein schläfriger Mann mit nacktem Oberkörper vor mir, der in einer Hand ein Bier hielt, bei dem im Hintergrund der Fernseher plärrte, aus allen Ecken des Hauses Katzen zum Vorschein kamen und ein friedlicher Hund seinen Weg zur Tür entlangtrottete.

»Frank?« Doug – er kam mir überhaupt nicht mehr wie ein

Tierarzt vor – fuhr sich mit der Hand über das Gesicht. »Haben Sie Probleme? Der tierärztliche Notdienst ist in Walker.«

»Ich muß mit Ihnen über den Fall Torgenson sprechen. Haben Sie eine Minute Zeit?«

»Aber sicher.« Er rieb sich den Schlaf aus den Augen und schob mit dem Fuß eine Katze zurück.

»Kommen Sie herein.«

In der Wohnung roch es wie bei mir zu Hause. Deckiges Geschirr türmte sich in der Küche, auf der Couch lag eine Decke. Er scheuchte eine Katze aus dem Lehnstuhl, bat mich, Platz zu nehmen, schaltete den Fernseher mit der Fernbedienung aus. »Sie müssen das Durcheinander entschuldigen, aber meine Frau ist vor einigen Wochen abgehauen, und ich kann mich nicht dazu aufraffen, sauberzumachen.«

Auch Tierärzte haben noch ein anderes Leben. »Bei mir liegt das jetzt ein halbes Jahr zurück; ich dachte schon daran, eine Putzhilfe einzustellen.«

»Komischerweise glaubte ich immer, ich hätte viele Hausarbeiten selber gemacht«, sagte Doug, setzte sich auf die Couch und legte die Füße auf den Couchtisch.

Ich nickte. Die Erkenntnis, daß meine Situation nicht einmalig war, baute mich auf. »Es tut mir leid, Sie so spät zu belästigen. Ich brauche nur die Antworten auf einige Fragen. Haben Sie in den letzten paar Monaten jemanden neu bei sich eingestellt?«

Er schüttelte den Kopf. »Das habe ich seit zwei Jahren nicht getan. Ich habe ein paar Jungs vom College, die mir die Käfige säubern – sie arbeiten für mich, seit sie die Schule besuchen. Der eine ist im vorletzten Studienjahr, der andere wird im Frühjahr seinen Abschluß machen. Meine Sprechstundenhilfe ist jetzt fast zwei Jahre dabei, und die Labortechnikerinnen habe ich seit Eröffnung der Praxis.«

Die gute Laune verließ mich, ein Gefühl des Versagens wurde stärker. Irgendwie hatte ich angenommen, daß der Täter unter seinen nächtlichen Gehilfen, die die Käfige säuberten, zu finden war. Vorübergehende, kurzfristige Arbeiten ...

Dann fühlte er eine Woge der Erleichterung. Wenn das gestimmt hätte, wäre Rip bereits in der ersten Nacht gestorben.

»Wer kommt sonst noch dazu?«

Er schloß die Augen. Seine Konzentration gefiel mir. Die meisten Leute wollen sonst immer wissen, warum ich die Informationen brauchte. »Wie bei jeder anderen Arztpraxis noch die Leute, die mich mit medizinischen Artikeln versorgen, Lieferanten ...«

»Kommt jemand morgens?«

»Manchmal, etwa einmal im Monat, wird das Katzenfutter geliefert. Der Mann kommt um Punkt sieben und wird ärgerlich, wenn keiner an der Tür steht, um ihn hereinzulassen. Doch auch er ist nicht neu. Er beliefert uns, solange ich zurückdenken kann.«

»Aber nur einmal im Monat?«

»Manchmal nicht einmal das. Er hat eine ziemlich große Route. Ich hörte ihn einmal vor Sally – das ist meine Sprechstundenhilfe – damit prahlen. Wenn es sein muß, kann er sechs Bundesstaaten in dreißig Tagen abdekken, obwohl er eigentlich Oregon und Nevada abfährt und seine Vorräte auffrischt, wenn er durch Kalifornien kommt.«

»Sie mögen ihn nicht besonders.« Es war nicht nötig, das als Frage zu formulieren. Ich konnte Dougs Feindseligkeit in jedem seiner Worte spüren.

Doug öffnete die Augen, sah mich an, hatte eine Hand auf einer schwarzen Katze liegen, die beschlossen hatte, mich von seinem Schoß aus anzustarren. »Nein. Er ist komisch. Die Tiere mögen ihn nicht, aber sie kommen, weil er nach Futter riecht. Tiere wissen Bescheid.«

Streunende Hunde. Die Katze des Nachbarn. Futter.

»Erinnern Sie sich an seinen Namen?«

Sanft und vorsichtig schob er die Katze beiseite und stand auf. »Nein, aber wenn ich meine Brieftasche finden kann, habe ich hier irgendwo seine Visitenkarte.« Barfuß ging er zu einem Schreibtisch hinüber, auf dem sich offene Briefumschläge häuften, schob diese zur Seite, nahm eine lederne Brieftasche hoch, durchstöberte sie und brachte eine Karte zum Vorschein. Ich nahm sie. Schwarze Buchstaben auf weißem Grund.

Jonathan Kivy.

Ich hatte ihn.

Immer noch gärte es in mir. Das FBI wollte ihn fangen. Im Süden Oregons spürten sie ihn auf. Der Fernseher, der Videorecorder, die HiFi-Anlage und die Bilder befanden sich hinten in seinem Lastwagen. Über Funk versprachen sie mir, ihn zu mir zu bringen.

Die ganze Nacht hatte ich von Rip geträumt. Der Kater war auf den Mann zugegangen, vertrauensvoll, aber nervös, und hoffte, daß ein Mann, der nach Nahrung roch, ihm auch etwas geben würde. Er sah den Arm heruntersausen, der schnelle Schnitt durch die Kehle, mit einer Hand wurde er blutend in Torgensons Küche getragen und an der Tür wie ein Sack Katzenfutter fallengelassen.

Mit Tränen auf den Wangen und Wut im Bauch wachte ich auf. Immer wieder wiederholte ich: *Es ist egal, es ist egal.* Ich erinnerte mich an ähnliche Nächte, in denen Delilah ihre Arme um mich gelegt und mich beruhigt hatte, wenn ich von toten Kindern, Leichen im Fluß, Verbrechern mit Gewehren und Verbrechern mit Messern geträumt hatte. Sie sagte mir dann immer, jetzt sei alles vorbei. Ich wußte, es würde nie vorbei sein, daher konnte ich lediglich in Tränen zerfließen und mir die Wut zunutze machen. Ich wiederholte ›*Es ist egal, es ist egal.*‹, bis es mir tatsächlich gleichgültig wurde.

Gegen elf Uhr vormittags tauchten sie auf – zwei Männer in schwarzen Anzügen mit vorschriftsmäßigem Haarschnitt – und führten einen kleinen Mann mit den Händen in Handschellen mit sich. Ich begann zu zittern, Wut schoß durch meinen Körper und suchte nach einem Ausweg. Ein Sprung über den Schreibtisch, die Finger um seinen Hals gelegt, und ihm zeigen, wie es sich anfühlt, klein und hilflos zu sein und zu sterben ...

Doch ich rührte mich nicht vom Fleck, verschränkte meine Hände unter dem Schreibtisch ineinander, und wartete, daß sie sich beruhigten. McRooney kam aus seinem Büro und be-

Traudl & Walter Reiner

Heitere Anleitungen für alle Katzen und Katzenfreaks,
die sich geistig und körperlich fit halten wollen.

01/7902

Außerdem erschienen:

Fitneß für Katzen
01/8889

Wilhelm Heyne Verlag
München

Anne Perry

Ihre spannenden Kriminalromane lassen das viktorianische
Zeitalter wieder lebendig werden. Ein Muß für jeden Liebhaber der englischen Krimi-Tradition!

Wilhelm Heyne Verlag
München

Ellis Peters

Spannende und unterhaltsame Mittelalter-Krimis mit Bruder
Cadfael, dem Detektiv in der Mönchskutte.

»Ellis Peters bietet Krimi pur.«   NEUE ZÜRICHER ZEITUNG

Wilhelm Heyne Verlag
München

Quellennachweis

immer, daß Haustiere bei einem die Elterninstinkte zum Vorschein bringen. Schön. Ich brauchte irgendein Geschöpf, das ich bemuttern konnte, um meine Aufmerksamkeit von mir selbst abzulenken.

Ich stieg in den Wagen, fragte mich, wie Rip wohl die Fahrt aufnehmen würde, fragte mich, ob ich es schaffen könnte, das Haus an einem Nachmittag zu säubern, fragte mich, ob Doug wohl nach der Arbeit auf einen Kaffee bei mir vorbeikommen würde. Ein Mann ohne Frau, ohne Eheglück. Wir konnten uns über Frauen beklagen, uns sinnlos besaufen, lachen und weinen, bis wir sicher waren, daß heiße und kalte Gefühle wieder ins Fließen kamen.

Ich mußte das Eiswasser aus meinen Venen entfernen.

Aaaah, der Körper, endlich strömte wieder eine Woge der Hitze in ihn herein.

Ein letztes Mal durchlief mich ein Schauer.

Die Hitze würde eine Wohltat sein.

251

wichtig war. Er würde schon irgendeinen Grund gehabt haben, irgendein verrücktes Prinzip, doch es würde die Zwanghaftigkeit seines Handelns nur verdecken. In der Anfangszeit hatte ich viel über Serienmörder gelesen. Willkürlich zuschlagende Verrückte, die von einem unbekannten Mechanismus zu ihren Taten angeregt werden. Menschen, aber auch Unmenschen, die uns alle bedrohten.

Ich stand auf, taumelte, so stark waren die freigesetzten Gefühle. Denny blieb mit besorgtem Gesicht an meinem Schreibtisch stehen. »Ist mit dir alles in Ordnung?«

Ich bewegte die Hände nach oben, stieß auf nasse Wangen. Seltsam, daß mir jetzt die Tränen kamen. »Mir geht es gut«, sagte ich.

McRooney war aus seinem Büro gekommen und klopfte mir auf den Rücken. Ich wollte nicht, daß er mich berührte, wollte jetzt von keinem berührt werden. Ich schluckte, ließ den Kloß im Hals verschwinden. »Ich werde mir diesen Urlaub nehmen«, gab ich bekannt. »Ab sofort.«

McRooney betrachtete mich mit leicht mißbilligendem Blick. Ich muß ihm zugute halten, daß er keinen Kommentar zu meinem Auftreten abgab. »Den haben Sie sich verdient, Frank. Die genaueren Einzelheiten legen wir später fest. Das hier war gute Arbeit.«

»Danke«, sagte ich, schnappte mir meine Jacke, rannte fast aus der Wache. Ich wußte, daß ich während meines Urlaubs mir auch Gedanken über meine Zukunft würde machen müssen. Vielleicht war Mord nichts mehr für mich. Vielleicht war eine Arbeit als Polizist nichts mehr für mich.

Der Gedanke machte mich nüchtern und dämpfte das eigenartige Hochgefühl, das sich in meinem Bauch aufbaute. Doug sagte, ich könne Rip heute abholen, und das würde ich auch tun. Seltsam. Ein Kater hatte meine gefühlsmäßige Blockade bewirkt, ein Kater löste sie auch wieder auf. Ich hatte mir antrainiert, am Tatort meine Gefühle wegzustecken. Der Kater war die Ausnahme, das einzige Lebenszeichen gewesen, auf das ich nicht vorbereitet war. Ich erinnerte mich daran, wie er auf dem Rücken lag und mit den Pfoten die Luft knetete. Wie ein kleines Kind. Delilah sagte obachtete mich. Er sagte, wenn ich nichts dagegen hätte, würde er bleiben wollen.

Sie brachten ihn an meinen Schreibtisch. Ich starrte auf seine Hände, die langen, schlanken, kräftigen Finger. In meiner Vorstellung hielten sie Rip fest, dann war es das kleine Mädchen, das diese Finger am Haar packten, dessen Kopf sie zurückzogen …

Es war egal.

Es war mir nicht egal.

… mit einer schnellen Bewegung schnitten sie ihr die Kehle durch, ihre Schwester schrie …

»Wenn Sie ihn haben wollen, gehört er Ihnen, Detective«, sagte Adams, einer der Männer vom FBI. Sie hatten letzte Nacht nicht mit Lob gespart. Ich hatte ihnen viele Kopfschmerzen erspart.

Ich schaute dem Täter in die Augen. Kalt waren sie, schwarz, das einzige, was sich darin spiegelte, war mein eigenes Gesicht. Wie nahe war ich diesem leeren Starren gewesen?

»Liefern Sie ihn aus. Nach Utah. Dort gibt es die Todesstrafe, und dort scheuen sie sich auch nicht, sie zu vollstrecken. Sagen Sie ihnen, ich würde in jeder nur erdenklichen Weise mit ihnen zusammenarbeiten.« Wütend kamen die Worte aus mir heraus, sie waren so kraftvoll, daß ich ihn fast angespuckt hätte.

Das Gesicht des Täters zeigte keine Regung. Die Todesstrafe machte mir noch weniger Sorgen als das Gerichtsverfahren. Die Gefängnisse in Oregon waren überfüllt, manchmal gab es einen guten Grund, sich dazu zu entscheiden, bei der Verteidigung Geistesgestörtheit geltend zu machen. Ich wollte nicht, daß seiner Bestrafung ein Mißbrauch in der Kindheit – wenn es bei ihm so etwas gegeben hatte – oder eine gesellschaftliche Persönlichkeitsstörung, die er mit Sicherheit hatte, im Wege stand.

Sie führten ihn in McRooneys Büro, um die notwendigen Papiere vorzubereiten und ihm vielleicht einen Telefonanruf zu gestatten. Ich lehnte mich zurück und fragte mich, warum er es getan hatte, erkannte dann, daß das jetzt nicht mehr